命运有无限种可能

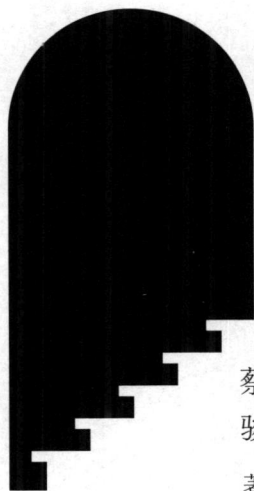

一千万人的密室

蔡骏　著

目 录

第一章

　　我的一生得过两回流感。第一回尚在吃奶，第二回差点死了。那一年，美国总统尚是老布什，萨达姆吃掉科威特，柏林墙倒了十个月，苏联只剩一年阳寿。我爸爸刚到九省街摆地摊卖牛仔裤，隔壁批发走私太阳眼镜，对面兜售盗版耐克运动鞋，斜对面卖香港金利来领带。街上的泼皮无赖要收摊位费，卖太阳眼镜的女人被打了。我爸爸一拳砸断了那个混蛋的鼻梁。人人劝他逃命，他却点一支烟，坐在摊位上开始读一本古龙的《欢乐英雄》。稍后，他赤手空拳跟十个男人对打，八个上了救护车，两个进了派出所，地上掉了三颗门牙，一颗犬牙，热血一路奔流到长江。我爸爸嘴上烟头尚未熄灭，走到医院缝了十八针，双眼肿得像大熊猫，生龙活虎地收摊回家。当晚，我写完汉语拼音作业，发了四十度高烧，清水鼻涕拖到肚脐眼，眼看就要咽气。我爸爸仿佛架着一个布玩偶，把我架上他的粗壮脖子，扔进急诊科说："大夫，告诉这小子，打了针就会好，要是不听话，再打一针。"我的屁股上挨了两针，哭得如丧考妣。三天后流感痊愈。

　　今晚，我已经三十八岁，身高一米八三，体重七十公斤。我吃着香草味冰激凌看完英超直播，切尔西2：2打平阿森纳。木头窗框外落着雨。空气冰冷得像一间肉库。门铃响了。我转开门把手。铜锁舌"咔哒"一声，拔出所罗门王的瓶塞。

她蒙着白色N95口罩。眼影浓烈，睫毛刷得如同苍蝇腿。眉毛似乎文过好几遍，一头大波浪卷发，巧克力色，令人分泌唾液。她穿一件苹果绿双面呢大衣，左手挎着爱马仕鳄鱼皮包，右手拿一把长柄伞，水滴晕染在地板上，漫延到西班牙小牛皮靴下。香水分子如飞蛾扑火而来。我戴上蓝色医用口罩，压紧鼻梁上的金属条。我们既像两个秘密交易的毒枭，又像整容手术失败后的医生和病患。

"探照灯调查公司，欢迎光临。"

我递上一张名片。我叫雷雨。既是董事长，也是总经理，兼任首席调查员。次席调查员尚未生出娘胎。回到故乡三个月来，我尚未接过一单生意。或许全城居民皆无秘密，男人们忠诚于信仰，女人们贞洁于道德，流氓无赖都熟读《论语》或列夫·托尔斯泰。

"我能叫你小雷吗？"

成熟妇人是一把中提琴，声音温暖、醇美、丰满，肖斯塔科维奇的最后一部作品。小姑娘是小提琴，声音细得能绞断脖子。而如我这般的男人，自然是一把低音提琴，沉得像秦始皇的青铜棺椁。

"上一个叫我小雷的是个房地产商，每次出门给我三百块一小时保安费，两周前死于马尼拉赌场。"我放她进来，"如果我没回来，恐怕他尚在人世。"

房间里有电冰箱、玻璃茶几、两张人造革沙发。书架上收藏着五百本推理小说，弥散着一股被害人的气味。这不像一家调查公司，更像密室谋杀现场，或是停电三天的殡仪馆。地板上有个凶狠的捕鼠夹，我把它挪到墙角，以免女客户的皮靴踩进去。

"小雷，留给我们的时间不多了。"她坐上沙发，双腿叠加，看了一眼左腕上的镶钻女表，腔调犹如中国男子足球队征战世界杯亚洲区预选赛。

"探照灯调查公司全年无休，二十四小时营业，承接商业调查、个人征信调查，寻找失踪人口，恕不接受婚姻调查，也不负责捉奸在床。"

"我的老公已经死了九年，你要去阴间才能捉奸。"

"抱歉，本公司只接阳间的业务。"我指着公司招牌，一盏刺破黑夜的探照灯。

"小伙子，你挺有意思。"

"谢谢，可惜'小伙子'或'挺有意思'均不属于我的服务范围。"

"小雷，我想请你找我儿子。"

寡妇的口音不是本地人，远在江浙一带。但并不在上海、苏州或宁波，而是沿着崎岖的海岸线南下，越过象山和台州，直达温岭、乐清甚至温州。

"小孩失踪的话，建议立即报警。"

"我儿子三十一岁了，他叫钱奎。"女人抓起茶几上的铅笔，扯过一张便笺纸写下，"他在读博士。"

"什么专业？"我像在询问牛肉的等级与产地，澳洲还是美国或者巴西。

"文学。"

"我会跟你儿子成为好朋友的。"我不想让寡妇在我的房间停留过久，"请告诉我，最后一次见到他的时间地点。"

"昨天半夜，我儿子突然出门，到现在还没回来。白天我打过他的电话，但他不接。傍晚六点半，我又打电话，他还是不接。他的手机定位在鹦鹉桥。然后就关机了，我很担心他。"

"你们装了位置共享软件？"我从不批评客户，但我会提出善意的建议，"您真爱贵公子，但他是三十一岁的博士，不是逃课的初中生。我不觉得他会乐意让妈妈二十四小时掌握行踪。我猜他正在女朋友的床上，明天中午，你会看到儿子坐在厨房，饥肠辘辘地等着妈妈做午饭。"

"不会，我儿子的未婚妻叫李雪贝。半小时前，我去她家找过。没人开门。我打她电话，听到手机在房间里响。"寡妇的手指尖像发摩尔斯码敲着茶几，"我打电话给公安局的秦处，他说失踪不到二十四小时不能立案，他向我推荐了你。他说世界上没有你找不到的人。小雷。"

"你找对人了，我有一半的朋友是警察，剩下一半是无耻混蛋。"我听到天花板上的老鼠家族咚咚疾行而过，"请把贵公子的资料发给我，从他最爱吃的巧克力到最爱穿的内裤牌子。天亮前，我保证把他送回家，一根毛都不少。"

"小雷，请你开个价。"

"涨价了，三万块。"

"成交。"她的爽快让我别无选择，"你可以给沙发换个真皮的。"

"我还欠着三个月房租。"我素来对客户坦诚相待，"要吃冰激凌吗？香草味？还是抹茶味？"

"能抽一支烟吗？"

寡妇未等主人同意，已经摘掉 N95 口罩。灯光变成了一张磨砂纸，你能看出三十年前的美丽风光，仿佛保存良好的考古遗址。她的右腿叠在左腿上，露出一小截黑色丝袜。她从皮包里掏出一包软壳中华，拆开包装，把一支烟塞入嘴唇之间。ZIPPO打火机的金属声像手枪装上弹匣。火苗舔上香烟，丝绸般的烟雾。

"小雷，你有哮喘？"她看到茶几上的哮喘喷雾剂，像个同情心泛滥的老娘，"我儿子也有哮喘，不要让他发病。再见。"

她只抽了半截烟，急着在烟灰缸里扼杀。

"请先付一万订金。"我举起二维码牌子，"找到你儿子后，再付剩下的两万。"

她用手机付了一万，加上我的微信。她叫"洪姐"。她戴回N95口罩，白底上生着一片绿色橄榄叶。洪姐提起长柄伞，我帮她开灯照亮幽暗的楼道，这年纪的女人骨质疏松。她是我的幸运女神，探照灯调查公司的第一位客户。我想把她的照片裱到墙上。

深夜十一点。阒寂无声的兰陵街，仅有一盏路灯亮着。一辆银灰色特斯拉轿车，车窗上贴着违章停车罚单。雨幕冷入骨髓。撑开的长柄伞移动到车旁，车门拉开，收伞，关门。车灯在黑色污浊的路面上照出一条银光闪闪的大道。我要在天亮前找到她的儿子，也许送他上天堂，也许下地狱。

第二章

　　我收到一组照片。他叫钱奎，三十一岁的文学博士，眼神跟蜂蜜一样甜美，也像蜜蜂一样蜇人。他是一个乖小囡，所有妈妈都喜欢的那一种。他的妈妈是个寡妇，也是个有故事的女人。我的沙发尚且残留她的余温。

　　钱奎的手机关了。我给他的未婚妻打电话，彩铃是 *Love Me Tender*。猫王温柔地爱我，温柔地唱了一分钟。无人接听。她住在海上邨，距离我只有九百米。

　　我回到镜子前审视自己。我不丑。鼻梁略有攻击性。乌青色嘴唇，仿佛轻度中毒。黑发密如野草。胡须如仙人掌刺在双颊，酷似一个抽雪茄的拉美男人。他在三十九岁时被枪毙，希望我也能活到这个岁数。我抽出牛角梳，篦好头发。穿上黑色皮夹克，戴上一枚日本机械表。口罩上单眼皮光滑。哮喘喷雾剂塞进裤袋。大门上锁的刹那，屋顶的老鼠们发出胜利的尖叫。

　　我能在雨点之间躲闪穿行，米高扬这么说过。我走到太湖街，坐进一台挂着上海牌照的黑色大众甲壳虫。发动机点火颤抖，雨刮器扫去风挡玻璃的眼泪，黑人歌手在车载音响里开始唱 *Smoke Gets In Your Eyes*。

我走洪泽街，路过天主教堂，抵达海上邨的红色砖墙下。迎面而来一台藏青色本田 CR–V。我的右车轮轧上台阶，紧贴着小龙虾店的卷帘门。本田车擦着我的左后视镜开过，旋即被大肠般的黑夜消化成粪便。

十一点半，我钻入海上邨的院子。几台停泊过夜的轿车长眠不醒。底楼挂着铁皮信箱。楼道里散发出一股橘子皮腐烂的味道。拉动一根油腻的绳子，电灯泡亮起，照出木头楼梯。我戴上皮手套，循着扶手裂缝爬上三楼。

防盗门上一只猫眼窥孔瞪着我，态度极不友善。门缝底下一摊光线蔓延到我的足尖。我按下门铃。年轻女子的脚步声。门缝下多了脚踝的阴影。她在猫眼背后看我。这不失为一个好习惯。

"你好，李雪贝。"我隔着门说，"钱奎在吗？"

"他不在。"她的声音听起来，就像是隔壁班的女同学，你永远没机会跟她坐在一起。

"李雪贝，每拖延一分钟，你未婚夫的危险就会增大 10%。"我摘下口罩，掏出身份证举在捡前，"你可以从猫眼里拍张照片，我要是个劫财劫色的大盗，注定插翅难逃。"

六十秒后，防盗门打开一道缝。但有一条链子挡着我。口罩遮住她的半张脸，有无粉刺或雀斑？嘴唇单薄还是丰润？鼻子纯天然或动过刀？我一无所知。

"我暴露了整张脸，你只露一双眼，这不公平。我能进去吗？"

"没门儿。"她控制住防盗链，保持一尺之遥，"你是警察吗？"

"我像吗？"

"再见。"李雪贝要关门，我伸手挡住门板。

门缝此刻像一只撬开的扇贝。我可以伸手进去，拔出防盗链，撕下她的口罩。但我不会这么做。我只是个调查员。

"雪贝，我是钱奎妈妈的朋友，她出了点麻烦，她拜托我找到钱奎。"

"她恰好是全城最讨厌我的那个人。"

"妹妹，跟你分享一点微不足道的经验——你一生的命运，往往是被自己或者别人瞬间的决定改变的。"

"我同意。"她瞪了我一眼，"但我不是你妹妹。"

"我也没兴趣做你哥哥。"我的目光既凶狠又温柔，"告诉我，钱奎在哪里？"

李雪贝仍然躲在防盗链和口罩背后，双眼如 X 光把我的五脏六腑甚至前列腺，透视个干干净净，确认我没有窝藏病毒、炸弹、核武器，或者催情水之类的脏玩意儿。

"我猜他在巫师。"她的嘴被我撬开了。

"文学博士信仰萨满教？还是说一款波兰游戏？"

"巫师酒吧，在江街，我猜你不是本地人。"

"你错了。我只是离开了二十多年。如果一小时内没找到人，我会回来的。"

"我跟你一起去。"她关上门，"等我五分钟。"

我戴上口罩等她。李雪贝准时而完整地出来。蓝色口罩蒙面。乌黑长发盖着雪白的羽绒服。她捏着一把短刀似的折叠伞，侧身擦过我的肩膀下楼，我从背后观测她的靛蓝色牛仔裤。她的脚下升起一团淡薄烟雾。

走出海上郫，我拉开大众甲壳虫的右车门。她坐上副驾驶位，给自己绑上安全带。零点还缺一分。发动机余温未消。

长江下的隧道像一条大蛇的消化道生吞了我。车窗映出李雪贝蒙着口罩的侧脸。她眯起双眼看手机说："你打过我的电话？"

"我喜欢猫王唱《温柔地爱我》。"我斜睨着她，"你有近视？现在的妞都不爱戴眼镜，就像抢银行的不爱戴头套。"

到了长江对岸。雨一直下。江街的夜店几乎都打烊了。下了车，李雪贝撑开折叠伞，斜睨我一眼。

"我不喜欢跟别人共伞。"我踩过水洼，推开巫师酒吧的玻璃门。

加泰罗尼亚风格的装修。高迪借尸还魂。背景音乐是《忧郁的星期天》。我转到英式吧台前，年轻的酒保裹着黑马夹，郁郁寡欢地擦着玻璃杯。

李雪贝问他："钱奎来过吗？"

"他来过，又走了。"酒保及时戴上口罩，声音同眼神一样甜美。

"走了多久？"

"大概十五分钟，他叫了代驾。"

"肯定用过手机。"李雪贝拨出一通电话。钱奎又关机了。

酒保拿出两个玻璃杯，各放一个冰球。我摇头不喝。他只倒一杯威士忌。琥珀色液体浸泡冰球，暧昧不清地反光，假装岁月静好。

李雪贝摘掉口罩，坐上高脚凳，脱了羽绒服，露出咖啡色薄毛衣。吧台顶上灯光，穿过酒杯折射，让我第一次看清她的脸。她有一只小翘鼻子，冒充大学生绰绰有余。她咽下一口威士忌。没化妆的嘴唇湿了。剩下的威士忌像雨天水洼，死皮赖脸地贴着玻璃杯底。

"小弟，怎么称呼？"我坐上凳子问酒保。

"杰克。"酒保常用花名，像个古老的杀人狂。

"钱奎是几点钟来的？他有同伴吗？"

"九点多，钱奎一个人来喝酒。如果他不来，酒吧早关门了。"酒保向我背后张望，恍若钱奎的魂还没走，"他很累，脸色难看，就坐在你这张凳子上。"

"钱奎说过什么？"

"他安静得像一条金鱼。"酒保杰克举起酒杯，"先生，您喝什么？"

"一杯冰水。"我摘了口罩，含一小口冰水，给口腔降温，冰水刺入喉咙，"钱奎喝了多少酒？"

"六杯威士忌加冰。"

"你知道钱奎要去哪里？"

"钱奎醉了。他好像忘了什么东西。"酒保说，"我陪他去了停车场。他对代驾说要去鹦鹉桥。"

"鹦鹉桥？"我抽出一张钞票扔上吧台，"谢谢你，杰克，不用找零。"

我戴上口罩，拖着李雪贝冲出酒吧。坐上黑色大众甲壳虫，我收到钱奎老娘发来的微信："找到了吗？"我回她一条语音："你儿子刚去鹦鹉桥，你儿媳妇就在我身边，保证一小时内找到人。"

李雪贝瞥了我一眼。潮湿的路面像一面破碎的镜子。车子如一尾黑色的大鱼，滑入雨水丰盛的冬夜。车灯下的雨点像金粉洒落。风挡玻璃上的雨刷舌吻交缠。这座城市漂亮得像个装了电梯的假古董。电视塔是千杯不醉的夜店姑娘。上了大桥，全中国的潮水贯穿我的胯下。留给我们的时间不多了。

大众甲壳虫穿过鹦鹉桥的十字路口。钱奎的老娘发来一条手机定位。傍晚六点，她儿子在此关机。我的脚底板点一下刹车。江边戳着一栋孤零零的居民楼。整栋楼黯淡无光，如同黑漆漆的通天塔，楼顶几乎连接暗夜上的乌云。唯独顶楼的窗户亮着灯，灯塔似的提醒夜航船不要靠近危险。

楼下停着两台车。第一台是藏青色本田CR-V。记得一个半钟头前，我在海上邨的门口与这台车擦肩而过。当时我就应该顶住车头，把开车的混蛋拽下来。如果他妄图反抗，我会用耳光教会他一点人生的哲理。

还有一台宝蓝色阿尔法·罗密欧轿车。意大利原装进口，倒三角进气格栅，车牌只能挂一边。发动机熄火不久，像一杯热咖啡在雨夜蒸腾。李雪贝放下车窗说："这是钱奎的车。"

"隔壁的本田CR-V是谁的？"

"他叫麻军，麻子的麻。如果见到他本人，你就知道这名字有多准确。"她抬头说，"他住在顶楼。"

"我的问题来了，深夜十一点，麻军来找你做什么？"

"麻军是我妈妈的表弟。"

"妈妈的表弟，不就是表舅吗？但你不这么叫，说明你讨厌这个人。钱奎为什么在六小时内，先后两次来找他？"我熄了火，解开安全带，"我们上去找你的未婚夫。许多人在这一夜崩溃了。别怪我没提醒你。"

上楼以前，我摘下口罩，掏出哮喘喷雾剂，塞入嘴巴，缓缓吞入 0.1 毫克布地奈德。我像个病入膏肓的人，每天必须使用两次。我重新戴上口罩，喷雾剂收回口袋，推开车门，左脚踩上泥泞的地面。他出现了。

他像刚从娘胎里爬出来似的冲出底楼门洞，摘下白色 N95 口罩，双手撑着膝盖喘气。我回到驾驶座上点火，大众甲壳虫的远光灯轰然击中他的脸，惨白得如同乞力马扎罗的雪。他的外套和眼镜片上沾着暗红色污迹，好像逃出斯蒂芬·金的闪灵酒店，住客们多半有三只眼睛、六条胳膊，以及两对乳房。

钱奎抛下口罩，钻进楼下的阿尔法·罗密欧。他的发动机如同死亡金属音乐会的燥热开场，车子倒向近在咫尺的长江。我狂按喇叭提醒他不要妄想横渡亚洲第一江河。钱奎凶猛地打方向盘，扬长而去。车轮激起一片泥泞的暴风雨，像排队枪毙的子弹，溅满我的风挡玻璃。我好像戴的不是蓝口罩而是黑眼罩。

我在长江大堤上掉头。雨刷焦躁地打碎泥水。轮胎凌迟处死般惨叫。李雪贝被晃得七荤八素。安全带嵌入她的锁骨。远光灯照出阿尔法·罗密欧的宝蓝色臀部，性感得像一个西西里美丽传说，万一错过就要孤独终老。

黑猫来了。

从耳朵尖到尾巴尖全是黑的，仿佛在波斯湾的油桶里浸泡了三生三世。唯独一对金色眼珠子，宝石似的反光。这只猫凭空出现在地球上，横冲直撞到我面前，像个半夜查酒驾的交通警察。

阿尔法·罗密欧开出史前巨蟒般的轨迹绕过了黑猫。大众甲壳虫的油门踩到最深，不知死活地狂奔。雨点万箭穿心。李雪贝抱头尖叫。某个非洲裔美国人吟唱 *Smoke Gets In Your Eyes*。我打了方向盘。鬼使神差。轮胎在泥泞中打滑，像丢失重力的宇宙飞船，滑向吞噬万事万物的黑洞。

大众甲壳虫疯了。阿尔法·罗密欧疯了。文学博士疯了。钱奎的妈妈疯了。钱奎的未婚妻也疯了。全城的一千万人都疯了。只有我一个人是清醒的。维持不了几秒，我也疯了。

第三章

　　传说半夜遇到黑猫，便会有人死。好在我上辈子刺杀过阿道夫·希特勒，侦破过三百桩连环谋杀案，拯救过一千个美少女，命中注定会逃过这一劫难。但我一生中的好运气都在这一夜耗尽。

　　我的脑袋变成洗衣机滚筒。氧气瓶咕噜咕噜像一口麻辣火锅翻腾。担架床轮盘如 T-34 坦克履带滚动。隔壁的咳嗽好似灌满劣质汽油的摩托车发动机。两个更年期妇女隔着我的头顶凶狠争吵，堪比朝鲜半岛南北谈判。灵丹妙药从针管里输入静脉。手表定格在一点零一分。手机还在口袋里，电量早已耗尽。我的身旁躺着一位皱纹深刻的白头老妇，仿佛从第二次世界大战沉睡至今。

　　护士披挂全套防护服，蒙着护目镜和三重口罩路过。我抓住她的胳膊问："现在几点？"

　　"八点半。"

　　"早上吗？"口罩过滤掉了我的沙哑嗓音。

　　"废话。"

　　"运气不错，我还以为是 1939 年 9 月 1 日的波兰前线。"

"神经病。"

"跟我一起出车祸的姑娘,她还活着吗?对了,她跟你一样漂亮。"

"她没事,陪你到天亮才走。她还给你付了医药费。"

"我不想欠别人的。我要上厕所,能帮我吗?"昨晚的一支冰激凌与半杯冰水,已在膀胱里怼了一夜。

护士帮我拎起吊瓶,举过头顶。我从输液椅上站起来,骨头疼得要命,像被力大无穷的盲人全身推拿过一遍。我咬着牙赞美她:"你是个天使。"

"你多半是个流氓。"护士被我成功地逗笑。

我自己能站着撒尿。右手举着吊瓶,左手插着输液针管,扯开裤子拉链。腾不出第三只手,我撒了一泡自由奔放的尿。时间挺久,声音挺响,荡气回肠。清空膀胱就像清空你的按揭贷款。

镜子里有个蒙面男子。脑袋缠着白纱布,不晓得缝了几针。眼角结的痂如同蜈蚣一样。半边脸肿得青紫,仿佛挨过菲律宾拳王帕奎奥的十记左直拳。皮夹克沾着暗红血渍,像一张地图。裤子上的灰泥板结,此刻化作粉末剥落,犹如严重的皮肤病患者。这个人活像在垃圾桶里出生,又被老娘抛弃到了屠宰场。

我拔出静脉里的输液针管,手背一团乌青。我逃出了医院,外面的雨急得像赶路投胎。手机没电了,共享单车没法骑,也没有出租车。我决定依靠两条腿。但我每走一步都像把全身骨头打折再装回来。脑震荡催人呕吐。我的胃液和胆汁都已清空。

仿佛严刑拷打后越狱的游击队员,我从医院走到鹦鹉桥的十字路口。我看到一棵粗壮的银杏树,仅仅蹭掉几层树皮,光秃秃不剩一片叶子，像个千年成精的老妖怪。大众甲壳虫失踪了。地上残留着扭曲的引擎盖、四分五裂的保险杠和玻璃碴，好像碎尸案的现场。

长江上白雾弥漫，替我洗了一把冷水脸。六层高的居民楼，半夜看像哥斯拉的巢穴，白天看则像考古遗址。一辆藏青色本田 CR-V 停在原地。钱奎昨晚扔下的 N95 口罩不见了。

我像一头刚被骗过的公驴，双手撑着墙壁，喘息蹒跚而入底楼。没有电梯。当你的膝盖受伤，爬楼梯等于酷刑。每一层台阶都淌着水。你还得当心不要滑倒摔断了腿。一口气爬上六楼，我的骨头尚未粉碎。每天喝一杯牛奶是个好习惯。

浆白色光线刺入双眼。西北风来回扫荡。唯一有人住的屋子房门敞开，冰冷得像个太平间，又像被大卫·芬奇的剧组踩蹋过一夜的片场。扮演尸体的男配角入戏太深，敬业地蜷缩在地板上。乌黑的血迹浸透灰色薄毛衣。他的脊背弯曲得像只小龙虾，双手双脚折叠着紧贴身体，模仿子宫内的胎儿，或者印度瑜伽高手。

他不是演员。他扮演的也不是尸体。他就是尸体本身。

太他娘的冷了。我的口罩里全是鼻涕。当你在谋杀现场，最重要的器官不是眼睛，而是鼻子。照片和录像可以代替眼睛，但鼻子无可替代。时间和空气会把一切味道带走，你必须在第一分钟抓住它。

我摘了口罩，戴上皮手套，双手撑住地板，凑近死者的脸——仿佛在显影液里浸泡一夜，又在暗房内慢慢晾干，鲜明清晰起来。人类的面孔有各种形状，高加索人种多长脸，中国人多圆脸。有的人像宽银幕，有的人酷似《西游记》里的银角大王，有的人神似派大星与章鱼哥。这张脸像正方形的海绵宝宝，上面布满月球表面似的麻点。仿佛鲜艳浓烈的调色盘，让人生出密集恐惧症。他有一对暴突眼球，仿佛珍珠奶茶的大号珍珠，随时会滚落到你的脚下。

鼻黏膜刺入某种东西，我瞬间好像被人掐住了喉咙。我打出一记超级喷嚏，原子弹爆炸似的豪壮。我的气管闹了一场风暴，旋即肺叶如同文火燃烧。

我摸着裤子口袋。手机、钱包、钥匙全都在，但没摸到哮喘喷雾剂。

如果没有救命的药，只要三分钟，哮喘就能杀死一个比 C 罗还强壮的男人。

但我走了连续的狗屎运。我在地板上摸到一瓶喷雾剂，就像摸到情人的手。我拔出盖子，塞进嘴巴，温柔地含住它。一点点按下去，药物浸入气管与双肺，犹如冰水浇灭烈焰，滋滋升腾水蒸气。

我活着从死者身边爬起来，将哮喘喷雾剂塞回口袋。我抹去鼻涕，戴上口罩。房间里有一台固定电话。我拨通 110 报警电话，话说得断断续续："……有桩谋杀案……鹦鹉桥……长江边上……顶楼……海绵宝宝……死了……"

"先生，报假案将处以五日以上十日以下行政拘留。"

"死人就躺在我的脚边，后背心有个血窟窿。"我的口齿清晰起来，又看了一眼死者的麻子脸。"他叫麻军。我不知道门牌号，你查查这个电话的登记地址。"

"请留下您的姓名。"

"雷雨的雷。雷雨的雨。"

"请注意保护现场，警察将在几分钟内到达。"

"谢谢，我爱你。"

挂了电话。我没找到手机充电器，也不能翻箱倒柜破坏现场。钱奎的老娘可能已经打爆了我的电话。我想骂人。可惜只有一个死人陪伴我。

我假装自己是个刑警。地上到处是牛皮癣似的水渍。餐桌收拾得还算干净。墙上贴着阿森纳俱乐部海报。卧室脏得像家畜饲养场。棉被与床单决斗过一场。门框上残留着几个沾血的手印子，指纹几乎肉眼可见。

厨房的料理台像个厨具博物馆，摆着几十种坛坛罐罐的调味料。燃气灶上架着一口蒸锅、一口油锅，还没来得及洗干净。水槽里浸着两个碟子、两副碗筷。垃圾桶堆满小龙虾壳与花蛤壳，还有两听喝光的可乐罐。被害人要么是职业厨子，要么是孤独的美食家。

一昼夜前，还有个活人在这里呼吸、撒尿、饮食、酣睡，现在却像躺在地板上的冻鸡。厨房和卫生间的水龙头被拧开，连接着塑料水管对准客厅，却放不出一滴水。积满水渍的房间断水，就像姑娘走光的夜店。我决定爬上天台看一眼。

天空像一口清蒸小龙虾的大锅。乌云低得强吻我的额头。楼顶上矗立着一个银灰色的金属水塔。我旋开钢铁盖子，把自己变成七十公斤重的精子，深入不锈钢子宫。没有待字闺中的卵子。水塔内只剩一摊苟延残喘的水渍。凶手是个有脑子的人。我开始渴望与这位老兄决斗。

从天台爬下来，我回到六楼的房间。年轻的110巡警准时抵达，命令我在原地别动。我温顺得像一只伤痕累累的兔子。

稍后，脚步声响彻了整栋楼，酷似扛着大锤的拆迁队。一位刑警闯入谋杀现场。他跟我同样身高183公分，胸膛却宽厚得像一头犀牛。

他披着尺寸惊人的土黄色凤衣，咖啡色裤子，罕见的颜色搭配。

刑警让我摘下口罩，交出身份证。他有一双硕大的牛眼，在我脸上戳出两个洞眼。我的脑袋缠着纱布，眼角血痂凝结，嘴唇还磕破一道口子，仿佛刚跟地上的死者殊死搏斗过一番。

"雷雨，我是周泰。"

刑警摘掉蓝色口罩，露出法令纹深重的面孔，仿佛毛笔字写的"八"。我像在停尸房辨认死去老友那样凝视着这张脸。车祸没能让我失忆。我说过，我有一半的朋友是警察，剩下一半是无耻混蛋。周泰既是一个警察，也是一个无耻混蛋。

"周泰，长远不见，你好吗？"

"好个鬼，你看起来快死了。"周泰蹲下观察尸体，"这人是你杀的？"

"我只是报案人。他叫麻军。"我急忙用口罩遮住我的鼻孔和嘴巴。

"他的脸像一张九筒麻将牌。"周泰注意到死者的致命伤在后背心，毛衣有个破洞，暴露皮肉翻卷的伤口，"我没见过一个人被杀后能缩成这样，还没有捆绑痕迹。除非凶手在杀人后，故意把尸体摆成这样。"

"原来你不是瞎子。"

"这个狗杂种在暗示什么？"周泰的面色像一锅烫熟的牛杂，"碰到爱出谜语的家伙，我都想敲开他们的脑壳。"

周泰重新蒙起口罩，戴上一副白手套。他的食指与中指像一对筷子，深入死者的裤子口袋，夹出一包牛皮纸信封，犹如醇厚的牛肝。封口微微敞开，肉眼可见红色钞票。

"三百张人民币，每一张都印着毛主席与人民大会堂。"我猜出了信封的厚度,"这年头口袋里揣着三万块现钞,就像罗斯福随身携带原子弹图纸去参加雅尔塔会议。"

"这里只有我是刑警,但你不是侦探。"周泰警告我,他走进厨房和卫生间,观察死者吃剩的晚餐,"你没动过?"

"我就算再饿也不会吃了这个。"

周泰拧了两下水龙头开关说:"断水了?"

"我去天台上看过,水塔空得像一个撒哈拉沙漠。"

"小学语文课上,我最讨厌比喻句。"

"凶手杀完人,放水冲洗地板。当他离开谋杀现场时,故意不关水龙头,大门敞开。六楼到一楼,水往低处走。凶手的脚印、毛发等等痕迹,都被洗得一干二净,直到楼顶水塔放空,一滴不剩。反正水电费账单是寄给死者,不用凶手买单。"

"也许你会买单。"周泰指着门框上的血手印子,"有指纹。"

"既然清洗了地板,连六层楼梯都不放过,凶手不会轻易留下指纹。"

"凶手是谁?"

"有一个嫌疑人,他叫钱奎。"

我眼角的伤口又破了。世界鲜艳起来。隔着长江上的氤氲白雾,对岸隐隐浮现一栋孤绝的黑色建筑。好像这边的双胞胎。

周泰拉下口罩,掏出三块钱一包的软壳红梅烟,塞入发黄的牙齿间。

我提醒一句:"烟灰会污染犯罪现场的环境。"

"闻闻味道不行?"周泰拔出香烟,塞回皱巴巴的烟盒,"雷雨,我们上次见面是哪一年？"

"十六年前，北京篷街，我摔断了你一颗门牙。"

"好像是。"周泰戴上口罩，遮住烤瓷牙，"雷雨，我们打个赌吧。"

"赌注呢？"

"一包香烟。"

我掏出哮喘喷雾剂说："戒烟了。"

"一瓶啤酒。"

"成交。"我目睹大半个中国的浩荡之水，从容地与谋杀现场擦肩而过，"我打赌，杀人凶手还在这座城里。"

"这座城里有一千万人。"

"要从一千万人的密室里，找到这一个凶手，只有一千万分之一的机会。"

第四章

你不得不承认，地球自转太快，隔夜就已面目全非。如果没有这桩杀人案，再过三个礼拜，这栋楼就会被炸上天。法医抵达谋杀现场，在冰冷的房间里面对冰冷的尸体。世上并不存在光靠双眼和鼻子，加上一根体温计，就晓得你是三更上天堂还是四更下地狱的天才法医。麻军将被扔上解剖台，接受手术刀的审判，才能确认死亡时间。但他很快就会被人遗忘。谁会记得一只流浪猫被车撞死，一只老鼠被流浪猫捕猎后大快朵颐，一粒糖果被老鼠偷吃后只剩糖纸头。每个人从出生起就罹患了阿尔茨海默病。

我被押送到公安局，像个恶贯满盈的杀人犯，准备接受漫长的审问。手机也没收了。我的胃里开起了交响音乐会，勃拉姆斯或施特劳斯。最近摄入的热量只有半支香草味冰激凌。

周泰带给我一份鸡腿饭。不剩一丝热气，像条被分尸的大腿。若有一杯上路的白酒堪称完美。面对他的大便色风衣，依然保持旺盛食欲的人不多。我咬碎了鸡骨头，嘴唇流着血说："周泰，你还记得我喜欢这个味道。"

"你喜欢的只是公安局食堂的味道。"周泰收起饭卡说，从捏成团的烟盒里抽出一支烟，"我找到头号嫌疑犯了。"

"他在哪里？"

"天上。"周泰的手指戳向黑漆漆的天花板。

"钱奎死了？"

"他在一架空中客车飞机上，上午十点起飞，已经飞出国境线，即将在泰国曼谷降落。"

"头号嫌疑人飞走了。"我伸出双手，准备戴上手铐，"现在我成了头号嫌疑人。"

"雷雨，我查过你的手机轨迹和道路监控。深夜十一点半，你开车到海上邨。十二点十五分，你带着李雪贝到了江街的巫师酒吧。十二点五十五分，你们到了鹦鹉桥。凌晨一点，车祸发生。在这几分钟内，你要爬上六层楼，从背后杀死麻军，放水清理现场，再爬下六层楼，驾车把自己撞得昏迷，而且侥幸没死，可能性为零。"

"除非我是蝙蝠侠。"我挥去周泰嘴上喷射的烟雾，"现在像个无辜的小丑。"

"凌晨一点半，救护车把你和李雪贝送到医院。你的脑袋上缝了七针。交警给你做了酒驾验血。你的血液里没有一滴酒精。"

"如果我在今天上午，闯入麻军家里行凶杀人呢？"

"我第一眼看到麻军的尸体，就晓得他已经死了十个钟头以上了。自来水公司算出了时间——子夜十二点到凌晨一点多开始放水，早上六点到七点水塔放空。雷雨，你不具备作案时间。"

"周泰警官，您是一位神探长，明明有机会多关我二十四小时，却在三小时内替我洗刷了清白。您值得一面为人民服务的锦旗。"

"你可以滚了。"周泰把手机还给我，侧过庞大的身体。

"李雪贝现在在哪里？"

"她没事。"周泰说，"我刚去过她家。她证实了你不在犯罪现场。"

"你有警官证，有权登堂入室。我只有身份证，她把我拒之门外。"我走到门口停下，"还有什么线索？"

"你知道规矩，我不能告诉你。"

"好警察。"我撞了一下周泰的肩膀，犹如撞上一堵石墙，磕得我锁骨生疼。

周泰瞪着水牛般的双眼说："两个月前，那栋楼承重墙开裂，居民搬空，监控也关了。麻军是最后的钉子户。方圆一公里内全是建筑工地，距离现场最近的监控摄像头，就在你出车祸的十字路口。"

"我的车在哪里？"

"汽车坟场。"

"太棒了，再也不用跟别人争停车位了。"我听到心脏碎成八瓣的声音，"我能看看车祸的监控录像吗？"

我在公安局的走廊坐下，揉搓受伤的膝盖。穿警服的姑娘端给我一杯热水，掏出餐巾纸擦去我眼角伤口的鲜血。她还借给我一个充电宝。

"你简直是观世音娘娘。"我欣赏着她口罩上方露出的双眼，"你叫什么？哪个学校毕业的？"

"小雅，警官学院，侦查学专业。"

"我能加你微信吗？"

"不用，谢谢。"小雅拒绝了我，但有礼貌。

周泰回来了。他像一座移动的山丘，挡在我和小雅之间。周泰用手机播放监控录像——凌晨一点零一分，阿尔法·罗密欧超速通过路口。按下暂停键，画面放大，街心走过一团黑影，好像是猫，翘着乌黑的尾巴。竟然不是幻觉。黑色大众甲壳虫来了。妄想绕开黑猫，却在路面失控。我踩了急刹车。撞上一棵大树。引擎盖飞上天。大片级别的特效。没有替身演员，必须真枪实弹。安全气囊打开，救了我和李雪贝的命。

"有时候你不得不相信奇迹。"我说，"我想知道是谁叫来了救护车。"

"一个你想不到的人。"

周泰再按播放键——车祸几秒钟后，一辆银灰色特斯拉 Model S 来到路口。一个女人下车，戴着白色 N95 口罩，苹果绿呢大衣，黑色长筒靴。她拉开甲壳虫的车门，松开我和李雪贝的安全带。她把我们拖到路边。她打了电话，还撑起大伞给我们挡雨。我和李雪贝不省人事。救护车姗姗来迟，载着我们去了医院。

周泰拉下口罩，点上一支烟："救了你们的不是运气，而是这个女人。"

"车祸地点到谋杀现场非常近，很可能就是麻军被杀的时间。"我盯着周泰的眼睛，"这个女人是钱奎的老娘，她跟她儿子一样，也是本案的杀人嫌疑犯。"

接着我就听到西班牙小牛皮靴的脚步声。我一回头，看到一副白色 N95 口罩，巧克力色大波浪卷发。她的左手依然挽着爱马仕鳄鱼皮包。外套换成朱红色呢子大衣。黑丝袜在下摆缝隙若隐若现。

"小雷，我们又见面了。"

第五章

　　洪姐陪我走出公安局。门卫还以为是时髦的老娘来领走打架斗殴的不肖子。特斯拉 Model S 的电动马达无声启动，我必须当十年调查员才买得起这台车。如果开发捉奸在床业务，也许五年。

　　寡妇递来一瓶依云矿泉水说："小雷，你受伤了，我很心疼。"

　　"这点伤就像被小姑娘的指甲挠破了脸。"我一口气把水喝完。

　　"如果有人把我儿子打成这样，我会掐断他的脖子。"洪姐的大波浪卷发宛如非洲草原上狮子的鬃毛，"中午，周泰警官来找我。他看过了监控录像。我承认了。昨晚，我从你的办公室出来。我刚回到家，你发微信告诉我，钱奎去了鹦鹉桥。我就按照手机定位找过去。到了十字路口，钱奎的车像火箭一样蹿出去。接着一辆黑色汽车撞到树上。我不能见死不救，于是拉开车门，竟是你和李雪贝。小雷，你是最好的调查员。"

　　"不谦虚地说，我是调查员中的残次品。"

　　洪姐在红灯前停下，说："我打了急救电话。救护车把你们送走。我在五百米外发现了钱奎的车。车上没人。但我看到沾血的衣服。隔着车门都能闻到酒气。我发现钱奎的手机开了。他在去机场的路上。"

"但你不敢报警，酒驾等于犯罪，你怕你儿子会被刑事拘留。"

"你很聪明，小雷。凌晨两点，我在机场找到儿子。他吓坏了，醉得不轻，语无伦次。他的哮喘喷雾剂也丢了。我给了他一支备用的。他呕吐了三次。我给他买了从泰国转机去意大利的国际机票。钱奎有意大利绿卡，可以免签进入申根国家。"

"洪姐，你知道你儿子是杀人嫌疑犯吗？"

"钱奎连一只苍蝇都杀不了，何况杀一个活人。"她像红酒粘在杯子上，不肯褪色，"小雷，我听说你在公安局，就来帮你澄清——昨晚你为我工作。你没有杀人动机。"

特斯拉开到兰陵街停下。车窗开一道缝。洪姐摘下口罩，抽出一支中华烟，点烟器烧出一团星火。她说："儿子飞走以后，我已经没有能说话的人了。"

"本公司服务范围不包含陪聊天。"我公事公办说了一句，但她的夜晚注定比我难熬，"鉴于您是我在江城的第一位客户，可以陪您多聊几句。"

"谢谢，小雷。"洪姐吐出一口烟，"你有哮喘，戴口罩比较好。平常我儿子在家，我从不抽烟。"

"今天发作过一次。但杀不了我。"

洪姐看一眼天窗说："过两天，钱奎就会转机到意大利，他舅舅在米兰。"

"请问他是西西里黑手党？还是那不勒斯的格莫拉？"

"我兄弟在米兰开妓院，有一百多个东欧姑娘，阿尔巴尼亚、罗马尼亚、塞尔维亚还有乌克兰。如果你去意大利，我给你打对折。"

"感谢您的好意。我对体型健硕毛孔粗大的欧洲姑娘素无兴趣。"

"不客气，我的 N95 口罩就是那边寄来的。"洪姐指着口罩上的绿色橄榄叶，"妓院的商标。"

"橄榄叶象征和平，至少人们在嫖妓时不会想打仗。"

洪姐打开车上的手套箱，拿出十片 N95 口罩说："送给你。"

"您真是挥金如土。"我从不轻易收受客户礼物，但我想闻闻意大利妓院的味道，"我现在知道您有多讨厌儿媳妇了，宁愿把亲儿子送去妓院。"

"男人总要长大的。"洪姐的唇上露出淡淡细纹，脖颈下皮肤松弛，提醒她有个三十一岁的儿子。

"世上最温柔的母亲莫过于您，世上最凶狠的母亲也莫过于您。"

"小雷，你的评价很准确。"她把烟灰弹出车窗，"你因为找我儿子撞坏了车，修理费我来报销。"

"保险公司会报销的，不过发动机废了，只能换一台新车。"

"你喜欢什么车，我送一台给你。"

这位贵妇人要么是看中了我，要么是疯狂地羞辱我，也许我上辈子对她始乱终弃过。

"不必了，我那辆车唯一值钱的就是上海牌照。"

洪姐打开手机，转账给我两万块。"这是你的酬金。"

"如果我再拒绝，那就是虚伪了。你知道我不是那样的人。再见。"

但她掐灭烟头说："你还有第二个任务。"

"我不接受买凶杀人，也不帮助犯罪嫌疑人制造假证据。包庇罪情节严重的，处三年以上十年以下有期徒刑。"

"我儿子没有杀人，你不需要帮助他。"洪姐戴上口罩，"小雷，请你给我出一份调查报告，我会支付二十万酬金。"

"调查你儿子？"

"不，调查李雪贝。"

"你没过门的儿媳妇的故事不比你少。"

"小雷，这是夸我还是骂我？"

"两者都有。"我向来公平，"洪姐，你为什么不放过李雪贝？"

"李雪贝为什么不放过我儿子？这件事跟她脱不开干系。"

"麻军被谋杀跟李雪贝有关？"

洪姐吐出的每个字像飞刀一样，甩上风挡玻璃："十六年前，李雪贝家里发生过一桩杀人案，她的爸爸被人杀了。"

"凶手是谁？"

"李雪贝的继父。"洪姐看着天窗上的雨点和浓云，"那场杀人案有两个目击证人，一个是李雪贝，第二个是麻军。"

"周泰会调查相隔十六年的两起杀人案的关系。"

"我对杀人案毫无兴趣。我只想知道儿媳妇的秘密。小雷，你会为我调查吗？"

"七天内，我保证出一分关于李雪贝的调查报告，详细到她用过的卫生巾牌子，谈过的每一场恋爱，亲过的每一次嘴，说过的每一次谎话。"我已成为这个女人的囚徒，严格来说是二十万酬金的囚徒，足够我换一台新车。

我奄奄一息地回到探照灯调查公司，怀里藏着十片 N95 口罩。洗手液泡沫喷射在手指间，如一场草草了事的交媾。我把自己脱光，胸肌上有几道鲜艳的血痕，屁股与大腿布满淤青。我的眼角结痂，半边脸肿得像猪头三，嘴唇裂开口子，像活吃过一对童男童女。胡楂细密地破土而出，像春天的韭菜般旺盛。我打开电动剃须刀，每一根毛囊里住着一个杀人犯，遭到旋转刀片逮捕处决。

第六章

N95 口罩隔绝 95% 的粉尘、雾霾、微生物，还有无孔不入的病毒，缺点是极度密闭，令人难以呼吸。仿佛一桩密室杀人案，大门挂上三重铁锁，就连大卫·科波菲尔也插翅难逃。

我一瘸一拐地上街。雨刚停。地面黏糊糊。夜一格格深下去。我打出一通国际长途电话。洪姐负责报销话费。相隔五千公里，钱奎接听了手机。

"钱奎，我是你妈妈的朋友，探照灯调查公司，我叫雷雨。"接近零度的冬夜，我在手机里听到一个闷热的夜晚，浓烈的冬阴功汤，熏人的榴莲，年老色衰的腋臭，"你旁边有人妖吗？"

"你好，雷雨。"钱奎的声音像八个月大的猫，"我在曼谷的酒店，外面有点吵。这里没有人妖。"

"听说你是文学博士。"

"在读博士。"钱奎谦虚地纠正，全无他老娘的温州口音，"论文刚写完。"

"什么题目？"

"《陀思妥耶夫斯基＜卡拉马佐夫兄弟＞的偶合家庭》。"

"我读过这本书，每个字都认识，但没读懂。我记不住俄国人的名字。"

"你也是学中文的？"

"不，刑事侦查专业。你在喝酒？"我听到电话里潜伏着冰块与玻璃的撞击。

"对不起，我妈妈说了车祸的事。我不知道车里是你和雪贝。我以为你们是杀人犯。"

"麻军不是被你谋杀的？"

"应该不是我。"钱奎的回答像一千只泰国蚊子携带登革热病毒飞舞吸血。

"你不确定自己有没有杀人？"

"抱歉，我像卡夫卡的大甲虫。我快爆炸了。"他在大口吞咽酒精，热血与冰块在胃里融化。

他的口子在慢慢打开，我用小刀继续割下去："大甲虫格里高尔，回忆一下吧。"

"我想想……前天半夜，我出门去了巫师酒吧，我一个人喝酒，烂醉如泥，中午才醒。我不接我妈妈的电话。下午，我去了书店，看了半本卡尔维诺的《寒冬夜行人》。"

"一本装订错误的书。"我的裤脚全是泥水，看一眼头顶的街灯，"我只是碰巧读过几本书，听说过几个名字，擅长与客户聊天，投其所好而已。"

"我喜欢你，雷雨。"钱奎说，"傍晚六点，我到了鹦鹉桥，爬上麻军的孤楼绝顶。"

"孤楼绝顶？你的用词令我反胃。"

"麻军是雪贝的表舅。他是个厨师，邀请我吃他做的两道菜，清蒸小龙虾和炒花蛤。他先拍照发朋友圈，再动筷子。吃到一半，他开口向我借钱。"

我吐出一片裂开的嘴唇皮说："钱博士，人人都以为你是一掷千金的富家公子，实际上呢？"

"我没有钱。我从没上过班。我的零花钱都是问我妈妈要的，加油费都问她报销。我妈妈还在打我电话。我干脆关了手机。但我的胃就像打了结，根本吃不下。麻军把两道菜吃光了。大概七点钟，我离开他家，下楼回到车上听音乐。我的心里有个拳击台，加西亚·马尔克斯跟巴尔加斯·略萨大打出手。坐了一会儿，我看到麻军下楼开走了本田 CR-V。到了八点半，我感觉舌头发涩，很想喝一杯，就开车去了江街。"

"算你走运，巫师酒吧还没关门。酒保叫杰克，小伙子不错，要不是因为开车，我就请他喝一杯。"

"我喝了六杯威士忌加冰。子夜十二点，我醉了。我想起在麻军家里吃饭时，他看我的眼神，就像在看动物园里当众交配的长颈鹿。我想找一把小刀，挖出他脸上所有麻子。"

"你叫了代驾送你去鹦鹉桥。你第二次闯入麻军家里，杀了他？"

"我断片了。我觉得自己是飞上去的。雷雨，你知道那种感觉，分不清哪些是真枪实弹，哪些又是你脑袋里的怪东西。"

"我永远分得清。"

我不想废话。走在无人的街头吹着冷风的滋味并不好受。

"我爬上六楼，看到麻军浑身是血蜷缩在地板上。我摸了摸他。人已经死了。"

"你要不是喝醉了，不会沾上死者血迹，也不会把你的指纹弄到门框上。房间里还有别人吗？"

"我不记得了。地上全是水，我好像滑了一跤，现在屁股还疼。我像野猫牙齿边的老鼠，一口气跑下楼。N95口罩让人喘不过气。有台车用大灯照我。但我那时只想着逃跑。"

"钱奎，你意识到你在醉酒驾车吗？"

"我连我自己是谁都意识不到了。"

"那你看到黑猫了吗？"

"什么？"

钱奎好像开了窗。我听见汹涌而来的曼谷街道，泰国姑娘的说话声好似孔雀开屏，百鸟朝凤，仿佛在享受一回古法采耳。

"你绕过了黑猫。而我撞上一棵大树，差点宰了自己和李雪贝。大难不死，未必有什么后福。每个人喘着气来到这个世界，断了气告别这个世界，几乎从不是自己的选择。"

"我没有别的选择。"钱奎说，"我开出去几百米，就停下来呕吐，然后我打开手机，叫了一辆网约车去机场。"

"你知道你完蛋了，涉嫌杀人，醉酒驾车，你想坐飞机逃出去。"

"只要没有检测记录，没人能证明我醉酒驾车。"

"坏小子，你妈妈教你的？"我摘下口罩，猛力呼吸危险的空气，"我不想再跟你妈妈做朋友了。"

"你不是我妈妈的朋友，你只是她花钱雇来的调查员。"

"钱奎，你听着……"我气得肝疼，不慎撞上一根水泥电线杆，幸好脑壳坚硬，但声音响亮。

"雷雨，你还好吗？"

"我很好。"我在睁眼说瞎话。脑袋缝了七针，眼角和嘴唇各有一道口子。绑着白纱布的额头被这一下撞得沁出滚烫鲜血。"恕我直言，李雪贝不会嫁给一只鸵鸟。"

"雪贝有事吗？我不敢跟她打电话。"

我饥肠辘辘地望向红色砖墙说："我快看到她了。她比谁都太平。"

"我想把我的车送给你，作为你撞坏车的赔偿。"

"不必了，你妈妈给我提供了赔偿方案。"我不能告诉钱奎，他老娘出了二十万报价，让我调查李雪贝的秘密。

当我以为泰国人妖在敲门，钱奎说："我是不是冒犯到了你？"

"你可以冒犯我本人，但请不要冒犯我这一类人。我们不会成为朋友的。能挂了吗？我的舌头成了塔克拉玛干沙漠。"

"对不起，雷雨，跟你聊天是我的救命药丸。"钱奎像个喋喋不休的人工智能，"注意安全，戴口罩，多洗手。"

上一个这样关心我的人是他的老娘。我挂了电话，以免他拉着我说到黎明。我重新戴好口罩，看到雪贝小龙虾的招牌。

第七章

　　海上邨的红砖下，架空的电线牵丝攀藤，小龙虾店的玻璃门不声不响敞开。七张方桌的店堂，没开空调，灯光惨白。账台背后，李雪贝低头滑动手机。蓝色口罩隐匿了她的面孔，像鲜红虾壳中隐匿着的雪白虾肉。她的额头上贴着创可贴。我们是劫后余生的幸存者。

　　"今晚生意还做吗？"我问得像个欲火焚身的客人。

　　我摘下连衣帽，暴露头上的白纱布，活像个逃出金字塔的木乃伊。她极不厚道地噗嗤一笑："做。"

　　"哪个做？"

　　"坐下的坐。"李雪贝拿出一瓶免洗洗手液，把几滴透明液体挤在我的十指间。

　　"这家店冷得像遗体告别大厅。"我看到她拿起空调遥控器，摇头说，"不必了，省点电，环保。吃了热的，自然不冷了。"

　　"你戴着钱奎的口罩。"

　　"钱奎妈妈送我的。"N95 口罩把声音过滤得像闷在被窝里，我摸着口罩上的绿色橄榄叶说，"你未婚夫没告诉你？这是一家妓院的标志。"

我选了一张桌子坐下。点菜对我等于酷刑。我像看死刑判决书一样看菜单。

"麻烦快点，要关门了。"她在催我。

手表的指针停留在凌晨一点，我看一眼手机说："才八点。"

"厨师都放假了。"李雪贝靠在桌边，破洞牛仔裤露出肉色。她真不怕冷。

"清蒸小龙虾，炒花蛤。这是麻军最后的晚餐。"我放下菜单，"麻烦快点，我饿了。"

李雪贝对我翻翻白眼。片刻后，小龙虾堂而皇之上了餐桌，可惜在冬天并不肥美。炒花蛤也来了。我想起蒸笼般无风的夏夜，老饕们对小龙虾抽筋剥皮，小龙虾壳与花蛤壳堆积如山，仿佛今晚的解剖台上，麻军被法医开膛剖肚，分析肠胃里的相同成分。

"老板娘，买单。"我的进食速度堪比乔丹绝杀骑士。

"这里只有老板，没有娘。"李雪贝拎来两瓶啤酒，撬开瓶盖，"我请客。"

我吹着啤酒瓶吞入喉咙。李雪贝摘下口罩。左面颊暴露一大块乌青，掺着几缕鲜艳血丝，好像哥特风格妆容，适合万圣节聚会。

"你的安全气囊救了我的命。"她眨了眨左眼，"脸上这块算轻的，身上的暗伤就没法给你看了。"

"我倒是想见识一下。想看看我身上的吗？"

"你的好意我心领了。"李雪贝也把啤酒瓶对准嘴巴，泡沫像等待烹饪的贝壳吐出泥沙，"你没事吧？"

"中彩票一样爽。"我的关节疼得万箭穿心，假装是个硬汉，"我离太平间一步之遥，死在美人怀里，想一想也是蛮浪漫的。"

"一条硬汉浑身血污死在我怀里，想一想也是蛮恐怖的。"她的嘴巴比我厉害。

我难得笑了，恐怕比哭还难看。

"雪贝，谢谢你，在医院陪我到天亮。"

"医生说我有脑震荡必须留下观察。我坐早班公交车回家，只有我一个乘客。司机差点报警。我身上全是你的血。"

"我的血量充足，质地黏稠，每年无偿献血两次，否则不舒服。"

"你开心就好。我的衣服沾了你的呕吐物，味道很酸，丢进垃圾箱了。"

"那是香草味。请注意垃圾分类，不要毁灭证据。"

"回到家，我打通钱奎的电话。他说麻军死了，但他不是凶手。"李雪贝喝光剩下的啤酒，"钱奎不具备说谎的能力。"

"如果说谎算一种能力的话。警察更相信指纹、血迹还有凶器。昨晚十点，钱奎妈妈上门来找你，为什么不开门？不接电话？"

"这个问题，我已经回答过警察了。"

"李雪贝，我因为你撞烂了一辆车，我有权知道答案。"

"你还为我撞沉了泰坦尼克号？你想问麻军在不在我家里？所以我不敢开门？昨晚六点半，麻军打我电话借钱。不然他的手指头就保不住了。麻军说十点半来取钱，就是伦敦德比结束后。他下注买了这一场。"

"切尔西2:2阿森纳。"我说，"赌鬼该下地狱。"

"十点钟，麻军还没来。门铃响了。我不想开门，也不接电话。我透过猫眼看到钱奎的妈妈。她还没年老色衰。五十岁以上的男人会被她轻易迷倒。"她用冰块般的左眼看我，"四十岁以下的男人也不是没可能。"

"我没有年龄歧视。我只对她的故事感兴趣。"

"钱奎妈妈走了。"李雪贝擦着嘴角伤痕，戴上口罩，"十点半，麻军准时上门。我给了他三万块现金，装在牛皮纸信封里。"

我想起牛肝的颜色说："这笔钱在公安局。我想破案以前，他们不会还给你。"

"我从不指望麻军还钱。欠条都没要。我只求他别再来烦我。麻军刚走五分钟，你就来按我的门铃了。"

"麻军有什么仇家？"

"如果有一天，杀人不犯法，麻军门口会有人排长队。"两个酒瓶都空了，她拿来脸盆，收走小龙虾壳，就像收走被害人尸体，"麻军原本是这里的厨师。五年前我大学毕业，从他手里接管了这家店。"

"你学什么专业？"

"法律。"

"真巧，我也学过法律。虽然现在这副鬼样，更像被法律严惩的对象。"我触摸眼角的伤疤，疼得眼冒金星，"你为什么不做律师？除了警察和流氓无赖，我还有三百个律师朋友。"

"与你无关。"

她开始关灯。店堂像夜空一片片黑下来。

"我听说，十六年前，楼上发生过一场杀人案。"我不动声色地盯着李雪贝。她的肩上抖落一层看不见的灰。

李雪贝退到招财猫背后，指着玻璃门说："请你滚出去。"

"好吧。"我站起来，摸了摸头上的纱布，"买单。"

"不用，我请客。"

"我从不占女人便宜。"我从钱包里抽出五张皱巴巴的百元钞票，塞进招财猫的小手里，"多余的是你给我垫付的医药费。"

"不送。"

但我赖着不走。"十六年前，被害人是你的亲生父亲，凶手是你的继父，你亲眼目睹爸爸被人杀死，我想知道杀人动机。"

"钱奎妈妈雇用你来调查我的秘密？"李雪贝的眼神变成一把飞刀，插入我的眼珠子。

"我不想说谎。"

"她给了你多少钱？"

"客户机密，无可奉告。"我厚颜无耻地掏出名片，"探照灯刺破黑暗，帮你解决一切烦恼事，有事打我电话，或者来我办公室。本公司年中无休，二十四小时营业，价格优惠，童叟无欺。静候您的光临。"

李雪贝没有撕碎名片。她抓起一把筷子砸上我的脸。N95口罩犹如中世纪猪嘴护面甲，挡住突如其来的竹箸攻击。我弯腰捡起一根根筷子，整理好放回账台。

"雷雨，我永远不想再见你。"

我被李雪贝赶出了小龙虾店。她转身踮起脚尖，用力拉下卷帘门。作为一个调查员，我多少有些丢脸，但也不是什么稀罕事。

我回到了探照灯调查公司。不到二十四小时前，一位寡妇造访此地，给我送来第一单生意，也差点把我送入坟墓。今天，那位寡妇送给我第二单生意。

　　我打开笔记本电脑,登录中国裁判文书网。这是一所犯罪学博物馆,全球最大的裁判文书网,中国各级法院的司法判决书和裁定书都会在此公开。

　　输入三个关键词——"江城""2005年""故意杀人罪",我看到"江志根犯故意杀人罪一审刑事判决书"。

　　逐字逐句看完判决书,好像在看一部国产犯罪伦理片,还是豆瓣评分不超过2.8的那种。被告人江志根,辩护人宋云凯,被害人李炼钢,证人名字里有李雪贝和麻军。

　　江志根——杀人犯的名字,我写在便笺纸上。打一个大叉,再打一个叉,又打第三个叉。圆珠笔尖刺破白纸。刀子划开人脸。我按下打火机,赤链蛇似的火苗,放出剧毒噬咬"江志根",送入抽水马桶。

第八章

　　除夕，上午十点。我把自己收拾得像个人样，披上冲锋衣，腰后藏一把精钢锥子，硬度足以贯穿男人的颅骨。骑上自行车，沿着太湖街到远东路，我走进一间萧索的小院。院内有一株枯萎的广玉兰，两株快病死的棕榈树，遍体疮疖与疤痕，顽固地举着几片墨绿色。我踏上水泥台阶，玻璃灰尘下照出一张蒙面男人的脸。我用手指关节叩响苟延残喘的铁门。

　　门开了。江志根头发花白大半，没戴口罩，密集的胡须扎满双颊，单眼皮下垂得厉害。他的下颌骨相当强壮，一嘴好牙口，显然爱啃各种动物骨头。我想起花江狗肉火锅的老板，杀猪一样杀狗，放出狗血，保留狗皮，开水烫去狗毛，将骨头大卸八块。

　　"你是谁？"江志根的嗓门仿佛能引爆五公斤重的诺贝尔炸药。

　　"我叫雷雨，是老鬼的朋友。"我捂着耳朵回答。

　　客厅养着十几盆君子兰。腐烂的地板上堆满旧报纸，还有盗版《古龙全集》。玻璃吊灯低得能撞断眉骨。你必须绕过五百斤重的沙袋，像一具上吊自杀的肥胖男尸，才能坐上千疮百孔的大沙发。头顶上方有一扇脏兮兮的天窗。

"老鬼在监狱里救过我的命。"江志根拆开一条中南海香烟,扔一包给我,"他的朋友就是我的朋友。"

"我有哮喘,不能抽烟。"

他坐上藤椅,指着我头上的白纱布问:"怎么伤的?"

"前两天打泰国拳,对面是个又黑又瘦的职业拳师,用肘子给我开了瓢。"

"不像打拳,更像车祸。"江志根按下打火机,徐徐点燃中南海,"跟我有关吗?"

"是。"

江志根一口烟吐到我的眼里:"你知道我杀过人?"

"略知一二。"我挥手扇去烟雾,"我想知道更多。"

"这也不是什么秘密。"江志根的口音很重,吐字如凶狠的拳头一样砸在空气里,"1995 年,我在九省街卖牛仔裤,一顿能吃半斤米饭、一斤牛肉、半瓶白酒,下雪天冬泳,能横渡长江两个来回。我在那一年离婚了,儿子跟他妈去了上海。"

"你儿子现在在什么地方?"

"快二十年没见过了,我连他长什么样都忘了。"江志根拍拍藤椅把手,扬起一片灰,"我在九省街认识了个女的。她叫唐红英。她离婚了,有个女儿叫雪贝。她们住在海上邨。我那时口袋里没几个钱。我请唐红英吃面条,她请我吃火锅。我请她看电影,她请我看戏。喝酒都是一人买一次单。"

"你的运气不错。"

"唐红英是我这辈子唯一的运气。2000年，我们领了结婚证。我搬到海上邨过日子。唐红英想开一家小龙虾店。我就借了点钱，盘下洪泽街的一个门面，开了雪贝小龙虾。唐红英从乡下叫来她的表弟麻军帮忙。那人真是个婊子养的，但他做小龙虾确实好吃。只要客人不看厨子的脸。"

"为什么要用雪贝的名字开店？"

"唐红英跟我结婚时没要房子，也没要一分钱，但有个条件，就是把雪贝当作自己女儿。"江志根向天花板吐出浓烈的烟雾，房梁早已熏得变了色，"2003年，唐红英查出乳腺癌。我陪她到处看病，江城的医院都走遍了，还去过北京和上海。两个奶子都切了，癌细胞像九八年的洪水，怎么堵都堵不住，内脏里到处扩散。我问身边所有人借过钱。我想过卖掉小龙虾店。但唐红英不同意。这家店是留给雪贝的。拖到2004年夏天，唐红英几乎脱了形，像个晒干的娃娃，死在我的怀里。"

"半年后就发生了杀人案？"

"因为李炼钢。"江志根一拳打中沙袋，灰尘如烧伤的皮肤剥落，"他是唐红英以前的老公。李炼钢向法院申请要回了女儿的监护权，然后把我赶出了海上邨。雪贝和小龙虾店都归他了。最后那件事，发生在2005年的除夕。"

"十六年前的今天。"我拍去头上的灰尘。

他的下巴和声音同时低垂，头顶的白发注视我的双眼，说："大年夜，我到了小龙虾店门口。麻军跟我一起上楼。雪贝开了门。我想把她带走。我打了李炼钢一巴掌。他拿出一把剔骨刀来拼命。我被他刺中肩膀，浑身是血。我想徒手夺刀，但那很不容易。我和李炼钢在地板上扭打起来。我伤得不轻,使不出力道。麻军是个软蛋,躲在墙角不敢动。最后还是我夺过刀子,从后背心捅死了李炼钢。"

"我觉得你属于防卫过当。"

"律师也这么说。"江志根从鼓气的河豚鱼变成一道河豚刺身,剔除剧毒的卵巢,等着美食家下筷子,"杀完人,我打电话报警自首。"

"你是一条好汉。"

"现在是一条老狗。"

"五个月后,你被法院判了故意杀人罪,有期徒刑十年。"

我站起来小心走动,好像遍地埋着地雷,天上也藏着暗器,梁上君子有来无回。但谁敢来偷杀人犯的家?

江志根擦了擦墙上的两张黑白遗像说:"第二年,我老爹发心脏病死了,追悼会上,我老娘突发脑出血又死了。那时,我在监狱里。"

"十年刑期,没有减刑吗?"

"老鬼没告诉你吗?最后一年,我在监狱里打架,出手稍微有那么点狠,把一个犯人打成重伤,爆了两颗卵蛋,差点送他去见阎王。"江志根的口气,就像杀一只鸡,露出蜡黄色的牙齿冷笑起来,"运气不太好,法院给我加了五年六个月刑期。"

我猜他说的运气不太好是指没能打死对方。"你在监狱里关了十五年六个月?"

"从十六年前的除夕夜,也就是我进公安局那天算起,直到去年夏天,我才放出来。"江志根伸出一只大手,撩去墙角的蜘蛛网,捏死一只肥硕的蜘蛛,"我回到这间老房子,里面住了一窝比猫还大的老鼠,全被我用开水烫死了。"

"李雪贝来监狱探望过你吗？"

"没有，我儿子也没来看过我。"江志根野草般茂盛的鼻毛冲着我说，"我有十六年没见过雪贝了。"

"从远东路到海上邨，直线距离不过一公里。"我想，人与人之间的距离，可不是用尺子来量的。墙上贴着一张巨幅海报，浅蓝色的苍穹下浮起悬崖般的冰山，黑白两色的企鹅家族漂浮在深蓝色的海面上。"南极倒是很远。"

"未必。"江志根走到墙边，庞大的身体挡住南极冰山，"你是警察吧？"

"为什么？"

"你走路像个警察。"

"十六年前，我混进黑社会做卧底，差点被人打断了腿。"我走到门口，转过头说，"我不是警察，从来都不是。"

"昨晚，一个姓周的警察找过我。他说麻军死了。他问我前天晚上在哪里，我说我整晚都在这里睡觉。"

"你没有不在现场证明。"我打开门说，"再见。"

"别走，我还没看过你的脸。"

江志根凶猛地扯下我的 N95 口罩。我想起藏在皮带里的精钢锥子。但我不想动手。他抚摸着我半边红肿的面孔，好像我刚被他打过一拳一样。

"等一等。"他回到房间，取出一剂药膏，挤出一小管来，在手指上涂匀，然后擦上我的脸颊。

他的手指上有磨砂纸般的老茧。药膏冰凉得像南极洲，却有一股南洋香料的味道。院子里的广玉兰和棕榈树,仿佛长出了肉豆蔻与丁香。我想提醒他戴口罩,但我说不出口。一块比舌头还大的浓痰堵住了我的喉咙。我戴上 N95 口罩,宁愿无法呼吸。我夺路而逃。他不会认出我。他连儿子长什么样都忘了。这个世界上,江志根已举目无亲。我几乎也举目无亲。

　　我就是江志根的儿子。

第九章

　　这座城市已跑过十几场马拉松比赛，我童年的家却像个聋哑人，听不到发令枪响，趴在起跑线上长眠不醒。我抹去那个人擦在我脸上的药膏。N95 口罩重新掐住我的喉咙。

　　除夕的正午，雨夹雪。我骑上自行车，像个在异乡流浪的背包客。骑到城外的博雅湖，一大片深色水面铺开，浓云如内衣点缀关键部位。我的双腿几乎抽筋。精钢锥子硌得腰疼。湖边一棵棵老树犹如泡澡堂的老妇人。麻雀家族在聚众斗殴，黄鼠狼兄弟饥肠辘辘，乌鸦停在枝头冥想。

　　湖畔有幢西班牙式三层别墅。门口停着一辆黑色奔驰 S 级轿车。我按了三次门铃。当我怀疑里面有个死人时，房门打开了。别墅的主人比我矮半头。留着黑色小胡子。头发顺着额头梳向一边，油光锃亮。鬓角刮得很干净。

　　"宋云凯律师。"我不需要他的承认或否认，"新年好，我是雷雨。"

　　这个男人有两排钛合金牙齿，足以咬碎一台虎式坦克，吃下一座帝国大厦，他捏紧门把手说："我们认识吗？"

"我认识你就够了。"我用一只手抵住门框,"十六年前,除夕夜,海上邮轮杀人案,你是江志根的律师。"

他的瞳孔像猫一样收缩:"这案子早就结了,请你离开我家。"

"我认识三百个律师,有一百个对我恨之入骨,还有一百个听到我的名字吓得尿裤子,剩下一百个跟我穿同一条裤子,你希望自己是哪一种?"

脑袋上的白纱布,眼角的伤疤,让我看起来像个狠角色。大律师并未被我的外形威慑到,他关上门说:"一分钟内,如果你没消失,我就报警。"

我吃了闭门羹。但这不是我的失败,而是他悲惨的起点。我戴上皮手套,抽出精钢锥子,刺入奔驰车的轮胎。放气声犹如我的哮喘声。四个轮胎统统瘪了。整台车矮了五公分。别墅还没动静。我操起精钢锥子,刺入引擎盖,刻出两个字母,第一个 S,第二个 B。汽车警报声大作,终于惊动了地堡里的小胡子。

宋云凯抄着一支高尔夫球杆,对准我的脑袋而来。他要砸出我的脑浆,再以正当防卫给自己辩护。毕竟我身怀利器,私闯民宅,侵犯私人财产。杀人者无罪释放。我死后还须照价赔偿四个轮胎与一个引擎盖。

我侧身躲过残酷的一击。但左后视镜无处可逃,当即被球杆砸得粉碎,声音美妙悦耳。报警器再次尖叫。宋云凯亲手给奔驰车毁了容,就像割掉自己左耳朵。梵高在普罗旺斯也干过这档子风流韵事。

"你是什么人?"宋云凯双臂挥舞着高尔夫球杆。我怀疑他要把风挡玻璃也砸了,全算我头上,反正保险公司会赔偿。

"接受对方当事人的财物或者其他利益，与对方当事人或者第三人恶意串通，侵害委托人的权益。"我坐上奔驰的后备厢，"给予停止执业六个月以上一年以下的处罚，可以处五万元以下的罚款；有违法所得的，没收违法所得；情节严重的，由省、自治区、直辖市人民政府司法行政部门吊销其律师执业证书；构成犯罪的，依法追究刑事责任。"

大律师像被踢中了前列腺，高尔夫球杆如拐杖般撑在地面，他从牙齿缝间迸出一句："《律师法》第四十九条第五项。"

"我只是学过《刑法》，自修过《律师法》而已。三年前，光谷软件园的老杨跳楼自杀。你是他的律师。半个月后，你买了这台奔驰。老杨跳楼的前几天，留下过一段录像，总共十二分钟。如果今天我回不去，录像会从云端直接发到微博热搜。"

"我认输。"宋云凯为我敞开别墅大门，"感谢您的新年礼物，提醒我该换新车了。"

我不跟他握手。我跳下奔驰，一脚跨入门槛。伊朗真丝地毯上留下了我的泥水脚印。

"要换拖鞋吗？"

"不必了。"宋云凯捂着胸口说。

落地窗正对着博雅湖。客厅大得能打一场网球大师赛。楼上还有两层。地下室深不可测。美式乡村风格装修，一个徒有其表的大壁炉，墙板和家具裸露着原木纹理，大理石地砖下开着地暖，温度像是残忍的四月。

我脱下冲锋衣，坐上意大利真皮沙发，躺在蒙娜丽莎的胸脯上，说："有人花五百万造起这座别墅，装修花了两百万。他委托你打官司，结果别墅被司法拍卖，最后落到你的名下。宋律师，我不想跟你交朋友。但只要你说实话，我们会像在达沃斯论坛上那样谈笑风生。我保证不会录音。"

"喝咖啡吗？"大律师温顺得像一只蓝猫。

我礼貌地拒绝了："不是怕你下毒，是不想摘口罩。"

"你想知道十六年前海上邨杀人案的内情？"

"据说比中国联通的商标还复杂。"

"那时我还年轻，还没当上合伙人。大年初一，我就听说了除夕夜的杀人案。我跟几个律师朋友打听了，都说是故意杀人罪，逃不了，大概率死缓，运气好的话是无期徒刑。正月十五，我接下这桩案子。我在看守所见到了江志根。他承认，除夕夜去海上邨抢夺养女李雪贝。他跟李炼钢打架。江志根被刺中一刀，然后就夺刀杀人。"

"这不是正当防卫吗？"

宋云凯摸了摸自己的后背说："刺在后背心。如果是正当防卫，致命伤应在正前方。从后背捅刀子，可以说是故意杀人。"

"电光石火之间，很难绝对断定。"

"但有两个目击证人。我先找的麻军，小龙虾店的厨子，李雪贝的表舅，他的说法跟江志根一样。命案发生时有激烈搏斗，麻军躲在旁边不敢动。我之前遇到过这样的案子，两个男人持械斗殴，结果刀子扎中了一个看热闹的家伙的颈动脉。"

"我也见过，一回在云南，有个女人死了；一回在俄罗斯，死的是个比北极熊还壮的彪形大汉。"

"李雪贝一个人住在谋杀现场。她在亲戚家住了几天，很快又被送回来了。他们都说这女孩的魂丢了。没人敢跟她住一起。小姑娘的那双眼睛，让我想起要被屠宰的牛。"宋云凯捏着沙发的牛皮，"我在农村长大。我爸爸是个屠夫。逢年过节，人家请他去屠宰。牛会直勾勾盯着你，眼泪像滚烫的开水一样流出来，求你不要宰了它。"

我的鼻头浮起黏稠的血腥气，说："屠夫的儿子成了大律师，是个好故事。"

"小姑娘盯着地板——她亲爹被杀的位置。她什么都不说。"宋云凯解开领口，"但我打听到了更多的故事。案发半年前，李雪贝的妈妈死于乳腺癌。江志根和李雪贝住在海上邨。街坊邻居们传了流言：一个中年男人，一个漂亮小女孩，毫无血缘关系。你懂的。"

"我不懂。"其实，我懂了。

"中秋节半夜，有人看到江志根和李雪贝爬上三楼屋顶，小姑娘坐在继父怀里看月亮。李炼钢去公安局报案，怀疑江志根对他女儿图谋不轨。警察抓走了江志根。李炼钢搬进来照顾女儿。他们是亲生父女，没人会说闲话。"

"房子归谁所有？"

"你这话问得像个刑警似的。这房子本来是唐红英的，李雪贝和江志根都有继承权。但只要李炼钢是李雪贝的合法监护人，就能控制房子。当时一度传说海上邨要拆迁。步行街的黄金地段，绝对是天价。"

我踩着大理石地板说："李炼钢要的不是孩子，而是房子和拆迁补偿款。"

"还有一种说法，那就是江志根赖在海上邨不肯走，也是同样的缘故。公安局关了江志根半个月，最后证据不足放了人，但他再也见不到李雪贝了。"

"江志根到底有没有性侵李雪贝？"

"这就是个谜了。成年男人与十四岁以下的女孩发生性关系，无论对方是否自愿，一律属于强奸幼女。不过，公安局把小姑娘送去做检查，鉴定结果是处女，没有被侵犯过的迹象。但如果是猥亵，医生难以发现。"

我真想一颗颗拔下他的牙齿，一根根拔下他的小胡子，枪口顶着他的太阳穴，一边哼着《牢不可破的联盟》一边扣下扳机，最后浇上两桶汽油送他下地狱。

"这件事影响到了杀人案的判决？"

"我向法官提出，江志根是正当防卫，应该无罪释放。或者故意杀人罪，但属于防卫过当，犯罪情节较轻，加上有自首情节，可以从轻发落，判三到四年。这时检察院申请对李雪贝做第二次身体检查。由同一个医生做了两次检查，那是个六十多岁的妇科主任医师。结果你想不到——李雪贝的身体受到过严重侵害，甚至会影响生育能力。而在半年前，第一次检查时，她尚是完整的处女。"

"谁侵犯了她？"

"李雪贝不开口了。直到案子宣判，她没再说过一个字。"

"难道是李雪贝的亲爹？"这种龌龊事情我见过的不多，"第一次检查前，江志根已经被抓进公安局。往后跟李雪贝一起生活的是她的亲爹李炼钢。反正人都死了，李雪贝不想再辱没亲生父亲的名誉？"

"1995 年，李炼钢在钣铁厂上班时，发生过一次重大事故，他的下半身受伤，永久丧失性能力。三年后，李炼钢与唐红英离婚。法医的尸检报告也证实了，他确凿无疑是个太监。李炼钢不具备作案条件。"

"江志根却是个强壮的男人。哪怕把他和李雪贝分开，女孩每天放学以后，江志根仍有机会接触到她。"

"最后一次庭审，公诉方认为江志根不但要霸占唐红英的房产，还意图霸占小姑娘的身体，除夕夜上门来抢人，直接导致命案发生。李炼钢拼尽性命保护女儿，却被江志根残忍地从背后杀害。江志根具有主观恶意，社会影响恶劣。但江志根性侵李雪贝的证据依旧不足。法官当庭宣判，江志根犯有故意杀人罪，情节严重，判处有期徒刑十年。江志根放弃上诉，屁股洗干净去坐十年大牢。"

"宋律师，你觉得这个判决结果公正吗？"

"那桩案子的审判长是中国最好的法官之一。这是一次公正的审判。要不是为了保护未成年人隐私，可以入选法学院的教科书。"

我把头靠在沙发上，望向天花板上画着的天使。肥嘟嘟的胖小子，背后长着翅膀，暴露屡弱的小鸡鸡。我怀疑那是个招摇撞骗的家伙。

"你最后一次见到李雪贝是什么时候？"

"六年前，法学院聘请我当客座教授。"宋云凯也抬头看天花板，仿佛李雪贝飘浮在云端，"我在课堂上认出了李雪贝。她是法律专业的学生。这姑娘的成绩非常好。后来她在我的律师事务所做了实习生。"

"你还是没回答我的问题。"

"李雪贝在律所实习了大半年就辞职了，听说她生过一场大病，大学没有毕业。我后来再也没见过她。"

"你确定没有说谎？"

"确定。"宋云凯的目光坚如磐石，好像在法庭上面对检察官一般。

"我也确定。宋律师，有吃的吗？"我没吃午饭，骑行了一个半小时，腹中开了奥运会，"不讲究，谢谢。"

"牛肉行吗？"

"别说牛肉，你身上的肉我也能吃下去。"

宋云凯从冰箱里端出一大锅熟牛肉，打开液化气灶加热，说："我老爹亲手屠宰的牛肉。我本来想接他来过年，但他不肯离开乡下。杀牛是他的唯一爱好。我老爹是天底下最仁慈的屠夫。他的杀牛刀就像是医生的手术刀。精确刺入牛的延髓，掐断神经中枢。两千斤重的公牛瞬间瘫软，一声哀嚎都不留，死得清清爽爽。死在他手上的牛都是前世修了福报。要是畜生死得痛苦，肉质就会很糟糕。我老爹杀出来的每一斤牛肉都比别人贵几块钱。"

"你是吃着仁慈的牛肉长大的。"

"是谁雇用了你？"宋云凯问我。

"你知道我们这一行的规矩，必须保护客户隐私。"

"你能赚多少钱？"

"坦率来说，对方给我的钱，只够你修理奔驰车的费用。"

"二十万？"宋云凯说，"我给你二十五万，你把那个人的名字告诉我。"

"他的名字叫死神。"我盯着他的后背心，先找到脊椎，然后找到心脏。

我摘掉口罩，暴露鲜艳红肿的面孔。我吃了大半锅牛肉。舌头和味蕾有了田园风光。牧童骑在水牛背上呜呜横吹笛子。燕子停在牛角上。水牛尾巴赶走成群结队的苍蝇。可惜我吃的是黄牛肉。它毫无痛苦地被屠夫以及我的肠胃送入六道轮回，说不定来世投胎为人。

客厅墙上有个大画框，裱着一家三口的合影——大律师穿着价值五万块的西装，袖口露出劳力士镶钻手表。妻子是个雍容华贵的妇人。女儿穿着国际学校的校服，漂亮得让人怀疑过度美颜。

"别想用我的妻女威胁我。"宋云凯说，"前几天，她们飞去海南岛度假了。"

"这么说来，你没有不在场证明。"

"什么意思？"

"麻军死了。"我喝完最后一勺牛肉汤，"谋杀。"

"你怀疑我杀了他？不会的，我杀他还不如杀条狗。好汉，你到底是什么人？"

我披上冲锋衣，出门抱着奔驰车的轮胎呕吐。牛肉混合胃液和酸水溅满前挡板。当我听说李雪贝的秘密后，这些牛肉的命运就已经注定。我的胃再度变为囊中羞涩的钱包。雨夹雪在脸上融化。我戴上N95口罩，跨上自行车。精钢锥子别上皮带。牛仔别上左轮手枪。

宋云凯抓住我的胳膊说："老杨留下的录像，请你开个价。"

"一个亿……欧元。"我默默观察大律师的眼神变化，脱下皮手套抽打他的脸，"录像并不存在。我就是随口瞎编的，抱歉。"

"你赢了。"

骑在刀锋般的自行车座上，我用鞋尖踢着奔驰车干瘪的轮胎说："宋律师，你选择说出一部分真相，只不过是为了隐藏更多的真相。但我保证会把它们从地底下挖出来的。再见。"

我的脑袋里只想着李雪贝。不知道是哪一种想。对于我脑袋里的怪东西，我一无所知。

第十章

精钢锥子没有刺破宋云凯的心脏，倒把我的后腰顶出一块血包。我回到探照灯调查公司。胡须泛滥成灾，电动剃须刀重新扫荡。我披上灰色风衣，换了一双皮鞋，刷上熏人的鞋油。白纱布大煞风景。我戴上帽子遮掩，踽踽独行到海上邨。

我看到一个戴口罩的女幽灵，走出小龙虾店的卷帘门。洪泽街上有只雪白的流浪猫，尾巴尖仿佛烧着一团火。李雪贝在水泥台阶上放下搪瓷盆子，里面盛着两尾刚烧好的小鱼。白猫在她的手指尖蹭了蹭，开始享用年夜饭。我的舌尖也如同巴甫洛夫的狗分泌唾液。

李雪贝走到步行街，骑上一辆红色共享单车。我们像是两个游魂，一前一后，亦步亦趋。雨渍苟延残喘，干涸、枯竭。我不但善于在雨中穿行，更善于在黑夜中隐匿。四个自行车钢圈反光，画出四条交错的曲线，在各自的轨道运行，时而并驾齐驱，时而首尾相接，差点凌空相撞。

除夕夜，步行街的商店统统关门，服装模特们站在橱窗玻璃后，搔首弄姿地面对空荡荡的街道。万物只要有了人的形象，便具有人一样的灵魂，还有七情六欲。李雪贝停在婚纱店门前，凝视缀满雪白羽毛的婚纱。每一根坚硬的鸟羽蠢蠢欲动。橱窗射灯照亮她的面孔，仿佛是一个等候吹糖人的小女孩。

长江在我的右手边秘密流淌，我跟着她骑上了大桥。李雪贝跳下自行车，摘去口罩，坐上大桥栏杆。十七节编组的复兴号高铁，时速三百五十公里，从桥下穿过。再往下四十米，是深不可测的黑色漩涡，磨着牙齿，鼓着肚皮，静候童男童女献祭。

我的膝盖疼死了。我玩命地骑上大桥最高点，帽子被狂风卷走。李雪贝抬起蝴蝶般的臀部，翩然飞离栏杆，回到人行道上。自行车蹬得太快，我刹不住车，直接撞入她怀里。

"流氓，我只想上来吹吹风。"李雪贝挣脱了我的手。

大桥上的风声过于激烈，仿佛一万对新婚夫妇的洞房之夜。我把音量提升到吼叫级别："危险动作，小朋友禁止模仿。"

"我没看到小朋友。"她推着自行车掉头，肆无忌惮地笑，"我只看到一个披麻戴孝的变态跟踪狂。"

重新骑上自行车，我们并排返回海上邨。归还共享单车，李雪贝问我："吃过年夜饭了吗？"

"吃过一支冰激凌，香草味的。"我如实回答，"我现在能吃下全城的小龙虾。"

"上来吧。"她走进门洞，"冰箱里有很多菜。"

"很乐意为您清理厨房。"

我的肚子里拉起弦乐四重奏，踏上楼板的脚步却像爵士乐鼓点。李雪贝的钥匙插入锁孔。她不是第一次为我开门，却是第一次让我进门。

我摘了口罩，认真洗手，喷洒酒精。客厅贴着米色花纹墙纸。宜家的家具像斯德哥尔摩的冬天。墙上有一面落地镜，照出我这个鼻青脸肿的不速之客。房间主人的脸上也粘着创可贴，残留着胎记似的淤青。她系上围裙去厨房。我问她要帮忙吗，她说别捣蛋。

李雪贝捞出洗好的虾，放入蒸锅，加上葱、姜、蒜子、干辣椒和小米椒。她踮起脚尖，打开头顶橱柜。从背后看，她的臀部很美。毛衣与裤腰短暂分离，露出一对浅浅的腰眼，犹如妙龄女子的第二双眼睛，轻易不可示人。

她转身瞪我一眼，春光乍灭。清蒸小龙虾与罗宋汤端上餐桌。李雪贝倒了两罐啤酒和可乐。她提醒我不要急着喝汤，免得烫到嘴唇破口。

我的手机响了。来电显示是钱奎的老娘。但我不想躲到冰冷的楼道里接电话。

"洪姐，新年好。"我接了电话，瞥一眼李雪贝。

"小雷，新年好。"寡妇的语气和蔼得像追悼会上的司仪，"现在有空吗？我做了一桌子年夜饭，可惜儿子不在家，我想请你一起吃。"

"本公司业务范围不包含陪客户吃饭。如果现在有个蒙面大盗正拿枪对准你的后背心，您就咳嗽一下，我提供免费服务为您拨打报警电话。"

"你跟谁在一起？"

听着像是妻子在质问不忠的丈夫。我看着桌上的小龙虾说："七个女大学生，表演系、音乐系，还有舞蹈系，人美歌甜气质佳。每个姑娘做一道菜，有北京烤鸭、上海大闸蟹、广东脆皮乳鸽、四川辣子鸡、新疆孜然羊肉、辽宁海参，还有本地小龙虾。既然您不喜欢李雪贝，请从她们当中挑一个做儿媳妇。"

"祝你玩得开心。我要关照你一件事。"

"一百件也行，调查员计件收费。"

"小雷，请立即停止对李雪贝的调查。"

我想，洪姐的声音已经溢出手机，飘到李雪贝的耳朵里。

"洪姐，你听说儿媳妇继承了五千万遗产，所以不讨厌她了？"

"你不需要知道原因，酬金一分钱不少给你，前提是停止调查。"

"请让我考虑一下。"

"祝你鼠年快乐，晚安。"洪姐挂了电话。

气氛尴尬得像赫鲁晓夫的皮鞋。李雪贝双手托着下巴，她手指甲没涂指甲油，螺钿似的反光。

"今天，你做过什么？"我问她。

"不管我做过什么，我未来的婆婆说了，不会影响你赚钱。"

"我要的不是二十万酬金。"

"二十万？"李雪贝笑起来，"我没想到自己挺值钱的。如果有人开价四十万，我保准把秘密卖给他。"

"我想把脑袋上的缝针拆下来缝住自己嘴巴。"

"收集并出卖我的秘密，你不觉得卑鄙吗？"李雪贝给我盛了一碗罗宋汤。

"每个人都要为自己真实的过去负责。"

我举起调羹，黏稠的汤汁穿过舌尖，无声绽放。

"我不是请你来跟我吵架的。"李雪贝放下汤勺，"上一个除夕夜，你是怎么过的？"

"在火星上种蘑菇。"

"这玩笑并不高级。"

"有个客户雇用我调查一个骗子，那家伙骗走了他的新婚娇妻，顺便以投资非洲金矿名义，卷走了五百万现金。"

"你去非洲抓人了？"

"不，我在新疆抓到了他。我开着一辆丰田皮卡，花了十二个小时穿越塔克拉玛干大沙漠，又花了七个小时翻过天山，大年初一回到乌鲁木齐公安局。"

"你收了多少钱？"

"没收钱。我的委托人吃老鼠药自杀了。他开了三十年馄饨连锁店，娶了个在韩国整容过四次的姑娘。上个月，他的遗孀在马尔代夫度蜜月。但我不会再接她的第二任或第三任丈夫的单子。"

"上个除夕，我也在这个房间，自己做一桌子菜，自斟自饮。"李雪贝为我拉开一罐可乐。

"那时候，江志根还在监狱服刑。今天，我见过他了。"

李雪贝打翻了酒杯。金黄色的液体涂抹在地板上，像两个男人的热血。

十六年前的今晚。我的亲生父亲杀死了她的亲生父亲。

"雷雨，你为什么要去找他？你有多恨我？你有多恨他？"

"你恨他吗？"

"我有十六年没见过他了。我希望他去死。"

"我也这么希望过。"

我找回了一文不值的牌面。中场休息。一比一。

"雷雨，你还去找过谁？"

"宋云凯。"我摸了摸自己的后腰，精钢锥子不在了，"你记得那个人吗，江志根的辩护律师。"

"我为什么邀请你吃年夜饭？请一条流浪狗、一只流浪猫、一只黄鼠狼，也比请你吃饭强得多，至少那些东西不会咬我一口。"

"抱歉。"我感觉这间屋子里被杀的男人，依然在天花板和墙缝间游荡，向我的衣领子里嘘嘘吹气，"李雪贝，你为什么学法律？"

"我以为当上律师，就能逃出这个房间。但人们的愿望总是与现实相反。大学毕业，我没当上律师，反而接管了小龙虾店，接管了我妈妈的一生。"

"据我所知，你并没有毕业。大学三年级，你在宋云凯的律师事务所实习。最后一个学期，你生了一场大病，然后退学了。你的学历是本科肄业。对不起，真相总是残忍的。"我是真心向她道歉，"但我是一个调查员，从不打没有准备的仗。"

"雷雨，你缺乏人类的同理心。你不当刑警太可惜了。"

"承你吉言，可惜极了。"二比一，我已反败为胜，"我生在江城，但在上海念了中学。我的高中校长是个好人。他说我能考上复旦大学，中文系或新闻系。等到填报高考志愿时，我选了公安大学刑事侦查专业。校长劝我悬崖勒马，跟我分享了一点微不足道的经验……"

"你一生的命运，往往是被你自己或者别人瞬间的决定改变的。"李雪贝抢先抖搂出来，"上次你来敲我的门，也跟我分享过这一点微不足道的经验。"

"但我告诉校长，这不是瞬间的决定，我从七岁起就想当刑警。"

"就像我从十二岁起想当刑事律师。"

"我的运气比你好一点，至少我大学毕业了。如今我是个三流调查员。要不是你给我做证，今晚我还是杀人嫌疑犯，蹲在看守所里过年。"

"雷雨，你的故事几乎是我的盗版，你欠我一笔版权费。"

"你说反了。"我想在李雪贝脸颊的淤青上敲一份证书钢印。

"零点到了。"李雪贝喝一口可乐，"新年快乐。"

"新年快乐。"我打开窗户，街道亮起一点火星，沉默得像太空的角落，"年夜饭很好吃。你看起来像豌豆公主，其实是田螺姑娘。"

我帮忙收拾桌子，垃圾分类。我披上风衣，戴好口罩，打开房门说："晚安。"

"等一等。"

"什么事？"我不该回头看她。

"谢谢你，救了我。"李雪贝倚在门框上说，"我坐在大桥栏杆上，看着黑色的长江，突然很想跳下去。"

"你不能耍赖作弊。你要是跳下去，捞上来会丑得令人作呕，你在阴间都会做噩梦。"我得装模作样抵抗一下，"长江的漩涡下，还有个跟这里一模一样的房间。你要做的是打败这个房间，而不是换一个房间。"

"当我看到头上缠着白纱布的男人，疯狂地踩着自行车过来，看上去十分滑稽可笑，就立即打消了念头。"

"那我可以再滑稽可笑一点。"

"你能答应我一件事吗？"她对着我的耳朵吹气，像火星擦着煤油，双唇轻轻翻动，打开温柔的阀门，"请不要贩卖我的秘密。"

"首先你得让我知道你的秘密。"我从外面关上防盗门，"再见。"

李雪贝隔着猫眼偷窥我。她在等待门铃重新响起，等待一个交易，堪比美元换石油。但我将手收回口袋，打上一个死结，跌跌撞撞下楼。我已经是摊在砧板上的肉。但我必须维持一点点生猛的腔调。至少活得像个惨兮兮的人，而不是一头幸福的牲口。

回到探照灯调查公司，我的腹中装满小龙虾、罗宋汤、啤酒以及可乐。我脱下外套洗手。一支温度计塞到燃烧的舌头下。36.5 摄氏度。书架背后有一间迷你卧室，刚好能放一张钢丝床。睡眠是我的奢侈品。我的床了无生气，你说是口棺材也有人信。卧室有扇天窗。我用手机外放莫扎特的《安魂曲》。夜空逐渐从深紫色变成宝蓝色，直到灰烬。

破晓。

第十一章

正月初一中午，我去了一趟公安局，想顺便吃一顿食堂。门卫不放我进去，除非我是投案自首。周泰也不接我的电话。我可能被他拉黑了。

手机银行提示我，收到二十万转账，够买一台新车。对方的开户名叫"洪晓丽"。这是洪姐的全名。她给我的任务是立即收工。

回到兰陵街，天刚擦黑。我腹中空虚，六神无主。我爬上三楼，门自己开了。

我侧身进入办公室。背后有人。我朝后面挥出肘关节，力道足以打折三条肋骨，然而，我打空了。一条粗胳膊箍住我的咽喉，另一条胳膊禁锢住我的右臂。我后悔没早点摘下 N95 口罩。在断气以前，我压碎钢牙，弯腰、含胸，臀部顶住对方裆部，左手抓住他的右手，右臂环抱他的右胳膊。我把自己当作一张弓，把他当作一支两百斤的箭，然后将其翻过肩膀，甩出去。

单手背负投。公安大学的格斗老师教会我的。从前甩出我的同学像甩出一枚糖纸头，现在得豁出愚公移山的劲头。随着一声巨响，书架上的埃勒里·奎因和阿加莎·克里斯蒂纷纷坠落。楼下邻居的心脏要受考验了。

地板上的残骸蔚为壮观，仿佛一只巨大的陆生乌龟被掀翻。他是我的大学同学，也是睡在我下铺的兄弟。我和他同一个属相，同一个星座，同一年考入公安大学。当时他的双颊还挂着婴儿肥，如今已比我重了三十公斤。

"如果我是杀死麻军的凶手，你的后背心已经多了个窟窿。"周泰对着天花板喘气，暴露参差不齐的牙齿，其中一颗烤瓷牙，代替了曾被我摔断的门牙。

"比起被你勒断脖子，不如一刀刺穿我的心脏，再把我的双手双脚折叠起来，至少可以解除我的杀人嫌疑。"我开始咳嗽，摘下口罩，拿出哮喘喷雾剂，咬入嘴里按下。

我们互相搀扶着爬起来。周泰两百斤的骨肉内脏与热血，在沙发上压出一个大坑。我洗好手，喷过酒精，打开冰箱问："吃什么冰激凌？"

"草莓。"

"只有香草跟抹茶两种。"

"抹茶。"周泰从包里取出一支小针头，恶形恶状地掀起上衣，暴露出折叠在一起的三层肚皮，荆轲刺秦王似的刺入最柔软的部位。

"你有糖尿病？"

"医生给我这个小针头续命。你不用关心我。雷雨，我打通了钱奎的电话。他在曼谷。钱奎拒绝跟我通话。他只相信探照灯调查公司的雷雨。"

"钱奎把我坑了，比吐鲁番盆地还大的坑。"我吞入香草味冰激凌，"周泰，我们做个交易。我把钱奎告诉我的秘密，原封不动画质无损地转述给你，但你也得告诉我一点秘密。"

"雷雨，你没有跟我谈条件的资格。"

"我可以先把秘密告诉你。"我把自己变成一台录音机，事无巨细地复述钱奎在电话里说过的一切。

周泰吃着抹茶味冰激凌，喉咙里的声音似铁汁出炉："他说谎了吗？"

"钱奎没有杀人。"我关上窗，"周泰，我们可以交换了吗？"

"你想知道什么？"

"死亡时间。"

"冤家对头。"周泰一巴掌打到我肩上，"尸检报告出来了，麻军的胃和十二指肠都是空的，小肠里有小龙虾和花蛤的成分。"

"你知道，我在公安大学选修过法医学——如果死者胃里充满食物，那么死亡时间是在进食后一小时；如果食物大部分在十二指肠，那么死亡时间在进食后两到三小时；要是胃和十二指肠空得像中午的夜店，食物停留在小肠，那么死亡时间在进食后六七个小时。麻军的最后一餐在晚上六点到七点，而死亡时间在子夜十二点到凌晨一点。"

"学得不错，雷雨。法医的尸检报告说了，前后各有一个小时误差，不早于深夜十一点，不晚于凌晨两点。厨房水槽里的碟子和碗筷，还有吃剩下的小龙虾壳、花蛤壳，都检出了麻军和钱奎的DNA。"

"最后的晚餐。"我想起远在米兰的那幅壁画，"麻军口袋里的三万块钞票上有指纹吗？"

"几乎每一张都有。麻军一张张数过钱，还用手指头沾过唾液。"周泰打开卫生间，往我的马桶里吐了口痰。

我按下马桶按钮冲水。"那门框上的血印子呢？"

"是钱奎的指纹。我还找到了他的车和外套，都沾着麻军的血，但没有凶器。"周泰吃完冰激凌，舔着手指头，比画成尖刀，"十厘米长的刀子或匕首，从背后刺破麻军的心脏。"

"一刀毙命？"我靠在木头窗台上说，"钱奎做不到。"

"你做得到。"周泰拔出一支红梅烟，往墙上戳几下烟头，烟丝变得紧密。点燃打火机，火苗像麻军的阴魂不散。

我戴上 N95 口罩，远离周泰喷射的烟雾。"如果我是凶手，有两种可能，第一，等在麻军家门口守株待兔，子夜十二点，在他开门的空档从背后刺死他；第二，我是麻军的熟人，零点以后到一点，敲门进入后杀人。"

"然后，凶手把麻军的尸体摆成胎儿的姿势。"周泰弯下腰试图模仿这种瑜伽姿势，可惜体形巨大僵硬，犹如大象模仿猴子，不得不半途而废。

"凶手在暗示一桩旧案子，十六年前的除夕夜的海上邮杀人案。"

"我不会跟你说一个字的。"周泰的烟头像萤火虫穿越隆冬，"当你知道答案，就会抱着我的大腿，埋怨我为什么告诉你。而你宁愿让这件事烂在棺材里。"

"我很乐意亲手打开棺材，跟死人骨头说一段睡前故事或者黄色笑话。"

周泰的烟灰如骨灰撒落地板上，他用鞋底板踩了踩说："你见过江志根了？"

"昨天。"我摸着眼角的伤疤，"他没认出我来。但也不一定。"

"没动手？"

"你是怕我打死他？还是怕他打死我？"

"都担心。"周泰活动着十指关节，面色比牛肚还难看，"你还见了谁？"

"宋云凯。"我摸了摸后腰的皮带，"放心吧，大律师还活着，身上没少一个零部件。"

周泰吐出一口浓痰，掐灭烟头，说："雷雨，你是一个闯祸精。"

"公安大学的老师教过你，不掌握主动，就会成为对方砧板上的肉。周泰，轮到我问你了——李雪贝在宋云凯的律师事务所实习过。大学毕业前，她在医院住了三个月，然后就退学了。你知道她生了什么病吗？"

"昨天我去过一趟大学，病假条都在档案柜，唯独李雪贝的找不到了。"

"你得查一下医院的就诊记录。"

"雷雨，你知道这几天医院有多忙吗？"周泰点上第二支烟，"其实，我已经查到了，但不能告诉你。"

"告诉我哪家医院可以吗？"

"不可以。"周泰把烟头扔出窗户，"这里是我的地盘，别给我惹麻烦。"

"你不是第一天认识我，我一定会惹出天大的麻烦。"

"闯祸精，我保证给你买一个有机玻璃的骨灰盒。"周泰转身离去。

门框几乎被他撞碎。

探照灯调查公司又只剩我一个活人。雪子如头皮屑般登堂入室，扫荡红梅烟的残渣余孽。我从手机通讯录里找到一个号码。

我拨通电话，听到一个纵欲过度的声音传来："江冰，你还活着吗？"

"药罐头，托你的福，我差点死了。"药罐头是我的小学同学，他只叫我十三岁以前的名字，"帮我查一个人，李雪贝，二十八岁，2014年9月到12月的就诊记录，可能是妇产科。"

"给我一个星期。"

"我现在就来找你，把你拖出热被窝，扔进太平间。"

"别……"药罐头的舌头打结，"给我三天时间。"

"二十四小时。"

药罐头刚出生就没气了。他妈是个护士，把他从医疗废弃物里救了回来。他从小瘦得像电线杆，除了艾滋病，所有毛病都生过，每天都要吃一大把药片，因此得了"药罐头"绰号。小学四年级，他口吐白沫发羊癫疯，我把铅笔塞到他嘴里才没让他咬断舌头。每天，我都担心他会突然死了。药罐头久病成医，五年级时开始非法行医，把他老娘医院里的临床试验安慰剂当作抗生素贩卖，因此零花钱多到用不完。他长大后做了医药代表，历任女朋友都是护士，分布在三甲医院、民办医院，还有妇婴保健院。药罐头并不需要二十四小时，也许很快就有回音。

第十二章

大年初二。我喝了牛奶，吃了切片面包。我的饮食素来乏善可陈，堪堪果腹而已。我泡在马赛克浴缸里，洗出一池墨汁般的浓液。我的头上缝了七针不能沾水。我只能给头发喷上半瓶除臭剂，抱着马桶呕吐出胃酸。

等到夜深，药罐头的电话像澳大利亚原住民的回旋飞镖而来："江冰，我问你，李雪贝跟你睡过了吧？她有没有说验孕棒是两道杠？"

"你妈才跟我睡过了。"我想起他的老娘是个退休护士，"查出是哪家医院了吗？"

"维纳斯医院。"

"我没看出李雪贝有整容痕迹。"

"不是整容医院，是一家民办综合医院。七年前，有个女大学生被人打伤，下身大出血。陪她来的男人是张正方脸，全是麻子。这人不肯付钱，又打电话叫来一个男的，四十多岁，穿着西装，提着公文包，付了所有费用。医生说李雪贝的子宫有问题，小时候受过严重伤害。这次是外伤，导致子宫破裂。这姑娘运气不好，手术中出了差错，造成腹腔感染，算是医疗事故。前后住了三个月院。她的麻子舅舅来闹事，要求赔偿一百万。他吹牛逼说上回付钱的男人，是有名的大律师，如果不能满足他的要求，就要告到医院关门为止。"

"麻子没吹牛逼，那律师真有这本事。但他绝不会来打这场官司的。"

"医院最后赔偿了六十万。"

"药罐头，你是怎么查出来的？"

"我有个前女友，在这家医院做前台护士。江冰，你给我发个红包吧，不然你的钱包要被骗空了。"

我给药罐头发了五十块红包，打发他滚蛋。上半夜，我打了第二通电话，周泰只让我等了五秒。

"周泰，请你立即传唤宋云凯律师，他能用杀牛刀在一秒钟内杀死一头牛，或者一个人。"

"昨晚，我就把宋云凯请到公安局了。"周泰的车载音响里放着德国战车的工业重金属，他在大学宿舍就爱听这个，"宋云凯承认了很多秘密，但我不能告诉你。"

"我已经知道李雪贝在大学毕业前为什么住院。"

周泰噎了一下，说："雷雨，你每打一个电话，每打听一件事，就是在李雪贝的心口多刺一刀。"

我无法反驳。我看着镜子里自己的脸，说："我宁愿多刺自己一刀。"

"宋云凯是个刑事律师。他来公安局串门就像每天上厕所。如果没有证据，我不能留他超过二十四小时。我刚把他送回家。"

"你害怕大律师会投诉你？周泰，你也是个软蛋。"

"雷雨，我要宰了你……"

我没有在电话里跟人吵架的习惯。我关了手机。气温降到零下三度。我翻出一件羽绒服，足够渡过贝加尔湖的冰面。我换了一片N95口罩，检查完哮喘喷雾剂、钱包、手机后，骑着一辆自行车上路，没忘记在皮带里插上精钢锥子。

凌晨一点半，土方车如同豹2坦克碾轧而过。冰冷尘土溅我一身。卡车司机看到一个头裹白布的男人，半夜披麻戴孝，似乎是去上坟。幸好他们走过的夜路比我多。

没有月光。宋云凯的别墅黑得像墨水瓶。湖水黑得像黑咖啡。奔驰车黑得像铁棺材。四个轮胎如同老太婆的胸脯依然干瘪。引擎盖上刻着SB。左耳朵被主人亲手割了。前挡板上还留着两天前干涸的呕吐物。

别墅后面有扇半开的推窗，仿佛写着"请君入瓮"。我爬上窗台，翻身而入。闯入黑魆魆的客厅，我反手捏着精钢锥子，能把活人送下地狱，也能把死人送入极乐世界。

黑暗中，某个金属物向我飞来。行刑队的子弹亲吻死刑犯的脑门一样凶猛。我的脑袋成了高尔夫球。我亲吻了大理石地板。一把锯子沿着天灵盖锯开，塞进一场迈克尔·杰克逊的演唱会。

高尔夫球杆卷土重来。在我的头颅飞上天花板以前，我抢先在地上翻滚一圈。大理石被砸得粉碎。我顺势抓住细长的球杆。我飞踹出一脚。他的鼠蹊被我踢中，或许睾丸粉碎了。这下，轮到大律师的舌头舔地板了。我用精钢锥子顶住他的后背心。我摘下N95口罩，打开灯，照亮地板上的小胡子。

宋云凯只剩下喘气的力道："告……告诉我……你是什么材料做的？钛合金还是玻璃钢？"

"恭喜你遇到一个怪胎。"

仿佛遭遇毒打的落水狗，我的额头在流血，肿起生煎馒头般的血包。不过，医生给我缝合的七针安然无恙。要不是我幸运地闪躲一下，现在的我已是一具死尸。我蹲下来，摸了摸宋律师的胸口，像野兽查看猎物一般，寻找下嘴的最佳位置。

"小心我告你性骚扰。"大律师死到临头还不忘保住尊严，"我在公安局交代过了，我没杀过人，连牛都没杀过。"

"宋律师，你刚才明明想用高尔夫球杆谋杀我。"

"你持械私闯民宅，意图行凶，我是正当防卫。"

"不，我怕你被别人宰了。"我的血一滴滴砸到他脸上，画出一树梅花，渗入胡子根须之间。

"那个柜子上有药。"

我打开宋云凯的药箱，我给自己上药。缠上又一层白纱布，无须化妆，直接扮演《第一滴血》的兰博。

"请把你在公安局说过的再说一遍。据说周泰对待大律师非常温柔，小雅姑娘让嫌疑人如沐春风。但我不是刑警。我比刑警的手段残忍十倍。"

"六年前，我在法学院讲课时认出了李雪贝。"宋云凯躺在地上挺尸，像癌症晚期患者交代后事一样，"下课后，我请她吃饭。她不愿再提过去的事，反倒和我谈论起刑法修正案，废除嫖宿幼女罪，甚至死刑问题。"

"因为她目击过杀人案。"

"雪贝想做刑事律师。她让我着迷。不止因为她的脸蛋，还因为我在她身上看到了二十年前的自己。一个野心勃勃的法学生，认定世上万物都必须按照纸上的规则运行。笃信白天注定长于黑夜，恶人总会坠入地狱。"

我指着脑袋上的双重白纱布说："妄图改变世界的蠢货，最后统统变成了我这副鬼样子。"

"你能站在我面前不容易。不走运的都在坟墓里。雪贝在我的律所做了实习生。她是个有脑子的小姑娘，整理资料，接待客户，凡事都做得井井有条。她想去北京考研，中国政法大学的刑法学硕士。刚好我有个案子在北京开庭，就让她陪我去出差。她托我介绍一位硕士生导师。当然我也帮了她，举手之劳。半夜里，我带上一瓶红酒，去了雪贝的房间。"

"宋律师，你只是想玩弄更多的年轻姑娘，就像你老爹的杀牛刀刺入更多的公牛延髓。"我摸了皮带后面的精钢锥子，"但你知道法律的红线。你不会留下证据。你完全能把这一切包装成大律师和仰慕他的女学生两厢情愿的风流韵事，很多混账都这么干过。"

我用脚底板施加力道，宋云凯呻吟着说："我只喝了两口红酒，就醉倒在大床上。"

"你的酒量不止如此。"

我看一眼客厅的玻璃酒柜，那座水晶宫里荡漾着各类西洋酒。混迹其中的茅台，恍若第一趟出国的土包子。

"嗯，我假装喝下了红酒，其实藏在口中，悄悄在卫生间吐掉了。那杯酒里确实掺了脏东西。"宋云凯咧开嘴笑了一下，"你别乱想，不是春药，而是麻醉药。"

"你要迷奸李雪贝？"

"不，你说反了。是李雪贝趁着我在看证据材料时，偷偷把药加入了红酒杯。"

"她给你下药？"我踩着宋云凯的鞋底微微松开。

"李雪贝眯着眼偷看我的手机，还将一根数据线悄悄接入进去。我放在暗处的另一台手机，偷录下了她的一举一动。这姑娘很可怕。"

"她要窃取你手机里的秘密？"

宋云凯喷出浑浊的气流："她几乎就要得手。我从床上跳起来夺回手机。她居然破解了密码。那不是一般的密码，是我请了程序员专门设置的。我老婆都打不开。"

"你事先察觉到了危险，所以在李雪贝面前假装醉倒？"

"抱歉，我毕竟是个刑事律师，见识过各式各样的恶人与蠢人，总不至于连个小姑娘都不如。我逼她签字承认对我下药，否则就要当场报警。我保留了那杯红酒，第二天去司法鉴定机构，得出含有麻醉物的报告。"

我脚下使劲，几乎把宋云凯的晚餐从肛门中挤出来。

"轻……轻点……"宋云凯看一眼客厅墙上的大相框，唇上的胡须开始发抖，"一个礼拜后，我老婆也去北京出差。她听说我介绍了一个硕士生导师给李雪贝认识，她就看了酒店的监控录像。"

"你老婆有什么权力看监控？"

"我只是乡村屠夫的儿子，是一只可怜的虫豸，躲在大螳螂背后吃一点残羹剩菜罢了。我老婆可不一样。她是法官的女儿，也是我的律所合伙人。"

"如果得罪这一家人，挂在你脖子上的律师金牌，怕是要变成一副手铐。"

"朋友，还是你懂我。我对老婆说出了真相。她说这事传出去不光彩，报警就不必了，但必须有人得到教训。几天后，我接到麻军的电话，让我来医院结账。我才晓得，有几个男人冲到小龙虾店殴打李雪贝，专门打肚子，打到下身流血。"

我的右手被万有引力牵扯，抽了宋云凯两个耳光。

"宋律师，你们犯了故意伤害罪，应该在监狱里关上几年。"

"李雪贝没有报案。"宋云凯捂着脸颊，蜷缩在大理石地板上哀号，"只要她敢去找警察，那么我也会报案——她企图对我实施麻醉抢劫，窃取商业机密。我有现场录像、麻醉物鉴定报告，还有李雪贝的签字证明。"

"录像是你偷拍的，法庭未必采信；麻醉物鉴定报告只能说明那杯红酒有问题，并不能得出李雪贝对你下药的结论；她的证明是在你的威逼强迫下签字的，毫无法律效力。"

"你的法律课学得很好。"宋云凯说，"但我能不懂吗？李雪贝能不懂吗？"

"哪怕证据不足，李雪贝不用坐牢，只要这件事传出去——色诱大律师、红酒里下药、窃取商业机密，那么天底下就没有一家律师事务所敢用这种人。李雪贝唯一的选择是远离法律这个行业。你毁了她。"

我把大律师从地上拽起来，"但你还不配死在我手里。"

宋云凯扶着墙干呕。他从酒柜里拿出一瓶伏特加，原产地西伯利亚。他倒了两杯，没加冰。宋云凯又打开雪茄柜，取出一支哈瓦那雪茄，仿佛一枚深紫色炮弹。

"抽吗？"

"不，我有哮喘。"我举起酒杯。

宋云凯剪掉雪茄脑袋，按下丁烷打火机，烧出一截骨灰般的烟头。我闻到凌晨一点的哈瓦那，衰老的海明威眺望加勒比海，解开混血拉丁美人的内衣纽扣，革命与叛乱交替流淌的热血，癫狂，迷醉，极度危险。

一口气喝光七十度的杯中酒，一枚深水炸弹穿过我的咽喉。我的舌头开始活络：“我有个兄弟是古巴革命武装力量的上校，给卡斯特罗同志做过保镖，在猪湾事件中击毙过十二个匪帮，他送给我三百支顶级的哈瓦那雪茄，是三百个古巴小姑娘在粉嫩的大腿上搓出来的。可惜，被海关当作走私货没收充公了。”

"你那位兄弟一定跟我爷爷一样老了。"

宋云凯戳穿我的胡说八道。他抽一口古巴雪茄，喝一口伏特加，烟雾与酒精在口腔中缠绵，卡斯特罗访问莫斯科。我们坐上沙发。伏特加轻轻碰杯，大口啜饮，像两头行将渴死的熊。

"朋友，你为何不考一张律师资格证书？"宋云凯明目张胆地侮辱我，"如果你来我的律所，我给你六十万年薪。"

"探照灯调查公司还缺一位调查员，我给你六百块底薪，利润分成5%，出差补贴每天八十块。"我把双脚搁上意大利茶几，沾满泥土的鞋底对准他的脸，"还有什么能惩罚你？"

"有两样。"宋云凯先指了指天花板，又指了指自己的心脏。

"我打赌这两样跟你毫不沾边。"我拍拍精钢锥子，"正确答案是这玩意儿。"

雪茄识相地熄灭。宋云凯重新点火，徐徐喷出烟雾，说："冬天湿气太重。"

"你知道麻军是怎么死的？他被人一刀从后背心刺死，尸体摆成胎儿的姿势。"我躺倒在大理石地板上，双手双脚折叠并拢，后背弯得像煮熟的小龙虾，"我第一个发现了麻军的尸体。"

"你想问我，十六年前，性侵李雪贝的是不是麻军？抱歉，我不知道答案。"

"麻军之后，下一个就是你。"

玻璃杯碎裂。大理石地板上弥漫开伏特加味道。宋云凯左手夹着雪茄，右手握着虚空，仿佛酒杯还在他的手指间。他弯腰收拾碎玻璃，如同破碎的月光收入垃圾桶，把一包餐巾纸扔在地上吸收伏特加，像贪婪痛饮的酒鬼。

"你是江冰？"

宋云凯凝视着我的双眼。我不搭腔。说实话，我几乎忘记了这个名字。宋云凯坐回到沙发上，吞吐雪茄烟，仿佛人肉烟囱，说："你在江城出生，江志根是你的亲生父亲。十二岁，你的父母离婚。十三岁，你妈妈带你去了上海。后来，她有了新的丈夫，就带你去派出所改了姓名。你变成了雷雨。"

"我承认，从生物学上来说，我是江志根的儿子。"我喝干第二杯伏特加，没把自己当客人，接着倒满第三杯，"十八岁时，我考上中国人民公安大学，刑事侦查专业。二十二岁，我过早迎来登峰造极的一日，至今尚未能爬出阴沟。大学毕业时，公安部刑事侦查局点名要我报到。然而一周后，我接到政审不合格通知。我的生父刚被法院判处故意杀人罪，有期徒刑十年。"

"公安系统有条铁律：直系亲属中有被判处死刑，或者正在服刑的，不准招收为人民警察。"

"杀人犯的儿子，不能当警察，也不能从军，不能考公务员。法官判处江志根有期徒刑十年，顺便也对我判处死刑，立即执行。我带着公安大学刑侦专业的本科文凭，回上海做了待业青年。半年后，我回来参加爷爷的葬礼，同时送走奶奶。有人问我要去探监吗，我说，我一生都不想见到那个人。"我故意碰了碰流血的额头，疼得咬牙切齿，"我甚至想宰了他。"

宋云凯举起伏特加干杯，说："如果江志根没被判故意杀人罪，此时此刻，你会穿着黑色警服，坐在审讯室里与我对话。"

"江冰早就死了，十三岁死过一回，二十二岁又死过一回，死得尸骨无存，只剩下派出所的户籍档案。"我不能再跟他讨论这个问题，以免成为他的猎物，"宋律师，我不过是个在乱世中混口饭吃的无名之辈。你是怎么查出我的身份的？"

"我并没有使用任何非法手段。能聘请到像你这样厉害的调查员的雇主，想必手头阔绰，腰缠万贯。我知道李雪贝订婚了，她的未婚夫叫钱奎。我的结论是，有位贵妇人在调查即将过门的儿媳妇。钱奎的妈妈叫洪姐。但凡在江城做生意的，都听说过这个温州女人。"

"所以，你在除夕夜找到了洪姐，你们说了什么？"

"无论我说了什么，结果都一样——她要你立即停止一切调查。"

宋云凯抽完最后一截雪茄。吐出的烟雾如一对蝴蝶，优雅地交配，之后化作一堆雪白尸体，躺在烟灰缸的坟墓中。我并不觉得浪漫。

"我用你的犯罪证据威胁了你；你也用相同方式威胁了洪姐。这一套把戏总是屡试不爽，否则你也不会坐在这里。我的雇主出卖了我的名字。宋律师，只要知道了探照灯调查公司，还有雷雨的名字，你就能轻松查到我的曾用名江冰，顺便查出我和江志根的关系。"我抽出精钢锥子，顶住宋云凯的咽喉，"但你还有秘密瞒着我。"

"这个秘密谁都不能触碰，谁触碰谁就会死。"宋云凯此刻的表情仿佛吃了半个殡仪馆的骨灰盒。

"我不怕。"我松开精钢锥子，做出手枪的手势，对准自己太阳穴。

"从前我爸爸说过，人和牛的差别是什么？是牛可以站着被杀，而人通常是躺着死的。"宋云凯从沙发上爬起来，"有一年，我被一家的三兄弟打得半死。我爸爸提着杀牛刀冲到三兄弟家里，看到刚满月的双胞胎，我爸爸扔下刀就跑了。世上的屠夫未必都是屠夫。等我长大当上律师，用了一点小手段，骗得三兄弟倾家荡产，一个跳了长江，一个喝了农药，剩下一个放火烧了自家房子。我爸爸是个只会杀牛的蠢货，人家办丧事，他还送了五百块钱。"

"你更像一个屠夫。"

宋云凯摇摇晃晃走到楼梯前，胡子萎靡不振，双眼通红，活像刚被人从长江底下捞起来，他撑着墙壁说："屠夫差点被你屠宰了。我的卧室在二楼。你可以睡三楼的客房，床单被子都干净。等明天早上醒了，也许我会把秘密告诉你。"

"我有失眠的老毛病。我就在这里等你的秘密。"我喝干第七杯七十度的伏特加，胃里造起一座核反应堆，核辐射顺着血管扩散，"如果你没醒，我会掀开你的被子，往你脸上撒尿。如果你还活着，笃定会醒的。"

关了灯。楼上响起宏大叙事般的鼾声，犹如一台不断发动失败的摩托车。博雅湖悄咪咪地涨潮。欲望漫过门槛，淹没大理石地板和伊朗真丝地毯。李雪贝又来到我的脑中，擦亮一支火柴，抛入瞳孔。

第十三章

　　李雪贝走了。麻军接踵而至。他在黑暗中抱住我，满脸粉刺如王阳明所见的山中花树。我抽出精钢锥子，反手刺入他的后背心。麻军双眼暴突，抽搐着，四肢蜷缩成胎儿模样。我爬上二楼，宋律师躺在床上酣睡。我瞄准他的后背心，稳稳刺入精钢锥子。之后，我冲出别墅，将凶器抛入湖中，动作潇洒，赛过掷铁饼者。黑色大众甲壳虫的车头已经撞烂。李雪贝坐在副驾驶座。月光探出浓云，照亮她鼻尖的一滴泪。我带着她开上漫长无边的道路。尽头可能是死海。有个魁梧的警察站在路中央，单手握着五四式手枪，露出断裂的门牙。一粒 7.62 毫米子弹旋转出枪膛，穿过不存在的风挡玻璃，打入我的双目之间。

　　西北风从后窗漏进来。哈瓦那雪茄的气味消散殆尽。我仿佛被伊朗地毯上的花纹藤蔓五花大绑着，天花板上的天使凝视我的魂灵。凌晨三点。老鼠咬着我的脚指头。痒。深入心脏的痒。伏特加治不好我的失眠。那只是一杯毒药。

　　我从梦中爬起来。高尔夫球杆赐予我的新鲜伤口，静默地燃烧蓝色火焰。我抓起精钢锥子，爬上二楼。卧室的灯亮着。房门虚掩着。

空气腻腥得像过期三个月的猫罐头。我推开门。灯亮得刺眼。血也亮得刺眼，如同过期三个月的番茄酱。

宋云凯侧卧在床上。一床蚕丝被掀开。他的身上只有内衣，后背浸着殷红鲜血。双手双脚折叠弯曲，像个受精几个月的人类胚胎，也像印度瑜伽高手，在 YouTube 或 Tik Tok 表演绝活。

致命伤在后背心。我没看到凶器。鲜血有条不紊地浸湿床单，一如民国时期的一张地图。宋云凯双目紧闭，小胡子像一根根直立起来的毛刷子。舌头吐出嘴唇，仿佛还在滔滔不绝地指鹿为马，或者相反。他像一匹吃小孩的恶狼，无声地死在猎人的陷阱中。如果他死得毫无痛苦，我想给凶手打个二星差评。

在脑子被伏特加烧坏前，我举起精钢锥子看了看，上面没有一滴血。说明人不是我杀的，至少不是它杀的。没有皮手套。我用手指摸了摸死者的脖子。人还没凉。从热乎程度来判断，他只死了十分钟。

我像个尴尬的验尸官，也像主持葬礼的神父。我想扯开裤子拉链，往大律师脸上撒泡滚烫的尿，让他醒来把之前没说出口的秘密说完。可惜我掏出的是哮喘喷雾剂，然后粗暴地塞进自己嘴巴。至少让我活过今晚。

我拍下几张谋杀现场照片，趁脑子还没变成一团浆糊，我摸遍整个房间，没找到宋云凯的手机，但留下很多指纹。

我打通了周泰的电话。他几乎还清醒着："雷雨，现在是凌晨三点，你是打电话来自首的吗？"

"你在哪里？"

"高速公路检查站。"周泰的手机里响起卡车来往的轰鸣。

"我的预言梦非常准确。"我冷静得像在跟阿尔法狗下围棋，"你能来一趟吗？"

"到哪里？"

"博雅湖，宋云凯的别墅。"

"宋云凯承认了麻军是被他谋杀的？"

"不，他自己被谋杀了。我把现场照片发给你，证明这不是恶作剧。很遗憾。"我是发自内心的，尽管我希望宋云凯死得更惨一些，"我确实喝多了，七杯伏特加，不加冰。我保证今生不会再碰一滴伏特加。"

"雷雨，你给我在原地别动！"周泰的音量几乎耗尽了我的手机电量，"我离你只有五公里，十分钟内赶到。"

"恐怕我不能不动，因为我听到凶手的脚步声了。"

声音就在楼下。我从二楼跳到客厅，顺势在地板上打滚。穿堂风吹过我头顶的白纱布。当我跟宋云凯喝酒聊天时，凶手已躲藏在别墅中的某个角落。风吹开大门。银灰色的月光如谋杀犯的脚印踩上地毯。一对母女端坐在墙上的大相框中，她们见识过不少大场面，眼皮不眨地欣赏这一场高潮戏。我身上沾满她们的丈夫和父亲的鲜血，反手捏着精钢锥子，冲出暗室般的别墅。

我被奔驰车绊倒，吃了一嘴泥土。我像一坨粘在脚底板擦不干净的狗屎。吐出浓痰。我竖起耳朵，分辨西北风中的声音。风里藏着一百架管风琴。湖边的芦苇像受惊的越冬群鸟，被风撕碎之后轰然飞向云端。月亮十分耀眼，犹如悬在头顶的水晶吊灯。

一个影子闪过。我的左眼视力4.9，右眼4.8，至今尚未退化，足以用肉眼分辨夜空上的星系。高喊"站住"是徒劳，除非用子弹解决问题。

我像一条被切除声带的猎犬，闯入荆棘丛生的小树林。锋利的枯枝败叶，犹如一把把小刀，一支支箭镞，划破我的毛衣和脸颊，墨汁般的黑夜涂上暗红色颜料。但我丝毫不觉得冷，反而像钻进北京烤鸭的果木烤炉。

我能闻到凶手的气味，几乎一路追入博雅湖。摇晃的芦花按下暂停键。筵席临近尾声。舞台落幕。它已无路可逃。我要剖开它的心脏，看看是椰子形还是菠萝形。

枪声响了。

大年初三的凌晨。这不是幻觉。一颗威力巨大的 7.62 毫米子弹，穿破云层射中了月亮。愿嫦娥姐姐和月兔妹妹都安然无恙。

"雷雨！"一个男人的吼叫声，代替第二声枪响，击中我的后脑勺，"不许动！"

周泰准时抵达战场。我用后脑勺凝视他的脸。他跟我一样也被枯枝划得全是血。没人比我更懂周泰。他是一个好刑警，但不是一个仁慈的刑警。他是一个狠角色。穷凶极恶的杀人狂遇到他的影子都会绕着走的狠角色；饥肠辘辘的老虎闻着他的气味都会撅起屁股的狠角色；山村贞子听说他的名字便要钻回电视机的狠角色。任何人被他的枪口指着，只要挪动一厘米，我保证他绝对会扣下扳机。他的枪法也不比我差劲。枪膛里的那颗子弹，会把我的大脑搅成豆腐花。早在十六年前，他就想着这一幕。

我火烧似的喉咙里爆出一句："周泰！凶手就在这里！你来逮住它！"

声音没传出十米远，从芦苇丛中窜出一只野猫。月光下通体黑色的猫，一双金黄色猫眼，尾巴高高翘起，向我撒了一泡尿。我认出了这只黑猫。它看着我。它嘲笑我。黑猫发出思春般的凄厉叫声。它在鹦鹉桥杀死了麻军。死神的代理人。隔了四天，这只猫流窜到三十公里外的博雅湖，用同样的方式宰了宋云凯律师。

黑猫钻入芦苇丛，仿佛从没来过人间。我一帧帧转回头，隔着摇摆的芦花说："凶手跑了。"

"雷雨，你就是凶手！"周泰右手举枪，左手举着手电筒。

月光一格格淡去。我有点冷，忧伤，郁郁寡欢。我的右手仍然捏着精钢锥子。我不晓得是要把它抛入博雅湖，还是等待一个机会，反手刺入周泰的后背心。或者，刺入我自己的心脏。

第十四章

大年初三。公安局仿佛一所三甲医院，生老病死，迎来送往，挂号一切疑难杂症。外科、内科、妇科、儿科、五官科……警官们坐堂问诊，悬壶济世，审讯室号脉，拘留室开药，X射线剥光你的秘密。如有必要，对你庖丁解牛，鞭辟入里，揉碎了，切片了，再原封不动缝回去。若是恶贯满盈，无药可医，送往隔壁的法院，灵魂的裁判所，数月后打一针。再见，我的罪人。

女警小雅在我脸上粘了十几张创可贴，仿佛小学生的卡通贴纸。枯枝败叶堪比善良的05式警用转轮手枪，划拉出的伤口尚且浅薄，但不排除破相的可能。

"有人说过你的手指赛过仙女的嘴唇吗？我宁愿再多划拉几道伤口。"

"闭嘴。"小雅在我脑袋上缠绕一层新纱布，"你不用去医院吗？"

"我这点脑袋开瓢的小事，就不去添乱了。"

"你平时也这么说话？"虽然蒙着口罩，但她的眼睛笑起来真好看。

"我是个沉默寡言的人，除非两种情况：一是在公安局，二是面对美好的姑娘。你有男朋友吗？"

"大年初一刚分手。"

"他是个瞎子。"我戴上口罩说，"这房间湿气太重，我们出去喝杯咖啡，聊聊约翰·列侬和小野洋子。"

"我是警察，你是犯罪嫌疑人。"小雅亮出一副明晃晃的手铐，如一对卡地亚白金手镯，"请坐下。"

我回到审讯椅上，说："我以为我只是一个谋杀现场的目击证人。"

"雷雨，你就是头号杀人嫌疑犯。"周泰仿佛人猿泰山闯入审讯室。他的面孔跟我一样伤痕累累，半张脸包得像救火英雄。

周泰坐上审讯台，小雅摊开询问笔录，两人好像一对黑白无常。

我伸出双手说："周泰，给我铐上吧，再来一副脚链子，我要全套服务。你可别大意。我会缩骨功，还会读心术，并有隔空取物本领。说不定你摸摸口袋，钥匙已经在我手里。你再眨眨眼睛，我已凭空消失，瞬间移动到巴黎卢浮宫，陪伴丽莎女士说情话。"

"我想拔光你的牙齿。开始吧，你知道规矩。"

我假装在大龄青年相亲会上说："姓名：雷雨。曾用名：江冰。性别：男。民族：汉。籍贯：汇城。户口：上海。学历：大学本科。特长：下半身特别长。"

"我在公安大学的澡堂见过。"周泰一本正经地说。

"你们都够了。"小雅把水笔扔到我脸上。

周泰点上一支软壳红梅，说："雷雨，我劝你省点时间写遗书。宋云凯的奔驰车是你砸的吧？"

"四个轮胎是我扎的，引擎盖上的 SB 是我刻上去的，后视镜是宋云凯自己砸的。但不是在昨晚。"

"别墅里到处是你的指纹和血迹。上次你在麻军的谋杀现场，还戴着一副手套，这回等于光屁股了。"

"周泰同志，你身边坐着一位端庄秀丽的女同志，请注意用语和修辞。"我斜睨一眼女警小雅，她的目光像柏林墙堵着我，"我承认，我喝了七杯七十度的伏特加，凌晨三点才醒。"

周泰喝一口茶，嘴唇沾满绿茶叶子，他一片片吐出来，说："你的血液酒精含量测试，已达到醉酒标准。"

"就像在夜总会姑娘胸脯上一醉不醒到天明的客人。我以前喝伏特加就像喝农夫山泉。现在嘛，醉酒，断片，失忆……"我几乎被绕进周泰的深坑了，"除了在地毯上睡着的片刻，其他我都记得清清爽爽。"

"宋云凯用高尔夫球杆差点打爆你的脑袋。"周泰用手指关节敲着桌面，架子鼓的节奏，"要是我的话，绝不会让你活着出来。"

"这我信。"

"你身上还藏着一把精钢锥子，能刺破汽车轮胎，也能扎破人的后背心。"

"等法医的尸检报告吧。宋云凯后背心致命的刀伤，跟我的精钢锥子，差别就像行刑的子弹和毒针。"掺和在我的血管里的酒精尚未挥发完，"还有第三个人从后窗进入了现场。三层楼加上地下室，凶手有充足的空间躲藏。我和宋云凯打斗、喝酒聊天，全程被凶手监视。等我在底楼醉倒，凶手上楼刺死了睡梦中的宋云凯。"

"我打开的则是另一个剧本——你半夜闯入宋云凯家里，主人用高尔夫球杆打开你的脑袋。你也把大律师暴揍一顿。你胁迫宋云凯跟你喝酒，之后你们都醉了。等到宋云凯睡熟，你摸到卧室，对准他后背心刺下精钢锥子——这种活儿只有老手才能干好。你把死者摆成胎儿姿势。你打我电话。你伪装成发现凶手的样子。但你追的只是野猫。我在最快时间内赶到了现场。雷雨，游戏结束了。"

周泰的普通话水平升了两级，全程没打一个结巴。小雅的笔头唰唰流溢墨汁，浸满我的杀人罪证，简直罄竹难书。

"你为什么不开枪？当我手持凶器，浑身是血，不听你指挥的时候。"

"我想看你活着被审判，活着被法医打上那一针。"周泰说得我可以验明正身，押赴刑场了。

"杀人动机是什么？"

"你看上了李雪贝。"周泰的双眼像两根针管对准我，"动机是为她复仇。"

"错了。我可以跟美好的姑娘搭讪，聊骚，调情，解开内衣，把她扔上床，假戏真做，用户体验都说好。我也会深入她，怜悯她，拯救她，但我不会动心。因为我的心被火烧过。我的心跟我的脑壳一样坚硬。至少有三打姑娘为我抛过眼泪，其中三分之一想宰了我。在这个严肃的问题上，我从没严肃过。很抱歉，我是个无耻混蛋。"

记笔录的小雅快快地打量我。她应当倍感幸运是在公安局而不是在巫师酒吧认识我。

周泰接了个电话。他命令我脱下鞋袜。我照办了。光着脚受审是一种酷刑。但他给我送来一双新袜子，一双旧皮鞋。

"周泰，我们两个脚码一样，但你的脚太臭了。"我极不乐意地穿上周泰的鞋子，"你们查到了谋杀现场的脚印和袜子纤维？"

"闭嘴。"

"记住，这是你给我下的命令。"

我不再开口说一个字。抖机灵不是我的唯一本事。我选择用针线缝住嘴唇，把自己当作一坨滚刀肉。审讯室密封得像骨灰盒，潮湿得像黄梅天的厕所。没有白天黑夜。我吃了两顿盒饭，喝了三瓶矿泉水。其间周泰陪伴我上了三次厕所。他抽了两包烟，换了三次烟灰缸，鼻孔里浓烟滚滚，仿佛要把我送上火刑架。小雅无数次翻白眼。她出去换了一副 N95 口罩回来。

"周泰，你他妈别再抽烟了。"我吼出一嗓子，"把哮喘喷雾剂还给我。"

我吸了两口哮喘喷雾剂，仿佛抽了三支哈瓦那雪茄一般。周泰把烟灰缸、香烟、打火机统统扔了，之后湿抹布擦去烟灰，搬来一台空气净化器。小雅向我伸出大拇指。

"我去一趟厕所。"周泰带着他的屁股滚蛋了。

孤男寡女，独处一室。小雅递给我一瓶水说："说说你的故事吧。"

"那你必须有点耐心。"我咕咚咕咚喝光了水，"我在湘西碰到过赶尸匠队伍；在大兴安岭救了一窝东北虎幼崽；在香港的棺材房里逮住正在分尸隔壁邻居的八十岁老太太。"

"我不信。你在编故事。"小雅的双眼熬得通红，强行忍着不打瞌睡才跟我聊天。

"七年前，为了挣每周两千美元的薪水，我去伊拉克的保安公司卖命，顺便在萨马拉通天塔下救了一位阿拉伯公主。我们在四十八小时内爱得死去活来。她宁愿跟我浪迹天涯。但我对自己下了狠手。我把她原封不动送回父兄手中，嫁入深宫，成为一国的正宫娘娘。美人在我肩上咬出一排牙印。每逢打开国际新闻，看到某位波斯湾君主携带王妃出访白金汉宫，站在伊丽莎白女王与菲利普亲王身边合影，我的肩头便隐隐作痛。"

小雅听得眼泪水吧嗒吧嗒，餐巾纸像小馄饨绽放。周泰消失了很久。我等了九十分钟的世界杯冠亚军决赛，又等了三十分钟的加时赛。当我怀疑这是最新的审问战术时，周泰赶在点球大战前回来了。

"周泰，欢迎回家。我以为你去了一趟刑场，又去了一趟墓地，最后去澳大利亚跟袋鼠打拳击，你的口袋里有没有藏着一只树袋熊？"

"我有前列腺炎和慢性尿道炎，还有痔疮，无论大号小号都要很久。"周泰面色苍白，慢吞吞坐下，仿佛屁眼里夹着一只鸭嘴兽。

"以前我们半夜在操场上比赛撒尿，你能尿到篮球架上。有一回你差点把星星尿下来了。"我想象周泰在蹲坑上的殊死搏斗，"祝福你没有阳痿和早泄。"

周泰竟然不生气，拆开一杯酸菜牛肉泡面说："你饿吗？"

"我不能吃泡面，我有哮喘。"

"那你饿着。"

周泰撩起衣服，露出肚子上的肥肉，然后打一针胰岛素，就像兽医给牲口打驱虫针。接着他拆开泡面，倒入调料包和热水。他抄出一副手铐，压在泡面盖子上，分量恰到好处。审讯室里弥漫着泡面的味道。周泰摘下口罩，用小叉子搅起面条，送入无底洞似的嘴巴，哧溜之声震耳欲聋。仿佛他吃的不是面，而是一台吸尘器。

"雷雨，你可以走了。"周泰吃到一半的时候说。

"野猫逮住老鼠，通常都要玩弄一下，让老鼠有了可以逃生的错觉，之后再一口咬断它的脖子。"

"你看看笔录，签个字，然后，给我滚。"

小雅把笔录放到我面前。我看她一眼，说："你的字就跟你的眼睛一样漂亮。"

我签字，摁上红手印。小雅摘了口罩，露出一张平凡面孔，累得趴倒在桌上。我问她："小美女，现在几点了？"

"凌晨三点，连续审讯二十四小时。"小雅的双眼熬得通红，"你是一个怪胎。"

"谢谢。"我的脊椎骨挺得笔直，忍着双脚麻木的刺痛，好像有一万只蚂蚁在爬，蚁后在我的裤裆里筑巢。

我拿回手机。我的运动鞋和精钢锥子当作证据没收了。我很肉疼。我穿着周泰的皮鞋，像个瘸子走到电梯口，背后飘来酸菜牛肉泡面的气味。

周泰贴着我的耳朵说："你杀了人，我不会让你跑的。"

我转身掀翻他的泡面。滚烫的面条洒落在冰冷的水泥地。有人敢在酒局上掀翻领导的桌子，但没人敢在公安局掀翻刑警的泡面。周泰蒙了，尚有几根卷曲的面条残留在嘴上，仿佛站在他面前的是中央巡视组。

"雷雨，你这是公然袭警，我可以立即逮捕你。"周泰打来一桶水拖地，好像在清理谋杀现场。

"随你的便，请给我判个有期徒刑。"

周泰放下拖把，将我背身推到墙角。我仿佛变成一桶涂料，洒到墙上。

"法医报告出来了，杀死宋云凯的凶器，不是你的精钢锥子，而是一把十厘米左右长的尖刀。"周泰嘴里的热气扑到我的耳根，"但这并不能证明，凶手一定不是你。"

"也不能排除精钢锥子只是虚晃一枪，误导了警方的调查方向。"

"如果真有第三个人。"周泰用肘关节顶着我的后背心，"那个人是谁？"

"李雪贝被宋云凯夫妇严重伤害过，江志根在十六年前聘请宋云凯做过辩护律师，钱奎妈妈在除夕夜跟宋云凯见过面。"

"我查过这三个人的行动轨迹了。"周泰掐住我的后脖子，像一把烧红的铁钩，"如果你杀了人，我会亲手抓住你，宰了你。"

我梗着脖子冷笑着说："如果你想报十六年前的仇，现在就动手吧。"

周泰松开手。我跪在地上咳嗽，但还没到请出哮喘喷雾剂的时候。我双手撑着膝盖站起来，一个人走出公安局大门。

第十五章

凌晨三点半。天黑得像锅底。我的脑袋上缠着纱布，脸上粘满创可贴，貌似遭受过刑讯逼供。事实上，周泰和小雅温柔地陪伴了我二十四小时。一台黑色奥迪 Q5 聒噪着开到门口。有个穿警服的男人放下车窗说："雷雨，上车。"

"秦良，是你让周泰放了我吗？"我上了副驾驶座。哪怕蒙着口罩，我也能认出秦良的面孔。

"你想多了。两年前，我跟周泰在公安局会议室打了一架。"秦良开上阒静无人的街道，"周泰向纪委实名举报我受贿，因为我戴了一块瑞士手表，我当场摘下来，砸在大理石上粉碎。"

"高仿的手表。"我绑上安全带，"绝无冒犯之意，真货你舍不得。"

"是我老婆送我的生日礼物，在广州买的，花了一千五百块。"秦良抬起手腕，没有手表，只有两串檀香木珠子，乌黑油腻，包浆闪亮，就像他光滑的脑门，"我和周泰没再说过一句话。听说他每次撒尿都会对着小便池喊我的名字。"

"不明真相的群众还以为你们爱得死去活来。"

秦良没忍住笑，说："雷雨，你是因为证据不匹配，留置二十四小时必须放人。刑警队在谋杀现场搜查了一整天，除了你和宋云凯的指纹和脚印，也确实发现了第三个人的脚印，还沾着被害人的血迹。"

"是男是女？"

"脚印属于宋云凯的拖鞋。但在凶手穿过的拖鞋里面，提取出了袜子的黑色纤维。"

"别墅开着地暖，宋云凯穿白袜子，根本没穿拖鞋。我连鞋子都没脱，而且袜子是棕色的。"我这才想起自己还穿着周泰的皮鞋，"道路监控没拍到可疑人员吗？"

"博雅湖是荒郊野外，有很多监控盲点，只要不开车，很容易躲过的。别以为警察坐在监控录像前面就能把所有案子破了。"秦良说，"别墅附近还发现了两种不同的自行车轮胎印子。"

"一辆是我的自行车，一辆是凶手的。"

"警方分析了轮胎的印子花纹，不属于目前任何一种共享单车。公安局正在调查这种自行车在本地的销售情况。"

"虽然公安局有规定，但我从没见过买自行车登记身份证的。你们要白忙活了。"我的双眼红得像行尸走肉，"秦处亲自开车送我，但我只是个命如草芥的杀人嫌疑犯，受宠若惊。"

"不准叫我秦处，听起来像在骂人。"秦良打开音响，放一首草原民歌，"我们那一届刑侦专业，有两个半江城出来的同学，一个是周泰，一个是我。你算半个。你的专业课是全系第一，周泰排第二，我是倒数。"

"如果十六年前，我也当上警察，怕是已经披着党旗躺进骨灰盒。

要么就是被纪委送进监狱，你还得来给我探监。"

兰陵街到了。秦良夹着黑皮小包，陪我一道上楼。探照灯调查公司的招牌上，那盏刺破黑夜的探照灯，尚未照亮宇宙，却先照亮我头上的白纱布。三个月前，我从上海回到江城，付完汽油费和过路费，身上的钱只够吃泡面。秦良帮我找到这间办公室。房东原是个法医，早年辞职移民，住在澳大利亚西海岸的荒漠边缘，养了五个孩子、一万只绵羊、五百只袋鼠。我的房东还兼职为当地警局做人畜尸检官，经他的手开膛剖肚的绵羊和袋鼠远远超过人类。

我脱下皮鞋扔进垃圾桶。我和秦良一起洗手，喷洒酒精，像屠宰场的牛羊检疫。我从冰箱里拿出冰激凌问："香草味？还是抹茶味？"

"我不吃甜的，对心脏不好。"

凌晨四点，秦良帮我清洗茶具。他打开手提包，没掏出五四式手枪，却拿出一小罐金骏眉。他烧开热水泡茶，腔调很配手上的檀香木串珠。你在餐厅 VIP 包房常见到这种人，随身携带一瓶茅台或五粮液，还有一位读过村上春树的姑娘。他会说几个政治笑话，还有有荤有素的段子，并关照严禁外传。当你们在酒桌上半醉半醒如沐春风时，他已神出鬼没地买完单，领好每个人的停车券，安排好代驾事宜，面面俱到，泥沙俱下。就像你的老娘。

我一边舔着香草味冰激凌，一边啜饮滚烫的金骏眉，甜与苦在胃里加速融化。

秦良告诉我："八年前，我办过一桩组织卖淫案。宋云凯做辩护律师，被告判了有期徒刑九年。宋云凯包了全城最贵的餐厅请我吃饭，但我没去。"

"那你亏大了，我猜他还带着两个漂亮的女学生。"

"就算他带上王母娘娘和嫦娥姐姐我也不去。"秦良抿一口金骏眉，"宋云凯的老丈人是个退休法官，经他手的死刑判决，两只手都数不过来。听说女婿死了，老法官面不改色，说早知道有这一天。今天早上，我陪老爷子去了案发现场，清点被害人遗物，发现宋云凯的手机不见了。"

"这台手机里藏着一个秘密，是一个谁触碰谁就会死的秘密。"我想起宋云凯最后跟我说话时的眼神，"这就是杀人动机。"

"你也是为了这个秘密，才会半夜闯入宋云凯家里吧？"

"宋云凯不会把这个秘密交给我的。如果没有第三个人进来杀了宋云凯，这天凌晨，趁着我醉倒在地毯上，像一只可怜的牛犊，宋云凯也会杀了我，再伪造成正当防卫的假象。麻军也是因为这个秘密而死。"

"刑警队的事，尤其是周泰的案子，我不便过问，免得再跟他打一架。"秦良的泡茶功夫比小姑娘扎辫子还讲究。但我一口喝光一杯，简直暴殄天物。

"秦良，你跟洪姐有多熟？"

"她是温州人，在江城做眼镜生意。她在上海、北京、广州、深圳的大商场都开了店，每年净利几千万。洪姐能为朋友两肋插刀，也会当场掀台子。为了这种破事，我去派出所捞过她两回。"

"寡妇不好伺候，寡妇的宝贝儿子更不好伺候。"

"谁说她是寡妇？离婚很多年倒是真的。"

"她说她老公死了九年。我被她耍了。这个女人的秘密恐怕比她的高跟鞋还多。"我问秦良，"她有没有拜托你调查过一个人？"

"元旦第二天，洪姐给我看了她的未来儿媳妇的照片和身份证号。我只提醒了她一件事，十六年前，海上邮杀人案。我不能说更多了。"

"因为你知道得更多。"

"洪姐雇用你调查李雪贝的秘密？"秦良饮尽最后一口茶，"雷雨，到此为止，不要再管这件事。我怕你下一趟再出现在杀人现场，不会有昨晚的好运气。"

"还有下一趟？请你告诉我，下一个被害人是谁？"

秦良捏着手腕上的串珠说："可能是你。"

"我知道规矩。我也不想给你惹麻烦。但我不想错过十六年前让我错过了自己一生的杀人案。"

"雷雨，你还是那副欠一颗子弹的死样。"

"抱歉，我一直在地上奔跑，世界却飞出去太远了。"我开窗透气，"秦良，你后悔了吗？"

"后悔什么？"

"后悔把我推荐给洪姐，让她来敲我的门，雇用我找她儿子。"

"太后悔了。雷雨，我只想帮你早点开张，拿到第一笔生意，却忽略了你跟江志根的关系。最不该卷进来的人就是你。"秦良的拳头敲着我的胸口，"再见。"

我把秦良送走。我躺上木头窗台，仿佛看到几个鬼魅，操着列夫·托尔斯泰的语言。一百年前，他们在长江边采购茶叶，穿越黄河与长城，跨过蒙古沙漠与西伯利亚，直达莫斯科与圣彼得堡。但我不是灵媒，无法为鬼魂传话。我又见到麻军，眼球暴突，海绵宝宝似的麻子脸；宋云凯也来了，留着小胡子，蹬着大马靴，不可一世地踩在地板上。我打开冰箱，请他们吃冰激凌。麻军吃香草味，宋律师吃抹茶味。啤酒泡沫四下飞溅，如白色血液，我们开怀畅饮，酩酊大醉。我从几百本推理小说里抽出九公斤重的铁榔头，依次砸烂他们两个的后脑勺。

第十六章

　　大年初四。太阳如一盒冰冷牛奶，浇灌着我头顶的白纱布。我到医院门口量体温，36.6 摄氏度。我是一个外表伤痕累累，但核心健康的男人。急诊科坐诊的是个女医生。我把自己剥得只剩内裤，暴露七十公斤的男人血肉。胸肌与肋骨外侧的血痕，屁股和大腿的黑色淤青，则像被发情的母狮子撕咬过。白纱布像清朝女人的裹脚布一样。女医生给我的缝针拆了线，而被高尔夫球杆恩赐的伤口，尚且肿着血包。粘上一块医用敷贴，女医生说，没有颅脑骨折算是个奇迹。我说，我是机械战警，具有全金属防弹功能，为了逮捕一名恶贯满盈的罪犯，经过殊死搏斗，对方已被一枪爆头，场面极度血腥，少儿不宜的那一种，如果不介意，以后试着约一次。

　　回到探照灯调查公司，我钻进马赛克浴缸，热水浸泡着伤口，像电钻撕裂肉体一样。我疼得龇牙咧嘴，咬破舌头，吐了二两鲜血。头依然不能沾水，我用湿毛巾清洗着每根头发。我打了几通电话，发出一个同城快递，务必当天送达。

　　天刚黑，我就戴上 N95 口罩出门，到达一片穷街陋巷。小区保安把我拒之门外，大概是脑门上的医用敷贴，加上鼻青脸肿的伤痕，显示我绝非善类。他是一个好保安，而我是一个三流调查员。我绕到小区背后，尽管胳膊与膝盖都有伤，却不影响我翻墙，就跟跨过门槛一样简单。

我爬上六层楼。还是顶楼。按了两遍门铃。我听到棉拖鞋走过木地板。八块八团购的洗发水味道。

"吴春怡。"我隔着门缝说，"今天是你一生中最走运的日子。"

"你是谁？"没有猫眼，她的声音在门后。我和她的面孔只隔一层门板。

我把探照灯调查公司的名片塞进门缝。门开了。吴春怡穿着睡衣，黑眼圈如同烟熏妆。我猜她要么哭了十二个小时，要么连续打了十二个小时的游戏。我越过她的肩膀往里看。昏暗房间里堆满纸板箱、封箱带、包装纸、泡沫塑料。

"我们认识吗？"吴春怡看到我这副鬼样子，很像个劫财劫色的强盗，举起一支防狼喷雾剂。

在这玩意儿喷入我的眼睛之前，我像徒手夺刀一样抢走了它。我无声地闯入房间，食物发霉的味道犹如腐烂三天的尸体。

"安静。"我掂了掂防狼喷雾剂，扔回吴春怡的手里，"我对你的姿色毫无兴趣。你的上一任男朋友正在新婚蜜月。你欠了七万块网贷，连本带利要还十七万。如果还有人能拯救你，那就是我。"

"你怎么救我？"

"李雪贝。"

"谁？"吴春怡的声音颤抖，仿佛刚从微波炉里转出来。

"你的大学同学，你们住同一间寝室，你不会忘了她。"

"雪贝睡上铺，我睡下铺，毕业后没联系过。"

"严格来说，是你毕业了，而李雪贝退学肄业。"

"这不关我的事。"

"我什么都没说，你已经对号入座了？"我打开窗户透气，这屋子臭得能熏死老鼠，"你和李雪贝还是初中同学。"

"嗯，我们认识十六年了。"

"十六年前。"我用手指关节敲打墙壁代替黑板，"你们的初中在南岸，是全城最好的公立中学。你家在学校隔壁。李雪贝住在北岸。按照学区划片，她不能去南岸读书。不过这世上的规则，往往是被制定规则的人亲手撕毁的。只要你的爸爸妈妈有本事，你可以选孔夫子或者苏格拉底做你的班主任。"

"大家都说李雪贝家里有钱，付了几十万择校费进来的。从门房大爷到体育老师，人人都爱李雪贝。她像《还珠格格》里的紫薇，而我像容嬷嬷的少女时代。"

"人只有学会嘲笑自己，才能度过每一个夜晚。"我发觉房间里没有镜子，她不喜欢看到自己的脸。

"我没有朋友，除了李雪贝。她陪我一起晚自习，交换《金枝欲孽》的DVD，手牵手去书报亭买《萌芽》杂志，天热去小超市买两支冰激凌，她吃香草味，我吃抹茶味。"

"我也可以请你吃冰激凌。雪贝有什么身体问题吗？"

"我答应过雪贝，不告诉任何人。"

我起身走到门口，说："好吧，你就坐等放贷的上门来要十七万欠债。"

"雪贝有严重的妇科病。"吴春怡缩在沙发里,"小姑娘多少都有痛经,但她每次例假都疼得死去活来。有一回,我把她扶到学校医务室。当时只有我们两个人,她疼得满脸泪水。雪贝贴着我耳朵说,有个老医生说过,她长大后不会怀孕。"

"所以,你不必嫉妒她。"

"北京奥运会那年,我们中考了。不知哪里传出的消息,有人说李雪贝家里发生过杀人案。她的爸爸被人杀了,杀人犯是她的后爸。不到一个礼拜,全校都知道了。所有人自动远离了她,好像靠近就会传染上瘟疫。"

"我是杀人犯的儿子。你现在害怕吗?"

"不要吓唬我。雪贝考上了重点高中,而我去了普通高中。每个高中生都上补习班,要么就请家教。我也有一个家教,而且是免费的,就是李雪贝。每天放学,我坐轮渡穿过长江,走到海上邨复习。李雪贝教我解数学题,告诉我怎么写好作文,帮我一起刷题目,背单词,做数不清的卷子。"

"这么说,你对海上邨很熟悉,你吃过雪贝小龙虾?"

吴春怡咽下口水说:"店长有一张正方形的脸,长满了麻点,超级恶心。我和雪贝都讨厌这个人。"

"李雪贝跟你提起过十二岁以前的事吗?"

"从来没有。但每次我去她家,心里都发慌,好像天花板吊着一只鬼。那几年,我喜欢看悬疑小说,《地狱的第19层》《荒村公寓》。"

"你要保持你的好习惯。"我说,"李雪贝帮你辅导功课,你的高考成绩还不错，你们俩考进了同一所大学，还在同一个法律专业。"

"你不会相信的，雪贝押对了题。她给我写过一篇万能作文，让我一字不差地背下来。我在考场上打开卷子，题目大同小异。我怀疑雪贝是不是钻进了出题老师的脑子里，这篇作文救了我的命。"

"李雪贝是全系第一名，你是最后一名，刚好压着线进去——就像我与科比·布莱恩特联手砍了八十三分。科比八十一分，我两分。"

"大学四年，我的功课一塌糊涂。李雪贝在拼自己的命。她同时接了三个家教，寒暑假都去餐厅卖啤酒。每晚熄灯以后，她就躲在被窝里背诵法条。雪贝也因此成了近视眼，总是眯起眼睛看人。她还选修过法医学，跟着法医专业的同学去看过解剖尸体，回来跟我描述人体内脏。我呕吐了一地板。大三时，雪贝进入一家大律所实习。那家律所的合伙人，也是我们学校的客座教授。"

"他叫宋云凯。"

吴春怡皱了皱眉头，活像早上出门踩到了狗屎。"后来，我毕业了，雪贝退学了，我们不再联系，就这样。"

"你的记性不错，现在却间歇性失忆了。最后一年，李雪贝生过一场大病，错过了考研。但除了大学辅导员，没人知道她生了什么毛病。"

"连我都不知道，雪贝不肯告诉我。"

"最后一个学期，李雪贝回到了宿舍。你的苹果手机不见了，iPhone 6 Plus，当时的中国市场价七千七百八十八元人民币。你把室友的书包和抽屉都翻了一遍，最后在李雪贝的书包里找到了。"

"我……我……想起来了……"吴春怡开始间歇性口吃。

"但你没报警，而是找了大学辅导员。你和李雪贝是最好的朋友，没人怀疑你会诬陷她。学院领导找李雪贝谈话。几天后，李雪贝提出退学申请。"

"没……没有……诬陷……"

"你爸爸长期没有工作，你妈妈在超市做收银员，我想你也不至于拿着身份证拍裸照去贷款，你怎么买得起七千七百块的苹果手机？"

"省……省吃俭用……攒……攒下来的！"她恨不得拔了自己的舌头。

"吴春怡，你毕业后的第一份工作，是在宋云凯的律所做助理，月薪一万。但你的成绩全是倒数，英语四级考了三次才过，唯一的实习经验是肯德基，你是怎么得到这份工作的？"

"我……"吴春怡一时语塞，回答以上问题仿佛成了一种酷刑。

我从手机中找出一张照片——穿着黑色职业装的女人，胸口挂着南非戴比尔斯钻石，面色像同治年间的慈禧太后。她是宋云凯的妻子。

走到油腻乌黑的厨房，我给吴春怡倒了一杯热水。她拉下口罩，露出惨淡无光的脸。吴春怡放下水杯，像一尾要渴死的鲨鱼，舌头也利索起来："她姓刘。她是宋云凯的老婆，也是律所合伙人兼主任。苹果手机是她送给我的，条件是让我把手机塞到李雪贝的书包里。她答应我，只要这件事办好，我就能进入律所上班，培养我做执业律师。我只能照她说的做。"

"前天晚上，我亲眼看到她的老公被人宰了。"

"他死了？"吴春怡的讲话腔调好像三流电视剧里的龙套群演。

"大律师正躺在停尸房里吹冷气呢。吴春怡，我向你保证，宋云凯和他的律所主任老婆，再也不会来找你麻烦了。"

我打开手机，翻出谋杀现场拍下的照片。吴春怡只瞄一眼，刚要发出尖叫，已被我捂住嘴巴，免得惊动邻居和保安。

吴春怡再喝一杯热水，说："上班不到一年，我就被律所辞退了。我不停地换工作，不停地失业。我借了网络贷款，躲在家里做微商。讨债电话一天一个，还打给手机通讯录里每一个联系人。好在我早把李雪贝删了。要是让她知道，我不如去跳长江大桥。"

"李雪贝不会笑话你的，顶多可怜你。"我说，"她是你唯一的朋友。但你嫉妒她。你恨过她。十六年前，我也不明白为什么有人恨我。当我变成一条流浪狗，恨我的人都像中了病毒一样消失了。可惜这个真理我明白得太晚。再见。"

吴春怡抓住我的胳膊纠缠说："你别走，你说你能救我的。"

"对，我不会骗你的。等一等。"

我拨通一个陌生号码，打开免提说："吴春怡欠了你们多少钱？"

"十七万，你是哪个？"

"我是吴春怡的朋友，半年后，她可以先还七万本金。十万利息减半，一年后再还你五万，剩下的一笔勾销。不准再增加一分钱利息。"

"婊子养的。"

手机里响起连绵不绝的充满生命力的本地词汇。我离开这座城市太久，难以领会精髓。等到对方用尽脏话以至词穷，我才后发制人："今天的快递收到了吗？"

"收到了，还没拆。"债主说，"婊子养的，你是哪个？"

"拆开看看。"

手机里响起拆快递的声音。一个男人开始尖叫。你很难听见一个男人发出这种尖叫。就像你很难听说一个女孩玩《骑马与砍杀》。

"你是哪个？你是哪个？你是哪个？"男人的尖叫持续一分钟，再吼起来，带着暴怒、怀疑，接着是颤抖，最后是卑微地摇尾乞怜，"大哥，请问你是哪个啊？小弟得罪大哥了，小弟跪下磕头，请你饶过小弟吧。"

"老子是你爷爷。"我看一眼吴春怡，她已经吓蒙，仿佛我是个杀人如麻的悍匪，身背十几条人命，裤裆里藏一把土制手枪。

"爷爷，饶过孙子吧，利息一分钱都不要了，只要她还七万本金，随便什么时候，今年还不出，明年也可以。"

"说话算数？"

"算数。"男人的哭腔像个幼儿园小朋友。

"你要是再敢来找吴春怡，再给她的亲戚朋友打电话，我保证你会收到第二个快递。"

我挂断电话。吴春怡倒在我的肩膀上问："你是杀了人？还是切了别人的手指头？"

"与你无关。"我走到门口说，"如果他不认账，你打我电话。"

"别把我一个人抛下。"

吴春怡从背后抱住我。闭门不出的女人，唾液都像零度可乐。我避开她的嘴唇，一根根掰开她的手指头说："再见。"

吴春怡的脸上终究有了血色："请替我向李雪贝说一声对不起。"

"你必须自己说。"

我带上房门，温柔地走下楼梯。我还得翻墙出去。这世上没有人怀才不遇。我只是个三流调查员。

第十七章

　　回到探照灯调查公司，我坐上木头窗台，开始敲打笔记本电脑，仿佛在华沙参加肖邦国际钢琴比赛。钱奎加了我的微信，视频通话接踵而至。隔着不知多少公里的国际光纤，Wi-Fi里充满巧克力的味道。屏幕上跳出一张年轻苍白的面孔，玻璃镜片反光，双眼皮褶皱分明，迷醉、忧郁，让人心疼。

　　"雷雨，祝你鼠年大吉！"钱奎完美地继承了他老娘的五官。

　　"钱奎，新年好，你那边是晚上吗？"

　　"下午四点，夕阳正好落到窗台。"

　　而我这边是深夜十点。如果钱奎在泰国，只比北京时间晚一个钟头；如果晚六个小时，那他要么是在欧洲，要么是非洲，阿尔及利亚、尼日利亚。

　　"你已经从泰国转机到了意大利？"

　　"嗯，来了几天了，我在米兰。"

　　钱奎把手机对准窗外。隔着海浪般起伏的红色屋脊，我看到米兰大教堂的哥特式尖顶。煌煌的大理石山，圣人们尚未下班，慈悲地俯瞰欧洲大陆。

"风景不错。"我几乎闻到了比萨、意大利面的气味,"你舅舅的妓院?"

"我在阁楼上。"钱奎用手机扫视房间,比我的办公室大三倍,床也大三倍。

"能并排躺几个姑娘?"

"我有未婚妻。我不会背叛雪贝。雷雨,你知道我为什么要视频通话吗?"

"展示欧洲性工作者的日常。"

"胡说!"钱奎的脸红了,从腮边一直到耳朵,"我只想跟你见一面。"

我注视着手机屏幕里的自己,堪比钟楼怪人卡西莫多。"你看到了我最丑的模样,虽然不曾杀人如麻,但也草菅过人命。我每年去缅甸猎杀豹子,去东京拜会山口组,去西西里岛陪伴黑手党的妖艳寡妇喝一杯葡萄酒,在巴勒莫街头大开杀戒,享用十二个娼妓的服务。在非洲捐一座难民小学,认养父母双亡的长颈鹿宝宝,在大英图书馆找一本亚当·斯密的《国富论》,往扉页里撒一泡尿,也许能长出一朵白玫瑰来。"

"雷雨,十年前我们就该认识了。"

"十年前我涉嫌非法持枪,关在印度尼西亚苏拉威西岛上一座监狱里,但我托人贿赂了监狱长八百美金,越狱了。相信我,你不会对我的生活感兴趣的。"我不跟他瞎扯淡了,"你为什么不留在曼谷?你妈妈担心你被人妖骗走?你是第一嫌疑犯,走得越远,嫌疑越大。如果你飞到仙女座星系,那凶手铁定就是你了。"

"我怕热，受不了曼谷的天气，吃不惯泰国菜。但我喜欢文艺复兴，喜欢《十日谈》。如果一定要选个地方躲起来，我选意大利。"

"你也能找到萨罗共和国和《索多玛一百二十天》。警察打你电话，为什么不配合？"

"我知道我犯了错，我害怕跟警察说话。"

"你怕越说越错，被抓到更多漏洞？钱奎，你知道宋云凯律师吗？"

"他也是嫌疑人吗？"

"这个我不确定，但他肯定是被害人，后背心有个血窟窿，蜷缩成胎儿的样子。这是我亲眼所见。现在我代替你成了头号嫌疑人。"

钱奎的眼镜片几乎撞上手机屏幕："第二桩谋杀案？"

"恐怕是同一个凶手。"

"雷雨，我对这个人一无所知。我帮不到你。"

"祝贺你，钱奎博士，你杀死麻军的嫌疑排除了。除非你挂在飞机起落架上，连夜飞行一万公里，没在平流层被冻成冰激凌，降落江城机场以后，偷偷跑到博雅湖边杀了个律师，又跑回机场抱紧起落架飞走了。"

"我的气管有点不舒服。"钱奎离开了手机屏幕。我听到某种熟悉的声音。

"哮喘喷雾剂？"

隔了一分钟，钱奎回到手机前，仿佛刚被吸血鬼咬过脖子。"你怎么知道？这毛病让我从小吃够了苦头。"

"这玩意儿陪了我十年，救过我好几次命。"我抓起自己的哮喘喷雾剂，"有没有人给你说过，你不像三十一岁，而像个十三岁的初中生？"

"有啊，雪贝说过。"

"你们是哪一年认识的？"

"去年，万圣节。"

"不到三个月？"

钱奎的脸上泛起火烈鸟般的潮红。"两年前，我在音乐平台上看到雪贝的账号。她翻唱了猫王的《温柔地爱我》。"

"Love me tender / Love me sweet / Never let me go。"我的英文发音糟糕，像一只癞蛤蟆。

"求求你别唱了。听到雪贝翻唱的这首歌后，我单曲循环了一整夜，听得浑身起鸡皮疙瘩，好像一个小姑娘站在我身后唱歌，气息吹入我的后领子。"

"钱奎，你形容得像阴间的音乐。建议少看恐怖片，你绝对是重度爱好者。"

"我给雪贝发了一条评论：每晚我都要听一遍这首歌，不听就无法入眠。"

"你的账号叫什么？"

"卡拉马佐夫兄弟。我给她发了无数站内私信和评论，直到去年春天，我收到她的第一条回复。我想约她吃饭。但她不答应。我们在网上聊了半年多，她才同意在万圣节见面，就约在巫师酒吧。"

我想起眼神甜美的酒保杰克。"那是你的地盘，所以雪贝带我去巫师酒吧找你。"

"许多小姑娘化装成吸血鬼或清朝宫女，小伙子则变成茅山道士或东厂太监。我把自己打扮成王尔德的道林·格雷，雪贝打扮成《悲惨世界》里的珂赛特。我们喝了几杯酒，聊到凌晨三点，就去隔壁的万达酒店开了房间。"

"万圣夜，魑魅魍魉，才子佳人，值得一睡。"

"开了两间客房。我一个人睡。"钱奎说，"第二天，雪贝退房走了。她自己付了房费。这是我第一次夜不归宿。我妈妈很生气。她给我装了位置共享软件，要随时知道我在哪里。"

"钱博士，我的思想跟你相比极不健康，乃至龌龊。"

"几天后，雪贝请我去吃小龙虾。我第一次见到麻军，他亲手做了两道菜。雪贝带我到她家里。她收养了一只流浪猫。但我不能接触猫。她就把那只猫关进卫生间。雪贝告诉我，十六年前的除夕夜，她爸爸被她的继父杀了，就在那个房间里，她是目击者。我很感激她说出这件事。跨年夜时，我在巫师酒吧向雪贝求婚。我身上没多少钱，连求婚钻戒都没买。"

"这不重要，我外婆箍在手指上的顶针也一样管用。"

"元旦那天，我带雪贝去了文身店。我在自己左耳朵后面，文上雪贝的拼音缩写。疼得要命，但我情愿。"

钱奎把手机对准自己左耳，隐约显出三个字母：LXB。至于李雪贝左耳朵后面的 QK，我大概是没机会见到了。

"我带着雪贝回家见我妈妈。"钱奎走到窗边，米兰大教堂塔尖上的圣母玛利亚金光闪闪，"我妈妈夸雪贝漂亮，拉着她谈天说地。我以为我妈妈很喜欢这个儿媳妇。但把雪贝送走后，我妈妈大骂了我一顿，不准我们再来往。"

"你老娘的眼力比行车记录仪还厉害。"

"但我决心第一次忤逆妈妈的意志。我订了两张机票，春天就出发，我们不办酒席，而是旅行结婚，去智利、阿根廷，最后去南极，全程一个月。"

"世界尽头与冷酷仙境。这趟路费不便宜。"

"我妈妈一分钱都不给我。两个人的机票酒店还有南极游轮的费用，加起来三十万，雪贝付了钱。"

"你的未婚妻比我富有多了。但我有一个疑问，你们睡过吗？"

钱奎回到床上，声音飘忽不定："关于这个问题，我思考过很久，就像加西亚·马尔克斯的《霍乱时期的爱情》，灵魂之爱在腰部以上，肉体之爱在腰部以下。我对雪贝就是灵魂之爱。"

"你们俩还在腰部以上。加西亚·马尔克斯在妓院里也比你真诚。"我怕再问下去，就是某种生理上的羞辱了，"钱奎，世上有三种人，第一种人识字，第二种人不识字，第三种人识字太多。"

"我宁愿做第二种人。我出版过三本书，总共印刷两千本，其中一千本堆在我妈妈公司的仓库里。雪贝看完我的小说，提出了批评意见。"

"我很好奇她是怎么骂你的。"

"雪贝评价我的小说又臭又长，唯一的价值是催眠。"

"那我迫切需要阅读您的大作来治疗长期失眠的毛病。"

我打出一个响指。手机电量至此耗尽，钱奎的面孔融化在米兰的夜色里。我的口水也耗尽了。我给手机充上电。

打开音乐平台，搜索"雪贝"与"Love me tender"。我找到了她的账号，头像是梵高的《星空》。雪贝只有一首歌，翻唱猫王《温柔地爱我》——

Love me tender

Love me sweet

Never let me go

You have made

My life complete

And I love you so

　　子夜降临前，我躺在探照灯调查公司窗台，做了十七个噩梦与一个美梦。噩梦忘光了。美梦是我与李雪贝在窗台上做爱。两条舌尖交缠，像两团蓝色火焰，燃烧出焚尸炉的味道。我在真实世界只睡着十分钟，梦中世界的欢爱却有一场诺兰的电影这么久。从我身体里射出的不是精液，而是孤独。一天世界。

第十八章

　　大年初五。天终于黑了，我完成八千七百一十九字的调查报告，还有十二张照片和扫描件，五段聊天记录截图，我打印了足足十九页，封面是探照灯 LOGO。最后一页，我模仿审讯笔录按下血红手印。

　　我给钱奎妈妈打电话，像个墨西哥毒枭那样说："洪姐，你要的货已经好了。"

　　"什么货？"

　　"关于李雪贝的调查报告。"

　　"雷雨，我让你停止调查。你已经收到了二十万酬金。"洪姐在电话那头咆哮，手机信号如同导火索，几乎爆破了探照灯调查公司。

　　"如果你不需要，我可以寻找其他买家，别人的出价也不低。"

　　"你在威胁我？"

　　"洪姐，警察也来找过你吧。因为这些秘密，已经死了两个男人，我不想再死第三个。"我坐在她坐过的沙发上，"你无须再支付额外的酬金。"

　　"我知道，宋云凯死了。"洪姐说，"锁好门窗，当心安全。"

我在等待客户光临。我的门锁形同虚设，隔壁七十岁的老妇都能一脚端开。哪个狗娘养的会来这里偷东西？看中书架上的五百本推理小说？天花板上的老鼠窝？价值十五块的捕鼠夹？

李雪贝的调查报告，像一具新鲜女尸，裹着探照灯花纹的裙子，正在窗台上玉体横陈。它才是这栋楼最值钱的物件，远远超过洪姐给我的二十万。我想瞧瞧谁会开出天价收购，顺便在我的后背心捅个血窟窿。

门铃响了。我拧开木门把手。我以为能见到巧克力色的大波浪卷，爱马仕鳄鱼皮包，还有西班牙小牛皮靴子。但我错了。一道庞大的阴影覆盖了我。粗壮的犀牛角戳了戳我的心脏。

这回他穿着灰色外套，口罩遮住坚硬宽阔的脸。白发像乞力马扎罗的雪。一双浑浊奄拉的眼睛，犹如风干僵硬的豹子尸体。三十年后，我的双眼会跟他一样。

江志根扯下口罩。但我立刻戴上 N95 口罩，瞄一眼他的双手和鞋子，确认没有滴血，也没拖着屠宰场的铁钩。

"你怎么知道我在这里？"

"蹲过十五年六个月监狱的人，难免有几个包打听的老兄弟，对你这种毛还没长齐的垃圾货色，分分钟能翻出一家三代的户口本。"

"那你知道我是谁了？"我在想，我的户口本上到底有没有江志根的名字。

"探照灯调查公司。"江志根指着牌子，"能在屋里说话吗？我怕吓坏了你的邻居。"

我们像两台交会的车，顶住车头互不退让，各自用远光灯刺着对方眼睛。我给他让开一条路。

江志根的双脚让木地板吱吱作响。他坐上沙发，说："药膏还管用吧。"

"可惜添了新伤，干我们这一行，难免脑袋开几个洞。"我摸了摸高尔夫球杆打出的伤口，上面贴着正方形医用敷贴，像雪白的狗皮膏药，"冰激凌吃吗？香草味还是抹茶味？"

"有巧克力味吗？"

"没有。"

"香草味吧。"

我打开冰箱，拿出一支香草味冰激凌递给他。江志根像吞咽鸡腿一样吞咽着奶油，嘴唇上一片乳白色。我给他几张餐巾纸。他胡乱抹了抹嘴，点上一支中南海香烟。

"你有这个毛病？"江志根看到茶几上的哮喘喷雾剂。

"十年前，有个内蒙古煤老板雇我寻找一个绰号叫'大夫'的男人，他虚构了一部电影，斯皮尔伯格导演，男一号阿米尔·汗，女一号苏菲·玛索。煤老板梦寐以求能跟苏菲·玛索共进烛光晚餐，却被'大夫'骗走了一千万。我在淮海路的夜店里发现了'大夫'。我从新天地一路追到思南路，'大夫'被一辆保时捷撞飞了。我也同时晕倒，救护车送我到医院，查出支气管哮喘。医生说是淮海路的梧桐飞絮诱发的，还有杨絮、花粉、毛发、烟雾……"

江志根掐灭吸到一半的烟头。我摆摆手说："那天起，我戒了烟。每年冬天和春天，我必须戴口罩出门，像个犯罪分子，或者传染病人。现在你不戴口罩才是鹤立鸡群，别人以为你有自杀倾向。"

"你住在这里？"

"流浪狗的住处在街头，苍蝇的住处在粪坑，病毒的住处在细胞，地球的住处在太阳系。以上都不配称之为家。"

"天底下这种人多如牛毛，碰巧我也是。"江志根把肮脏的鞋子跷到我的沙发扶手上，"听说从前给我辩护过的宋律师被人宰了。"

"碰巧我第一个发现了他的尸体，也是我让凶手从眼皮底下溜走了。"

"那天我有点咳嗽，老鬼开车送我去了医院。他是我在监狱里最好的兄弟。但他不认识你。"

"对不起，我骗了你。"

"现在进医院发热门诊，必须先做核酸检测、抗体检测、肺部CT，还有血常规。我忙了一整夜才看完病。老鬼开车送我回家，警察在门口等我。他们怀疑我杀了宋云凯。"江志根从沙发上站起来，"宋云凯是不是你杀的？"

"不是。但如果不是我想撬开他的嘴，宋律师可能有一万种死法——开着奔驰车冲进长江淹死，在女人光溜溜的胸口猝死，半夜开煤气把自己炸死，但不会后背心敞开一个血窟窿，蜷缩成一个胎儿的模样，就像一场他妈的行为艺术。"

"狗崽子，你给我听好了，不要再去找李雪贝。你以为你是个大人，其实还穿着开裆裤，拖着清水鼻涕，等着回家挨你爸爸的耳光。"

"我爸爸从没打过我。我是一个调查员。我不会停止调查，无论下一个被宰了的人是谁。也许是我自己。也许是你。"

"有你这样的儿子，你爸爸不会舍得打你。"

"轮到我问你了。李雪贝十二岁，海上邮杀人案发生前，你有没有跟她上过床？"我的上半身越过茶几，N95口罩顶着他坚硬的下巴，"男人跟女人的那种上床。"

江志根打了我一记耳光，直接把我打翻在地。要不是N95口罩卸掉三分力，可能我已被打死了。挂在耳朵的口罩绳子断了。没吃晚饭，我有些低血糖，双腿发抖爬起来。

"抱歉，我出手向来很重。"江志根掏出一盒跌打药膏，放在茶几玻璃上，"送给你。"

"不必了，医生给我开了药。"我拎起沉甸甸的医院袋子。

江志根离开沙发，看到木头窗台上的一沓打印纸。封面上除了探照灯调查公司的标志，还有加粗的标题：《关于李雪贝的调查报告》。

他按下打火机，一团火苗靠近这份报告，仿佛垂涎三尺的鬣狗。火舌舔着报告的两片页角。我决定上去拼命。我还不至于输给六十岁的老头。

门铃响了。《关于李雪贝的调查报告》如流星坠落。仅仅烧焦了页角，旋即在地板上熄灭。江志根收起打火机。李雪贝原封不动地躺在报告书中。

今晚，探照灯调查公司群贤毕至，像一场明星的婚礼或葬礼。我拧开门把手。洪姐戴着N95口罩，大衣换成了天鹅绒质地，西班牙小牛皮靴变成火红色。大波浪卷发用了新的香波味道。我的房间变成普罗旺斯的薰衣草田。唯独爱马仕鳄鱼皮包不变。

空气有一点僵硬。洪姐的黑色眼影盯着江志根耷拉的单眼皮。像一对狭路相逢的狼，中间隔着两张人造革沙发与茶几，还有我被打肿的脸颊。我从洪姐眼里看到一截变冷的烟灰，兀自飞散到每一根头发缝隙间。

洪姐不曾把自己当客人，熟门熟路走到窗边。她捡起报告书，攥在手心，牙齿硬得像一排子弹："这是我花钱买的。"

"你有客人，我先走了，记住我的话。"江志根走到门口，踩断一根木地板，他摸了摸我火辣辣生疼的脸颊，"我这辈子只杀过一个人，他叫李炼钢。我蹲了十五年六个月监狱，但从不后悔宰了他。"

江志根下楼梯的动静，等于持续六十秒的七级地震。我推开窗，兰陵街的街灯浑浊，他的背影顶着满头霜雪，像头年迈的非洲象，慢吞吞转过太湖街拐角。

我问洪姐："你们认识吗？"

"不晓得。"

"他是江志根。"

"听说过，他是杀人犯，李雪贝的继父。"洪姐面色毫无变化，她坐在江志根坐过的沙发上，看着我脸上的五道印子，"他打了你？"

"没事，男人之间切磋格斗术，训练手指力量。"我故作轻松地坐在她对面，"你看我的纱布都没了，缝针拆线了。"

"你脸上的伤更多了。"洪姐伸出修剪整齐的手指甲，触摸我的脸颊上一张张标签般的创可贴，"有药吗？"

我提起从医院开来的药。洪姐洗了手，药膏在手指上涂匀，冷得像西伯利亚的舌头舔着我的额头。

"我暴露了。"我提醒她，"江志根知道是你雇用了我。"

"这不重要。"洪姐拿起关于李雪贝的调查报告。

"我被人用小刀刺成筛子也跟你无关。"

"对不起，小雷，这几天你吃了不少苦头。"

"这不怨你，我自己活该。要是我早点听你的话，宋律师也不用被人在后背心捅个窟窿了。"

"除夕那天，你去找过宋云凯。当晚我接到他的电话。他约了我见了一面。你知道，凡是做生意的过来人，身上没有一块是干净的。"洪姐说得天经地义，就像一加一等于二，地球是圆的，人终有一死，"很抱歉，小雷，我不能再让你调查下去了。"

"食客们只看到餐盘里的菜肴多么漂亮，却不晓得后厨的垃圾箱有多恶心。"我从冰箱里取出冰块，捂着红肿的脸颊，"洪姐，以您的风格和气场，不会被这种狗杂种吓到的。"

"随便你怎么想。宋云凯已经死了，你也要当心。"

"洪姐，谁说你没有嫌疑呢？在真相没挖出来前，每个人都值得被法医打上一针。"

"有道理。"洪姐把报告折叠起来，塞入鳄鱼皮包，"我走了，谢谢你。"

"你能保证一件事吗？"我摇晃着站起来，堵在房间门口。

"说吧。"

"请你阅后即焚，永远不向任何人泄露报告里的一个字，无论李雪贝是否成为你的儿媳妇。"

"小雷，这份报告本来就不应该存在。我答应你。"

"请你发誓。"我觉得自己在跟老阿姨玩小学生的游戏。

"我发誓。"

"谢谢，你是天底下最好的妈妈，也是最好的婆婆。"

洪姐看着茶几上的哮喘喷雾剂说："你有哮喘，不要出去乱跑，我对我儿子也是这么关照的。"

"贵公子在意大利开心吗？"

"钱奎还在想着李雪贝。他说，雷雨是他最好的朋友，虽然从没见过面。"

我为她开门，说："我本来以为我不会再有朋友了。"

"小雷，以后我还会经常请你办事的。"

"不必了，我不想再见到你。"

"晚安。"坚硬的铜锁舌"咔哒"一声嵌入凹槽。洪姐下楼梯的声音，像一只潜入沼泽的鳄鱼。

我坐上人造革沙发，上面同时残留着江志根与洪姐的体温。我能分辨两种截然不同的温度。江志根是滚烫的四川火锅，洪姐犹如温热的广东煲粥。江志根的屁股尖锐而沉重，洪姐宽阔而博爱。两者极度复杂地叠加，赛过一次激烈的性爱。

看似否极泰来，其实已死到临头。我用两天两夜完成的调查报告，却是一部虚构类作品。足以让钱奎毕生研究的那种虚构。女人是个问号，也是感叹号，更多时候是长长的省略号，需要你脑补和想象她的一生。我杜撰了李雪贝从十二岁到二十八岁的人生。她依然是个健康的姑娘。子宫、卵巢、乳房都完美无瑕。只要她愿意，可以生养一个篮球队的儿女。我托了药罐头帮忙，弄来一张别人的病历卡：急性胰腺炎请假三个月。我用 PS 修图工具，把病人的名字和年龄替换成李雪贝。因为妈妈的生前遗愿，希望女儿经营好小龙虾店，她才决定辍学创业。磨砺五年，雪贝小龙虾已是业内后起之秀。淘宝和京东即将开出网店，推出盒装小龙虾，顺丰包邮，加热即食，日进斗金。写完这篇报告，我有了退出调查员这个高危行业，倒卖小龙虾的念头。

窗外，夜越来越深，好像沉入马里亚纳大海沟。但即便在一万米深的海底，依然有荧光生物的闪烁。我想对自己催眠，可惜徒劳无功。手机响了。来电显示是李雪贝。我的手指逡巡不前，终究选择了接听。

李雪贝的声音像泡在威士忌里的冰块：“雷雨，你能来我家一趟吗？”

第十九章

　　刽子手赶在行刑前夜，秘密拜访处死对象，吝啬得连一瓶酒、一道菜都没带上。N95 口罩蒙住我的脸，灰色风衣裹着我的躯体。流浪猫成群结队，游魂在北风里唱着《温柔地爱我》。海上邨的门洞吞没了我。幽暗院落里停着几台车。一团白雾谦卑地攀上我的鞋带。

　　我按响门铃。防盗门开了。没有锁链。李雪贝露出苍白的面孔，身穿黑白格子毛衣，头发垂在胸前，眼眶温润发红。餐巾纸蹂躏过她的脸颊上还有车祸留下伤痕。冰裂纹般的毛细血管，在半透明表皮下潺潺流淌。

　　"有事吗？"我倚着门框问她。

　　"有事，还有人。"李雪贝贴着我的耳朵说。

　　牵丝攀藤的酒精味道。起先是啤酒，然后是清酒。白纸碎片铺满地板，夹杂着打印的宋体字，仿佛一夜初雪。我来踏雪寻梅，却寻着钱奎的老娘。她的双手双脚蜷缩并拢，后背弯成一张复合弓。我的脑子"嗡"一声。如果有第三个人被杀，我不希望是她。

　　地板上没有血迹。没有水渍。空气中只有蘸料味道。餐桌上放着一锅冰冷的小龙虾，虾壳堆积如山。洪姐的面颊鲜艳异常，毛衣下挺着胸脯，深红色双唇中喷射出酒精的混合味道。

李雪贝半蹲下来，修长双腿折叠，像个紧紧压缩的N形。"她喝醉了，我拖不动她，只能打电话来麻烦你。"

我抱着洪姐柔软的腋下。李雪贝抱着洪姐被小牛皮靴包裹的双腿。醉酒的女人沉重如一具死尸。我们把她从地板上抬起，轻轻放入沙发。

"穿帮了吗？"我捡起一小片白纸，上面正好写着急性胰腺炎，"李雪贝，你白费了我两天两夜写的这份报告，还有七天七夜调查你的秘密，也白费了宋云凯为你后背心挨上一刀子。"

"让他去死吧。洪姐说要跟我喝一杯。我们喝了五瓶啤酒，两瓶清酒。"李雪贝是千杯不醉体质，酒桌上最危险的女人，"洪姐给我看了这份调查报告。她说每一个字都是假的。"

"我低估了这个女人。"

我在洪姐的右边坐下，是我鬼迷心窍，赌上身家性命，头一回出具虚假报告，杜撰被调查人的故事。就像足球裁判错判点球，警察放走杀人犯，法官宣判无罪之人死刑，你亲手把圣人送上电椅，绑紧，戴头套，揿下按钮。这种事并不稀罕。

"雷雨，谢谢你给我圆谎，如果这本报告里的每个字都是真的该多好。"

"不谢，如果十六年前，判决书上的每个字都是假的该多好。"

"警察来找我问过话，他们怀疑是我杀了宋云凯。因为我的秘密，已经死了两个人。我怕第三个会是你。"

"那是我的荣幸。"我绕过洪姐的脸，贴着李雪贝的耳朵问，"你的秘密是什么？"

"宋云凯跟你说了什么，我的秘密就是什么。"

"他要说的秘密跟他一起下地狱了。雪贝，你身上的秘密比这栋房子里的秘密更多。如果你杀了宋云凯，那台装满秘密的手机，已经落到你的手里。"

"雷雨，我这一生没有杀过任何人。"

"六年前，你要从他的手机里窃取什么秘密？"

"我对他的秘密好奇。"李雪贝在说谎，我确定。

"宋云凯强奸过你吗？"

"没有。"

"十六年前，宋云凯为江志根做辩护律师，他对你做过什么卑鄙无耻的事吗？"

"也没有。"

"那你为什么要给宋云凯的酒杯里下药？雪贝，你付出的代价可不小。"

我像周泰审讯我一样审讯李雪贝，负责笔录的女警小雅此刻换成烂醉如泥的洪姐。

"代价是两个礼拜后，我在小龙虾店被打了。三个男人冲进来打我，用皮靴踹我的小肚子。他们下手太狠。我刚好来例假，痛经严重，下半身流血不止。麻军送我去了一家民办医院。"

"雪贝，你很清楚是谁伤害了你，但你竟然没有报警。你害怕会换来更疯狂的报复。"

"那些人就像一堵坚硬的石墙。而我脑子里的小聪明，不过是一颗脆弱的鸡蛋，碰一下就粉身碎骨。如果说有什么特别，普通人是生鸡蛋，而我已经被煮熟了。"

"宋云凯也不过是这堵石墙上的一层墙灰而已。"我决定从另一扇窗户闯入她的房间，"昨晚，我见过你的大学室友吴春怡。"

李雪贝眼乌珠一瞪，旋即晦暗下去。"就凭你骗我开门的本事，你肯定骗开了她的门，又骗开了她的嘴。"

"你说得我好像是个会妖术的采花大盗。江志根被判处故意杀人罪以后，你跨区就读了全城最好的初中。虽然，世界上有一种叫择校费的奢侈品，但你是从哪里来的钱？"

"有好心人在帮我。"

"好心人是谁？"

"他已经死了。"

"怎么死的？"

"我不知道。"她的嘴唇被牙齿咬得像一只深紫色茄子。

"雪贝，我不会强迫你说的。我是一个调查员，但不是审讯员。吴春怡托我给你带个口信：对不起。"

"我从没恨过吴春怡。说真的，她是我唯一的朋友。"

"那台苹果手机，你明明是被吴春怡诬陷的，为什么要申请退学？"

"还有其他选择吗？这次是偷手机，下次是偷什么？爱马仕的鳄鱼皮包？"李雪贝看一眼洪姐扔在地板上的包，"律师法有规定，受过刑事处罚的人，不能获得律师资格。"

我把双手搭在沙发靠背上说："你又在盗版我的人生。"

"那时候，我接到过宋云凯老婆的电话。她也是律所的合伙人兼主任。我在律所实习，她就猜疑我上过宋云凯的床。她警告我。如果我还妄想当律师，她会让全世界晓得一件事——我在十二岁时被人性侵，丧失了生育能力。"

"雪贝，我担心钱奎妈妈还能听到。"我想堵住雪贝的嘴巴，或是捂住洪姐的耳朵。

"我已经告诉她了。"

我抬头看天花板上的房梁说："体制是一棵大树。你要爬上这棵树，必须成为树的一部分，而不是在树上做窝的鸟。你的鸟窝会被淘气的小孩掏了，鸟蛋一颗颗粉碎。只有大树永远立在那里，枝繁叶茂，树大根深。"

"我已经变成另一种植物——阴沟里的苔藓。"雪贝笑笑说，"重要的不是你逃到哪里去，而是你在哪里，你的监狱就在哪里，你注定无处可逃。"

我一点点靠近雪贝的鼻头尖，却听见洪姐"哇"一声，呕吐物喷射到沙发和地板上，混合着小龙虾、酒精与胃酸的气味。

雪贝用湿毛巾给洪姐擦脸，抹去污秽之物，帮她戴上 N95 口罩。雪贝说：雷雨，给你一个任务，送她回家，我还要收拾地板。"

我把洪姐放到自己背上，双手托着她的大腿。洪姐抱紧我的双臂是粗壮的白蛇。我背起更年期妇女，钢丝文胸挤压我的肩胛骨。雪贝把天鹅绒大衣披在洪姐身上，替我开门。

"送她到家以后，给我发一条消息。"雪贝打开楼梯灯，把洪姐的爱马仕鳄鱼皮包挂上我的脖子。

"我没看到你的猫。"我转回头问她。

"原本就是一只流浪猫，麻军死后，它从我家逃走了。我想它需要谈一场恋爱。"

"姑娘还是小伙子？"

"姑娘。"

"它叫什么名字？"

"珂赛特。"她的嘴唇变幻三种形状。

"再见，珂赛特。"

我背着钱奎的老娘走下三层楼。踏错一步便同归于尽。回到海上邨的小院，我用左手托住洪姐的大腿，右手腾出来打开她的包。我摸到两台手机，从一堆化妆品里找到了车钥匙。一排幽暗的过夜车之间，银灰色特斯拉 Model S 的车灯亮了。我拉开车门，从背上卸下洪姐，塞入后排座位，卸下一片妖娆的花园。

爬上驾驶座，点开触摸屏，我花了几分钟熟悉特斯拉，调整座位角度。洪姐躺在后排腐烂与呻吟，断断续续说出一个地址。我打开导航，是长江对岸的豪宅小区。

特斯拉滑入北岸的羊肠小道。我渡过亚洲内陆的最大江河，像渡过一道大雾弥漫的海峡。长江里藏着一个银河系，亮起几万光年之遥的红色光点。对岸的摩天楼，如同一百万只萤火虫，搭起彻夜不眠的通天塔。

后排座位响起洪姐的歌声："大地不曾沉睡过去，仿似不夜城，这里灯火通明，是谁开始第一声招呼，打破了午夜的沉寂……"

我听出了一身鸡皮疙瘩。如在压力巨大的浑浊水流中共鸣。可惜她的普通话比较烂，每个翘舌音都变成了平舌。到了长江对岸，我在湖边右转，潜入行道树葱郁的小路。十层的小高层，穿着貌似香港警察制服的保安在门口站岗。钱奎和他妈妈的家。我已嗅到这个家的甜蜜与恶臭。

第二十章

专属电梯升到十楼顶层。我的胸口挂着爱马仕鳄鱼皮包，像个刚被揍过的夜店服务生。洪姐贴着我的耳朵说出门锁密码。

输入六位数字，我打开门，说："我会立即忘记的。"

"男人的记性都那么差吗？请你不要忘记我，这个家随时对你敞开。"

洪姐把我当成了另一个男人，时空错乱到二十或三十年前。

客厅的灯亮了。迎面站着一条肥硕的美洲绿鬣蜥，仿佛吃人的科莫多龙。我准备用鳄鱼皮包自卫反击。但它安静得像一条死龙。事实上它早已死亡，却没有熏人味道。

"别怕，它是标本。"洪姐说，"是钱奎从小养的宠物。"

顶层的复式房。每层至少二百五十平方米。客厅铺着缅甸柚木地板。一屋子意大利进口家具，贴着达·芬奇、米开朗基罗与拉斐尔的牌子。西西里黑手党的家园，或者罗马元老院的贵宾室。地毯上趴着一只苏卡达象龟。巨大的陆地爬行动物，体重不比主人轻，寿命可达五十岁以上，可惜去年误食一袋鸭脖，英年早逝，化为标本。

我背着洪姐爬上二楼。走道有一排玻璃橱窗，如同兽医学院标本室——八条红色蝾螈，一对绿粽子似的角蛙，两只长毛大蜘蛛，还有三条白蛇……理论上不能同时饲养，横跨了钱奎的小学到研究生时代。我甚至怀疑会看到某个人体标本，比如钱奎的爸爸。

洪姐靠在我肩膀上说："我儿子喜欢小动物，但他有哮喘，不能养猫养狗，只能养这些冷血动物。"

"钱奎又是谁的宠物？"我背着洪姐走进卧室。

粉色吊灯射出细碎的樱花纹。宽大的席梦思足以容纳三个人同床共枕。蚕丝被上绣着梵高的《绿色麦田与柏树》。我把洪姐安放到床上。她像普罗旺斯的农妇，焦渴地躺在麦田深处，等待一场禁忌的野合。

"帮我脱衣服。"洪姐一只手扯着自己衣领，一只手扯着我的皮带。

"明早你会忘光的。"我保护住自己的皮带，帮她摘了口罩，脱下天鹅绒大衣和西班牙小牛皮靴。

我把床单卷在她身上，但她揪住我的胳膊说："再脱。"

别无选择，我继续脱下她沾着呕吐物的毛衣。她穿了一条呢料短裙，两条腿裹着黑丝袜。"下面我不能帮你了。"

洪姐开始用温州话骂人。我一个字都听不懂。

"求求你。"她的嘴唇发白，眼影融化成两道黑色泪水，脸上的粉仿佛被画家的颜料笔调开。

我像个服侍慈禧太后的太监一样脱下她的裙子。就当是杜撰了一份调查报告应得的惩罚吧。她的大腿滚烫，肌肉松弛，卷出橘子皮般的皱纹。洪姐笑着说："我的大腿很丑，还有妊娠纹，都是钱奎这小杂种害我的。"

我不搭腔。我先褪下她左腿的黑丝袜，再换右腿，从腹股沟褪到脚指头。她的脚上有许多老茧，堆积深沉的色素，像一棵布满疖子的老树。脚指甲涂着亮晶晶的粉色。我给她留下内衣裤。乳房依然饱满，不能说没有魅力，但不属于我的审美范畴。她搂着我的脖子呻吟："小雷，我们一起睡。"

"不必了，我失眠。"我帮她盖好被子。打开中央空调，关了灯，我坐在床边，握着她的右手，像握着一个热水袋。

屋内只留一盏暧昧的台灯，亮度调到最暗，仿佛日本石灯笼守护的墓地。洪姐响起均匀的呼吸声。这个家里所有动物标本鼾声四起。除了我。

我给雪贝发一条微信：我送洪姐回家了，她睡在我的身边，你的未婚夫是个可爱的变态。

一分钟后，雪贝的回复来了：看着她，别让她着凉，晚安。

三十岁以后，我丢失了睡眠。哪怕服用整整一砂锅安眠药，剂量足够毒死五吨重的大象，我却仍像吃了兴奋剂一样活蹦乱跳。至今我还活着，是一个奇迹，也是一个谜。不过，这对于调查员却是一大优点——工作时长加倍，足以二十四小时盯着猎物，连汉尼拔博士也会沦为沉默的羔羊。

凌晨四点。我离开洪姐的卧室。穿过冷血动物博物馆，在一只英国短尾猫与八只小仓鼠的注视下，我也是一具活体标本。我像梦游般走进钱奎的书房。书架上的每本书厚得能砸开人的颅骨。书脊上印着伊恩·麦克尤恩、奥尔罕·帕慕克、彼得·汉德克以及波拉尼奥。钱奎想成为以上名字中的某一个。我拉开窗帘，月亮出来了。湖边大学的剪影如同睡着的苏卡达象龟和美洲绿鬣蜥。

钱奎的卧室里堆满机动战士高达。贴着新世纪福音战士海报。柜子上有七个海绵宝宝的毛绒玩具，令人想起麻军的脸。游戏机从红白机到Switch。床头贴满皮卡丘、可达鸭，还有超梦。药柜里装满布地奈德哮喘气雾剂，每瓶二百揿，跟我口袋里揣着的一样。

我躺在钱奎的床上。床垫像只巨大的乳房。床头柜架着钱奎和雪贝的合影。高领白毛衣的钱奎如同处女，雪贝穿着紫色外套，头发披散胸前，露出蚌壳珍珠似的牙齿。我想象自己躺在他们中间，同时牵着他们的手，仿佛核战争后的太阳与月亮。

楼下有个健身房。跑步机、划船机，还有一比一尺寸的木人桩，背后布满密密麻麻的小点子。从前精力无处发泄时，我也会找这玩意儿打一架，未必每次都能打赢。我从冰箱里搜罗出一支香草味冰激凌。钱奎跟我有同样爱好。我舔着冰激凌，推开一扇水晶移门。

洪姐的衣帽间比探照灯调查公司还大。一整面墙是鞋柜，八十双高跟鞋，四十双平跟鞋，三十双运动鞋，三十双凉鞋。整间屋子散发着数头公牛的怨念，分别来自孟加拉国、巴基斯坦、摩洛哥的屠宰场，经过臭气熏天的鞣皮工厂，十几岁小男孩和小女孩黝黑皲裂的双手，冠以意大利和西班牙的牌子，最后装饰一个女人衰老而丑陋的双脚。

另外三面墙是衣柜，按照春秋、寒冬、盛夏分门别类。我推开寒冬之门，里面好像关着个西伯利亚。不计其数的皮衣、风衣、羽绒服之间，藏着一件苹果绿双面呢大衣，曾经裹挟着它的主人闯入过我的办公室。

就像出没于高级宴会厅的衣帽间盗贼，我把手指暗戳戳地潜入每个口袋，摸出主人们不堪的秘密。我从双面呢大衣里摸到一张收据，来自全城最贵的阿拉斯加干洗店，服务项目是清洗保养，价格三千五百元。我捏着这张收据思量了一分钟，无声地揣入口袋。

第二十一章

星星飘坠。黎明呈现红色。湖泊是一大团墨水，对岸的钢笔尖亮起寒光，一帧帧变亮。我回到楼上房间。隔着一床麦田油画的蚕丝被，我抓住洪姐的右手，缓慢而残忍地施加力道，将她救出噩梦或春梦的深渊。她一格格抬起眼皮，吐出最后一滴清酒味道，经过一夜沉淀，醇厚得能融化富士山的积雪。

"谢谢你，小雷。"

"洪姐，我给了你一份假报告，骗了你二十万，如果你去公安局报案，我不会怨恨你。"

"我给二十万是让你停止调查，不是让你给我出报告，所以不算诈骗。"洪姐的手从我的手掌心脱出来，摸着我的脸颊，"我老了，被你嫌弃了，我不是没有跟年轻小伙子睡过。"

"愿意陪你睡觉的小伙子可以排队到江边。"我的面孔避开她的手指。

"小雷，你饿吗？我起来给你做早饭。"

"我不是你的情人，也不是你的儿子。我只是一个调查员。我能问你一个问题吗？"

"等等我。"洪姐钻出被窝，露出雪白而松弛的大腿，她披上拖地的绒毛睡裙。

我扶她下楼梯，给她倒一杯热牛奶。宿醉之后，她把牛奶当作醒酒的饮料。

我提起苹果绿双面呢大衣说："洪姐，你还记得这身衣裳吗？"

"记得。"

"第一夜，你穿这件大衣来找我。然后，你去了鹦鹉桥。你目睹了车祸。当然，谢谢你救了我和雪贝。之后，你回到最近的那栋楼，爬上顶层，闯入麻军的房间。你从背后用尖刀刺破他的心脏。你把他摆成胎儿模样，放水冲洗谋杀现场。你一直开着水龙头，水流蔓延整栋楼，恰好冲去脚印。百密一疏，你忽略了门框背后你儿子的血手印。回到车上，你换了一套衣服，打通钱奎的电话，连夜赶去机场。第二天，警察来找你问话，你只需承认到过鹦鹉桥，但不承认上过那栋楼。"

"小雷，你是说我杀了人？"洪姐脖颈耷拉的皮肤紧绷起来，"证据就是这身大衣？"

我从口袋里摸出阿拉斯加干洗店的收据说："你从公安局把我接出来后，打电话给这家干洗店的老板。虽然店关门了，但你付出平常三倍的价格，干洗保养这件大衣，清除上面沾的麻军的血迹，彻底消灭杀人证据。"

"小雷，这个证据并不有力。"

"第二个证据，麻军被杀当晚，凌晨一点，我跟雪贝来到楼下，看到你儿子仓惶从门洞里逃出来。钱奎把 N95 口罩扔了之后，驾车逃跑。

次日早上，等我回到楼下，门口的 N95 口罩不见了。但那不是被风吹走的。你知道这枚 N95 口罩是钱奎的，上面印着绿色橄榄叶标志。你不想让你儿子被怀疑，所以收走了口罩。"

"好像有点道理。"洪姐喝了一大口牛奶。

"宋律师也是你杀的吧？"我像个检察官在法庭上朗读起诉书，"虽然，这家伙罪该万死，但不应该由你来行刑。"

"杀人动机呢？"

"宋云凯用你的秘密威胁你。他的存在让你惶恐不安。你决定杀了宋云凯，永绝后患。但你不敢开车去博雅湖，那样会被监控拍下来，于是你骑了一辆自行车。如何避开自己小区的监控？你一定有本事的。"

"小雷，那你说说，我身上有多吓人的秘密，值得我去杀一个律师？"

"我不晓得。如果李雪贝是一口黑洞，你就是黑洞的老祖宗。你讨厌李雪贝只是一种伪装，为了掩饰你的杀人动机。恰恰相反，你是这个世界上最爱李雪贝的人，甚至为她连续杀了两个男人。"

听完我的指控，洪姐笑了，一脸褶子暴露在厨房灯光下。她拉开抽屉，拆了一包中华烟。我为她按下打火机，学着西西里岛的阳光下争先恐后为莫妮卡·贝鲁奇点烟的男人们。

"小雷，你是最好的调查员，但你当不了最好的刑警。我承认，这件大衣上沾满了血。但那不是麻军的血，而是你的血。"洪姐笃悠悠吐出一团烟，睡裙底下的双腿叠加，露出半截松弛的大腿肉，"凌晨一点，鹦鹉桥的十字路口，我看到车祸发生，我救了你和雪贝。小雷，你的血沾满了我的大衣。"

我摸着眼角的伤疤说："洪姐，我欠你一条命。"

"等你和李雪贝上了救护车，我开车往前五百米，找到我儿子丢下的车。我带着阿尔法·罗密欧的备用钥匙，打开车门，看到钱奎落下的外套。上面沾着血迹，还有威士忌的味道。我确定儿子酒后驾车，可能闯了弥天大祸。但我打不通他的电话。我回到你们出车祸的十字路口，及时踩刹车，不能再让监控拍到我。"

"洪姐，您具有丰富的犯罪和反侦查经验。"

"我下车后，走路绕开了路口监控。来到长江边的那栋楼下，发现了钱奎扔掉的口罩——白底上印着绿色橄榄叶。我藏起这片口罩。整栋楼是暗的，只有六楼窗户亮着灯。钱奎一个晚上连续两次来到这里，这肯定不寻常。于是我爬上六层楼，房门敞开，有个男人躺在地上，双手双脚并拢蜷缩，房间里全是水。但我没有乱碰东西，也没留下指纹。"

"你也不敢打电话报警。"我的手指尖敲击着手机，"因为你儿子是头号嫌疑犯。"

"钱奎没有杀人。我爬下六层楼，绕过十字路口和监控回到车上，发现钱奎开了手机。我便换了一身衣服去机场。"她在水槽里掸去烟灰，"小雷，你相信我吗？"

我不能给她答案。调查员不能轻易相信任何人，尤其不能相信客户。

"如果你早点报警，警察可能当晚就抓住凶手了。"

"但钱奎会因为醉酒驾车进监狱。等他飞走以后，我更不敢告诉警察了，因为我也是嫌疑犯。第二天，我把沾着血的大衣送去干洗，付了平常价钱的三倍。"

洪姐只抽了半支烟便掐灭了。她钻进比衣帽间还大的化妆间，洗了一把脸，敷上一张早晨面膜。

我跟到化妆间门口问："假设麻军既不是你杀的，也不是钱奎杀的，那你在现场看到凶手了吗？"

洪姐关门撒了一泡晨尿。我听到叮叮咚咚像小溪流水。她隔着门说："我只看到地板上的死人。但我没看其他房间，谁知道凶手是不是藏在卧室或厨房？如果碰到凶手，我会跟他拼命的。最起码不会乖乖送死。"

"凶手未必是你的对手。"我不晓得这是赞扬还是贬损，"你看到凶器了吗？或者别的可疑物件？"

"让我想想……"洪姐从化妆间出来，"一个旅行箱，最大的那种尺寸，国际航班托运时才会看到。"

"最大尺寸的旅行箱？第二天，我进入谋杀现场，每个房间和角角落落都看过了，并没有什么旅行箱。"

"凶手带走了，也许藏了一箱子香奈儿的香水，或者爱马仕的包。你一定对这些东西不感兴趣。"洪姐洗干净手，抹上法国的护手霜，端给我一盆糖果和巧克力，"那天晚上，我在看到麻军的尸体之前，还看到过活的麻军。"

"什么意思？量子叠加态的不确定性？"

洪姐撕开一张糖纸头说："晚上十点，我去海上邨找儿子。李雪贝没有开门。我在楼下院子停车时，看到一台藏青色本田车，有个男人坐在车里看手机。这件事我告诉过警察。"

"他就是当晚的被害人麻军。"我说，"你认识这个人吗？"

"不认识。我打电话找了公安局的秦处，他把探照灯调查公司推荐给我。然后，我就开车去了兰陵街。"洪姐吃下一粒软糖，"小雷，很高兴认识你。"

"谢谢您让我认识了您儿子与儿媳妇，近距离观赏到麻军和宋云凯的瑜伽表演，还有他们后背心的血窟窿。"

"小雷，你说我杀了宋律师，那就是你的想象力了。"洪姐的嘴唇里喷射出糖果味道，"警察来查过小区监控。正月初二，我根本没出过门。"

"你有一辆自行车。"我指着阳台上的意大利梅花牌自行车，"七年前，我在川藏线上骑行，遇到一个骑梅花牌的法国姐。在海拔四公里的山口上，她邀请我到她的帐篷里睡了一觉。"

自行车表面附着厚厚一层灰。我用手机拍下轮胎花纹的照片。也许用得着。

"我跟儿子在意大利住过。他用压岁钱买了自行车。我怕他被车撞死，不准他骑出去。钱奎把这辆车带回了国。但他到现在还没学会骑自行车。"

洪姐把苹果绿双面呢大衣放回衣帽间，就像秘密吊死一个贵妇人。她去厨房煎了两个荷包蛋，四根鸡肉肠，打开咖啡机，冲了两杯黑咖啡。我想象着钱奎慢悠悠喝完咖啡，吃下热乎的煎蛋，全身毛细孔发热打开，像只尚未脱离娘胎的小猫。

"洪姐，我现在送你去公安局。你跟我说的话，必须再跟警察说一遍，不然等到周泰查出什么线索，对你和钱奎就很不利了。"

"等我一个钟头，你知道女人出门麻烦。"洪姐上楼去了，几乎一口没吃。

窗外，湖水像一枚剥了壳的松花蛋亮起来。晨曦诏媚地舔着我的脚面。我打开手机银行，转账二十万还给洪姐。她命令我停止调查，但我一意孤行查下去，害得一位律师丢了性命。我违背了雇主的指令。我不配得到这笔钱。人民币是个好东西，值得每个调查员为之而奋斗，但有时你要懂得放弃。

洪姐裹着浴袍下来了。大波浪卷头发冒着热气。她去衣帽间换上红色皮革大衣，咖啡色皮裤，乳白色土耳其小牛皮靴，仿佛要去的不是公安局，而是皮革业的年会晚宴。

我们乘电梯下楼。洪姐有两个并排的固定车位：一台银灰色特斯拉 Model S，一台宝蓝色阿尔法·罗密欧。八天前，为了追逐这个意大利小姐，我和李雪贝差点撞死在大树上。

洪姐掏出阿尔法·罗密欧的车钥匙说："小雷，我还没赔偿你撞坏车的损失，我儿子关照我，要把这台车给你开。"

"算我向钱奎借的，等我买了新车就归还给你们。"

这是我今年开过的第三台车。阿尔法·罗密欧有文学博士的味道，像《安娜·卡列尼娜》的火车包厢。我点上火，油箱还剩一半。我调整座位，抬起刹车，开出戒备森严的小区，犹如史陶芬伯格刺杀完希特勒逃出狼穴。

我开到了公安局。洪姐将接受刑警的灵魂考问。周泰的面色难看，仿佛刚去过火葬场。我把梅花牌自行车轮胎花纹照片发给他，没再啰嗦一句。

第二十二章

阿尔法·罗密欧回到兰陵街。探照灯调查公司又空了一宿，就像香烟思念打火机，玻璃杯思念威士忌。老实说，我已归心似箭。

比起钱奎家的宠物，我的办公室不遑多让，豢养着老鼠家族、蟑螂家族、盘龙卧虎的蜘蛛家族……质量上无法与钱奎一家相比，但在数量上具有绝对优势，关键是活蹦乱跳，繁殖力旺盛，尚未沦为标本。

我想给一万公里外的钱奎打个电话，听听意大利的风声，看看妓院阁楼上的香艳。我想告诉他，我去过他家，陪他老娘过夜，躺在他的床上，刚把他老娘送进公安局，但我忍住没有打出这通电话。

下午，我开着钱奎的阿尔法·罗密欧，去了一趟沃尔玛超市。当你戴上医用口罩，变成圆脸的猫，淫欲、嫉妒，并且善变；而我蒙着N95口罩，是一条凸嘴的狗，愚蠢，贪婪，食欲旺盛。小推车里放了二十支冰激凌，只买香草味；三十六根鸡肉肠；五千克面包；一千克三文鱼刺身；十包速冻汤圆；十包牛肉干；十个水蜜桃罐头；十盒牛奶；十包涪陵榨菜；泡面为零，我有十年没碰过那玩意儿了。我在收银台排队付款，带着一张伤痕累累的脸，所有人自动远离我二点五米以上。

我像长途跋涉的骆驼，背着大旅行包回到办公室，将食物分门别类放入冰箱。我打开笔记本电脑，再度进入中国裁判文书网。每一份刑事判决书都是一个兔子洞。一审判决是日本推理小说，尚有死而复生可能；二审判决是齐泽克的精神分析，盖棺论定；最高院的死刑复核刑事裁定书，便是但丁游历过的世界。我打开"江志根犯故意杀人罪一审刑事判决书"，重读一遍。我第一次注意到审判长的名字。稍后，我给秦良打了一通电话。

书架上有一套口袋本《悲惨世界》。好像一排骨瘦如柴的珂赛特。我找到第一部《芳汀》，盯着蚂蚁搬家似的小字，断断续续读了前两卷。晚上九点，我接到秦良的回电。他关照我不要擅自行动。我挂了电话，披上风衣出门。

我开着阿尔法·罗密欧穿过长江隧道，进入一个大树参天的小区，长相酷似三浦友和的老保安拦住我问："伙计，你找哪个？"

"山口百惠。"我放下车窗，一顶帽子遮盖住头上的伤口，"我找刘法官。我是公安局的秦处长，要看证件吗？"

我手里捏着一张中华人民共和国机动车驾驶证。"三浦友和"训练有素地敬礼，额温枪测试体温36.2摄氏度。我登记了秦良的名字和电话。保安没看我的证件，只打一通电话，就堂而皇之放我进去。

小区安静得像个废弃的养老院。我把车停在最后一排楼下。按图索骥爬上顶楼，我找到贴着春联的防盗门。按下门铃。门锁"咔哒"一声开了。没有锁链。我看到一个白发老头，蒙着蓝色医用口罩，一身黑棉袄，精瘦清癯。

"晚上好，但你不是秦良。"老头盯着我的双眼。

"晚上好，刘法官。"我把舌头理得顺滑，同样彬彬有礼，"按照夏目漱石的说法，我是二十世纪没卖出去，二十一世纪砸在手里的赔钱货。"

"按照《中华人民共和国刑法》第二百七十九条，冒充国家机关工作人员招摇撞骗的，处三年以下有期徒刑、拘役、管制或者剥夺政治权利；情节严重的，处三年以上十年以下有期徒刑。冒充人民警察招摇撞骗的，依照前款的规定从重处罚。"老法官抓紧门把手，像抓紧一把刀柄，"你是来寻仇的吗？"

"不，我是秦良的大学同学。我也是您女婿的朋友，他关照过我，如果他出了什么意外，就来这里。"

"你也是警官？"

大概是我脸上的创可贴，让我像个因公负伤的卧底警察。"刘法官，我们能在屋里说话吗？"

"进来吧。"老头的手从门上松开，"退休六年了，请叫我老刘。"

空气中的刀子回归刀鞘，屋里没开空调，客厅冷得像个太平间。地板的木头开裂发黑。家具和电器都是古董级别的，像从二手店里淘来。红木书架怕是家里唯一值钱货色，装满几百本中英文法律书。头顶竟有一具吊扇，畏罪自缢倒是方便。我本以为会拜访盖茨比的销金窟，不承想走进了汤姆叔叔的小屋。

我坐上一张布沙发。老头烧了一壶开水。两杯太湖碧螺春的绿茶泡开，仿佛溺死者的绿色头发漂浮。墙上挂一幅大相框。一家五口合影，背景是国徽下的法院门口。照片里的老法官头发尚未花白，老伴怀抱两三岁女童。宋云凯没留小胡子，手挽着面相富贵的妻子，也就是老法官的独生女。

"你知道我女婿死了？"老法官说得很平静，好像在地球另一边的里约热内卢死了一个陌生人。

我摘去 N95 口罩，抿一口绿茶。"我是宋律师生前最后见到的人，他向我展示了高尔夫球的挥杆技巧，讨论了刑事诉讼法与程序正义、法官判决的量刑尺度，还有司法从业人员的道德问题。"

"你就是那个杀人嫌疑犯？"老法官对杀人犯并不稀罕，大多由他亲笔签名送上了刑场，"但你没有杀人，否则公安局不会把你放出来。"

"您有一双洞察世事的眼睛。"

"想问我什么？"老法官摘了口罩，露出皱纹纵横的嘴角，大口啜饮绿茶，"我当了三十年法官，我尊重公安机关的侦查工作。"

"十六年前，海上邮除夕夜杀人案。"

"被告人叫江志根，被害人叫李炼钢，宋云凯是那桩案子的辩护律师。"老法官的脑子煞煞清爽，一字不差记得每个名字，"我是这桩案子的审判长。"

"你还记得被害人的女儿李雪贝吗？还有一个叫麻军的男人。"

"记得，都是目击证人。"

我学着老法官的样子喝茶，几乎烫伤嘴唇，狼狈地说："宋律师临死前告诉我，关于那件事，他还掌握更多的秘密。"

"我女婿的秘密何止于此？我去看过谋杀现场。没有任何东西失窃，除了他的手机。要么是他生前自己销毁了，要么是被凶手拿走了。我猜这就是杀人动机。"

"宋云凯的手机里藏了什么？"

"一无所知。"

"不，老爷子，没有秘密能瞒得过你的眼睛，你还知道你女婿的心比煤炭更黑。"

老法官吞下一口浓茶说："法律并不负责鉴定人心，更不能粉碎人心。"

"刀子可以粉碎人心。十二岁，李雪贝的亲生父亲被继父杀死。十八岁，李雪贝考入法学院，成绩是第一名。如果没有第二次遇到宋云凯，她已经是一个刑事律师了。六年前，几个不明身份的男子殴打了李雪贝，她受伤住院，错过了考研和毕业论文。李雪贝犯了什么错？她只想要打开某个秘密。我不晓得这个秘密是什么，但至少已葬送了两条人命。你女儿唆使李雪贝的大学室友，诬告她盗窃了一台苹果手机。你女儿成功了。李雪贝在大学毕业前退学。"

"我向李雪贝道歉。恐怕倾尽所有，我也无法弥补她丢失的东西。"老法官这辈子对人低头的机会不超过三次，上一次远在勃列日涅夫与昂纳克亲嘴的那一年，"你是她最亲密的人吧？"

"在某一段时间，我的确是李雪贝的亲人。十六年前，海上邮除夕夜杀人案，你宣判江志根犯有故意杀人罪，判有期徒刑十年。"我摘了棒球帽，露出前额的伤痕。"在你宣判一个月后，我从中国人民公安大学刑事侦查系毕业。"

"你是江志根的儿子？"

"刘法官，我只是一条丧家之犬。在您写下判决书的时候，江志根和我妈妈离婚已经十年。没人注意到我的存在。江志根也把我遗忘了。但我得等到下辈子才有机会做警察。"

"我记得你的名字。你叫雷雨，曾用名江冰。"

我像被人揭开了内裤说："老爷子，你的记忆力像电脑硬盘。我从没怨恨过你，更不是来寻仇的。我只怨恨江志根一个人。如果你判处他死刑，我会给你送一面锦旗。"

"江冰，你长得很像你爸爸。刑满释放一年前，他在监狱里打架致人伤残，加了五年六个月刑期，半年前刚出狱，你们见过面吗？"

"我不确定他是否认出了我。"我摸了摸遮住面孔的 N95 口罩，"老爷子，您是最近七天来，我遇到过的唯一的正常人。"

"你错了。我是一个老而不死的怪物，扔到火锅里都煮不熟。很多人盼着我早点下地狱。只有我妻子明白我的心意。但她在三年前出车祸走了。"老法官望着墙上五口之家合影，其中已死去两个，"我就像个垃圾桶，所有的尸骨、鲜血还有恶心东西，一律打包往里装，没人来帮我分类清理。我恨不得患上老年痴呆症。"

"海上邨杀人案判决过后，因为你这个法官的好名声，宋云凯开始追求你的女儿。他是刑事律师，你女儿是商业律师。刀子和算盘的联姻。"

"我妻子不同意女儿嫁给他。因为宋云凯的爸爸是个杀牛的屠夫。但我并不歧视屠夫这项职业。"

"现在，女儿女婿的律师事务所日进斗金，住在博雅湖边的独栋别墅，在深圳和三亚都买了房子，外孙女读了国际学校……"

"不准提我的外孙女。"老法官的眼神汹涌浑浊起来，"小姑娘不知道她爸爸死了。"

我瞄准了一条裂缝说："外孙女十二岁了吧。过几年，她会去北美或英国读书，最次是澳大利亚的袋鼠窝，开一辆 BMW 敞篷车穿过春风和煦的海岸。拿到硕士文凭回国，她会嫁给门当户对的小伙子，换更大的别墅，开更贵的车。她不会被无耻之徒上门讹诈，更不必担心四个轮胎和引擎盖。"

"原来那辆车是你砸的。"

"左后视镜我不负责。"我钻入裂缝说，"十六年前，李雪贝也是十二岁，她的亲生父亲也被人从后背心一刀刺死，就在她的眼前。法院审判过程中，医院检查显示小姑娘已不是处女，丧失了生育能力。你不会不记得。"

"我不知道真相。"

老法官的茶杯倒翻在地，右手抖得像帕金森病。我用力握住他布满老人斑的手腕说："老爷子，您读过《悲惨世界》吗？"

"读过十遍。"

"第一部《芳汀》的开篇还记得吗？"

"一个正直的人。"

"米里哀主教为什么替冉阿让做伪证？"我弯腰擦去地板上的茶水，站在衰败的老头面前。我的脑袋里好像插了一支银烛台，点亮三支洋蜡烛，照着一张小猫似的面孔，但我并不知道答案。"再见。"

我慢吞吞走到门口，背后响起老法官的声音："2012 年底，宋云凯代理过一桩刑事案件，被告人是不夜城大酒店的总经理。我只能说到这里。"

"谢谢您。"我戴上 N95 口罩，"中国有全世界最好的法官。如果有可能，我希望每天跟您聊天两小时，"

"我不想再见到你。"老法官的右手重新有了力道，不再像一只垂死之手，他缓缓关上门，像给自己的棺材打上钉子。

我走下楼，坐进阿尔法·罗密欧，右手颤抖着点火发动，活像传染上了帕金森病。我打了一个电话给周泰。

"周泰，你在哪里？"

手机里响起呼呼的风声。我闻到一斤半劣质烧酒的味道。周泰吐出一连串盘根错节的方言。我已离开家乡太久，只听懂三个字——殡仪馆。

周泰的电话断了，再打过去便是关机。

谁死了？

第二十三章

殡仪馆的大门紧闭，我看到一个判官摆开地摊勾销生死簿，三个小鬼聚众打扑克斗地主。三缺一，他们邀我同乐。我说我只会围棋、中国象棋、国际象棋、四国大战，你们爱玩哪一个？小鬼们说打麻将，但要按照本地规矩。但我只会上海和四川麻将。小鬼们不屑于跟我这票废物玩耍，将我赶出阴间的大门。我失魂落魄地目送忘川水、奈何桥与孟婆汤渐行渐远。

走过几十个花圈，我被一条粗壮的大腿绊倒。周泰敞开着绿色军大衣，戴着绒线帽和医用口罩，躺在雪白的花圈和黄色的菊花中，好像刚被亲朋好友们瞻仰过遗体。他发出中世纪教堂管风琴般的洪亮鼾声，鼻孔中喷射出烟草、酒精以及鸭脖子的混合味道。这个庞大身坯要是送入焚尸炉，保准能烧上一天一夜，直到长颈鹿似的烟囱喷射七彩焰火。

我左右手抽了周泰两个耳光。我并非公报私仇，而是要救他的命。周泰睁开双眼，看到黑漆漆的夜空和我的 N95 口罩，嘴里嘟囔一句："阴间？还是阳间？"

"你他妈的原地没动，还在殡仪馆大门口呢，谁死了？"

"我爹。"周泰的额头滚下豆大的汗珠，仿佛刚被活体取胆汁的狗熊。

我把他从冰冷的地上拽起来，昨晚我背过洪姐，周泰的体重是她两倍。我必须用三倍的力道才背得动他。风里扔来一万种开了锋的冷兵器。我仿佛背负着两百斤的明光铠过马路。我把周泰扔进后排座位，好像扔掉一座太行山、一座王屋山。

宝蓝色阿尔法·罗密欧离开殡仪馆，浑似一台披红挂彩吹着唢呐的灵车，装满纸LV纸别墅纸情人纸比特币，穿过子夜时分的长江。

到达兰陵街，我把周泰拽下车，重新安装上我的后背。膝关节疼得要命。爬上三层楼梯，就像考古队员背一具史前巨人遗骨。

回到探照灯调查公司，我帮周泰脱了大衣，盖上厚毛毯。我给他喂了热水，像喂一条生病的大狗。他打了一个惊世骇俗的嗝。我的房间瞬间飘满白酒气味。

周泰的神志清醒一半，舌头还没捋顺，声音含混："我老爹得了癌症，在医院里躺了半年，今天早上没了。"

"对不起，你妈还在吗？"我找到空调遥控器，定在二十五度。

"下葬三年了。"周泰捏捏我的脸。

"我记得你爸爸也是警察。"

"狱警。"

"读大学的时候，你爸来北京看过你。他给我们每个同学都发了一块劳改犯做的香肥皂。你爸把我们的宿舍打扫成了监狱风格。有几晚，我睡在你的上铺感觉被判了十年有期徒刑。"

"我爹看管的犯人是有期徒刑，他是无期徒刑，几年只能请出一次休假。我埋怨我爹给我丢了脸，气得他从北京连夜坐火车走了。"

周泰话说到一半，闭上眼睛打呼噜。我踢了踢他说："喂，先别睡着，我问你，洪姐还在公安局吗？"

"她回家了。"周泰眯起双眼，"洪姐承认了，凌晨一点，她爬上六楼，看到过麻军的尸体。但她不是凶手。"

"洪姐说，她在谋杀现场看见过一只大旅行箱。第二天早上，我进入麻军的房间，旅行箱并不存在。"

"我查过这件事。半年前，麻军去日本旅游，在免税店买了个最大的旅行箱回来。肯定是凶手带走了旅行箱。"

"麻军被杀，丢了大旅行箱；宋云凯被杀，丢了一台手机。"我打开窗户，越过兰陵街的狭窄屋檐，窥见一格漆黑的星空，"凶手是个偷窃癖吗？"

"伙计，你拍给我的自行车轮胎花纹照片，不是在宋云凯别墅附近发现的轮胎印子。"

这句说完，周泰又打呼噜了。我拍着他的脖子说："不准睡，洪姐说，案发当晚十点，她去过一趟海上邨。她在院子里停车时，看到一辆藏青色本田车，麻军坐在车里看手机。"

"这件事洪姐早就交代过了。"

"一小时后，麻军开车出了海上邨，我跟他擦肩而过。我想知道当天麻军的行踪——但凡他开着手机，加上道路监控，就不会有秘密的。"

"我都记着。"周泰慢吞吞摸出手机，找到备忘录，蓦地大吼一声，"雷雨，你这个婊子养的，怎么轮到你来审讯我了？"

"对，我只是个流氓，你是一个刑警。"

153

"早上九点，麻军的手机打开，接到一堆讨债的电话。上午十一点半，麻军开车出门。正午十二点，他到了海上邨，在雪贝小龙虾吃了午饭，有三个居民在店里看到了他。"

"麻军那张脸令人过目不忘。"

"保准你做噩梦。下午一点，麻军去了水产市场，采购小龙虾和花蛤。他有手机付款记录。三点，麻军回到鹦鹉桥的家里。六点，麻军跟钱奎一起吃晚饭。七点半，麻军开着本田 CR-V 出门。不到八点，他到了海上邨。十一点半，麻军开车回家了。"

"他在海上邨停留了三个半小时？"

"雷雨，我也不是酒囊饭袋。"围剿周泰的瞌睡虫纷纷逃散，"晚上八点十五分，有一场英超伦敦德比直播。"

"切尔西 2：2 阿森纳。我看了这场直播，解说员啰里吧嗦，前戏很长，广告很多，十点半才完事。"

"别打断我的思路，白酒让人没记性。麻军是个赌鬼。他问高利贷借钱下了重注。他的手机上有个足球直播 APP。他看了整场比赛。九点钟，有个海上邨的邻居开车回家，看到麻军坐在本田 CR-V 里看英超。这人是雪贝小龙虾的常客，也是英超球迷，认识麻军十几年了。"

"麻军的家里贴着阿森纳的海报，我猜他买了阿森纳在斯坦福桥的客场胜。"

"十点钟，洪姐开进海上邨停车，她也看到麻军坐在车里。那时比赛还没结束。三十分钟后，切尔西主场与阿森纳打平。麻军输了。高利贷会切了他的手指头。他上楼去找李雪贝。麻军拿到三万块现金后，揣进口袋里，开车回家。"

我揉着自己的太阳穴说："周泰，你看过所有监控录像吗？麻军穿什么衣服？"

"每个路口都拍到了。麻军穿黑色羽绒服，戴黑色棒球帽。当天中午，麻军在小龙虾店吃饭，就穿这身衣服。"

"麻军戴口罩了吗？"

"戴了。"

"开车有必要戴吗？除非车里有第二个人。"

周泰的喉结像一枚网球滚动，说："没有第二个人。但也不排除有人趴在后排座位上，这样监控就拍不到了。"

"案发当晚，麻军穿过的外套，戴过的帽子，你们在谋杀现场搜到了吗？"

"没有。"周泰把头埋到膝盖里，"按照规矩，我不应该告诉你。"

"凶手除了带走凶器，还带走了麻军的大旅行箱、羽绒服、棒球帽，这是什么意思？"

"被害人家里有某个重要物件。"周泰拍拍我的大腿，"体积很大，分量很沉，需要一个大旅行箱才能带走。"

我甩开周泰毛茸茸的大手说："凶手是个有脑子的人，而且非常小心。他放水冲洗谋杀现场，冲刷了一整栋楼的台阶，消除自己的毛发、指纹和脚印。羽绒服和棒球帽难以清洗，只能带走抛弃或销毁。"

"对，这个我在刑警队的会上早就说过了。"

"宋云凯的手机里藏着谁触碰谁就要死的秘密。麻军的大旅行箱里又藏着什么呢？"我在探照灯调查公司来回走了三圈，"难道就是死亡本身？"

"你是说……"周泰敞开嘴巴呼吸，"大旅行箱带走了一具尸体？"

"可能还有第二个被害人。"

"凌晨一点多，洪姐冲进谋杀现场，她看到的大旅行箱里，藏着第二具尸体？"

"也可能在里面的卧室，洪姐没看到，后来被凶手装进大旅行箱拖走了。"

"第二个被害人乘坐麻军的车，躲在后排座位，一起到达谋杀现场？"周泰用拳头砸着自己脑袋，简直要脑浆迸裂，"也可能相反——凶手躲在后排，第二个被害人等在家里。"

"除了麻军和宋云凯，这桩案子会有三个被害人吗？假如是同一个凶手的话。"

"多半也是个十恶不赦的王八蛋。"

周泰的手在身上乱摸，我替他从口袋里掏出一包红梅烟，抽出一支塞进他的嘴巴，按下打火机点上。我又一次救了周泰的命。

"最后一个问题，2012年底，有过一桩刑事案件，不夜城大酒店。"

"2012年，不夜城？"周泰像半夜迷路的猫发现了老鼠，"我记得，那年圣诞节，公安局抄了不夜城大酒店，抓了一批卖淫女，酒店总经理被判刑了。"

"这桩案子的律师是宋云凯。"我用手机登录中国裁判文书网，"被告人沙德宝，不夜城大酒店总经理，犯组织卖淫罪，判处有期徒刑九年。要是没减刑，年底就要出来了。"

"沙德宝……"周泰嘴上长长的烟灰断落，一拳打中沙发扶手，"雷雨，你知道江志根是在哪个监狱服刑的吗？"

"虽然人造革不值钱，但你也别砸坏了。"我抓紧他的大手，以免他强拆了我的办公室，"十六年来，我从没去监狱看过他。"

"江志根就关在我老爹工作的监狱。"

"周泰，我们的缘分不浅。我亲爹是杀人犯，你老爹是管教我老爹的狱警。我俩还是公安大学的同班同学。上辈子，我们应该是同一个娘胎出来的亲兄弟。"

"你知道，在监狱里，杀人犯的地位高，强奸犯只能挨着马桶睡觉。照道理说，江志根在里面可以横着走。但有人说他强奸过小姑娘，刚进去也被欺负过。不过他有胆气，身坯强壮，一个人打一群重刑犯，进过两次医院，脑袋开花过一次。后来，没人再敢惹江志根，有段时间很太平，连劳动开小差的都少了。"

我用肘关节按压周泰的肩颈关节，像个泰式按摩的高级技师。"我相信没人敢惹他的。"

"九年前，不夜城大酒店被查封。六个月后，法院宣判沙德宝犯有组织卖淫罪，有期徒刑九年。沙德宝被押送到我老爹工作的监狱服刑。"

"江志根与沙德宝是狱友？"我拽着周泰的手往门外走，"我们现在能跑一趟监狱吗？"

"你想多了。人人都以为监狱安全。可那地方一旦爆发疫情，就像黄鼠狼混进了养鸡场。现在任何人不准进出监狱。"周泰像一台挖掘机把我推开，坐回沙发上，"六年前，我老爹告诉我，江志根在监狱里莫名其妙暴打一个犯人。你爸爸的拳头硬，对方断了一条胳膊，七根肋骨，两颗蛋蛋都被打爆，送到医院切除了。那个犯人就是沙德宝。"

"江志根为什么下那么重的手？沙德宝上辈子杀过我全家吗？"我

用大拇指按着周泰后脑的风池穴，再加三分力道，就能要了他的命。

"沙德宝住了半年医院，鉴定出三级伤残，永久丧失性功能。因为这桩事，我老爹吃了处分。江志根本来已经蹲了九年监狱，再等一年就要刑满释放。这件事后，他被法院判了故意伤害罪，增加有期徒刑五年六个月，还要赔偿医药费。江志根表示没钱，也不想通知家属。"

我捏着自己的喉咙说："唯一的直系亲属就是我。"

"江志根的朋友都在监狱，还有前几年释放的狱友，帮忙凑了十万块赔偿。江志根为什么要打沙德宝？我老爹还有监狱长都问过他，但他死活不肯说。第二年，我老爹从狱警位置上退休。江志根又在监狱关了五年六个月。因为有过暴力伤人，江志根进了严管监区。沙德宝被转移到另一所监狱。"

"如果他俩在同一所监狱，我保证江志根还会暴打他一顿。"

"雷雨，你跟你爸爸挺像的。"周泰打量着我的眼睛和鼻梁，"去年八月，江志根蹲满十五年六个月的监狱出来了。"

"现在沙德宝的刑期还剩下十个月。"

"但你得求老天保佑，沙德宝没有减刑或者保外就医。我打个电话。"

周泰拨出一通电话给小雅。她正在公安局值夜班，保证十分钟内给回音。

"小姑娘业务能力挺强的，能把她的微信号推给我吗？"

"白日做梦。"周泰往我脸上喷一嘴带着酒精味的烟雾。

"现在是子夜，做梦的好时候。"我去卫生间搓了滚烫的热毛巾，给周泰擦了一把脸。毛巾很快变色，就像拖了一次地。

周泰闪电般地睡着了。香烟还插在嘴里。鼾声时而如萨克斯风，时而像架子鼓。我拉开冰箱，拆一支香草味冰激凌，坐上对面沙发，用奶油和糖分对抗烟草和酒精。十九年前，万事顺利得像大型客机起飞。刚到北京上大学没几天，两架飞机撞入纽约世贸中心。非典时期，我和同学们都被隔离在木樨地校园。有个叫阿杜的新加坡歌手一夜流行又销声匿迹。我与周泰都会唱一首《撕夜》。周泰睡在我的下铺打呼噜放屁。整栋楼臭不可闻，犹如撬开瑞典鲱鱼罐头。保卫处怀疑我们楼层有生化武器。我带周泰云了北京的三甲医院。医生说他的肠子里憋着一坨巨粪。西医开了两公斤药片。中医开了七页方子。中西医双管齐下，还是疑难杂症，华佗再世都救不了。我打电话问了药罐头，得到一个私人偏方。我去药房买了五十支开塞露，依次塞进周泰的屁眼。他在厕所蹲了三天三夜，要不是我一日三餐送去泡面、矿泉水，他早已脱水而亡。直到排出一坨惊天地泣鬼神的宿便，周泰从此痊愈无恙。

周泰在睡梦中放了个屁。他的手机响了。小雅来电。我接起手机说："亲爱的，有啥秘密要告诉我？"

周泰从梦中惊醒，烟头火星坠落。毛毯上烧出焦黑的窟窿。周泰从我手里抢回电话，然后从茶几上抽一张便笺纸，抄下一个门牌号码。

我把烟灰缸递给周泰问："沙德宝不在监狱了？"

"沙德宝有严重的骨头毛病，六年前被江志根暴打后留下的后遗症。上个月，沙德宝办了保外就医出狱。"周泰戳了戳便笺纸，"他住在新街口。"

"恐怕已经被消失的大旅行箱拖去了地狱。"我把冰激凌吃完，坚硬的包装纸在手心里揉成一颗子弹，弹射到周泰脸上，"你的运气不错，身边有个小天使。她比你强一百倍。跟我走。我们去找沙德宝。"

第二十四章

凌晨一点半。周泰像是一头迷路到撒哈拉沙漠的北极熊。我给他披上军大衣，蒙上意大利妓院版的 N95 口罩。我也不是一个小气鬼。我揣着哮喘喷雾剂出门。坐上阿尔法·罗密欧，我给周泰绑好安全带，好像猎人绑上刚打死的狗熊。

江城是一枚戳在长江两岸的骑缝章。没有一颗星星的夜里，月亮像凤冠霞帔的女子，悬在我的头顶。

新街口，毛细血管似的小巷，五层高的破房子。老保安拦住我们，长相酷似衰老的汤姆·汉克斯。周泰出示警官证后，我们爬上五楼。按门铃毫无反应。周泰用拳头砸门，每一下都像攻城锤。有个中年妇女打开窗户，操着生猛的本地话叫骂。

我拽着周泰的胳膊说："你不是她的对手。"

周泰松开拳头，粗壮的指头点开手机，打了小雅的电话，按开了免提。

小雅像一锅文火煮开的咖啡，说："沙德宝的手机关了。正月初二的晚上，他叫过一辆网约车，从新街口开到黑沙洲，下车时间是九点。

这是沙德宝的最后一次手机使用记录。两小时后就关机了。"

"有没有查到行车路线？"我抢在周泰的手机前说。

"又是你？"小雅听出我的声音，"我把下车地点发过来，那是一栋废弃的楼房。"

"我不确定沙德宝现在是否还活着，"我对手机说，"只能确定一件事，麻军被谋杀的当晚，沙德宝还活着。"

周泰挂了电话，顺便掐住我脖子说："别抢我的手机，更别动她的坏脑筋，你要是把她搞上床，我保证宰了你。"

"你太不了解女人。你的小拍档对我毫无兴趣。你要是想宰了我，别耽误，现在请动手。"

周泰拍拍我的风衣领子："现在去黑沙洲。"

我坐上阿尔法·罗密欧，打开手机导航，听从林志玲的指挥。周泰躺在副驾驶座上鼾声如雷。十五分钟后，切过混乱而静谧的城中村，黑沙洲到了。

夜空岑寂。长江近在咫尺。远光灯照出一栋楼房。准确来说，是一栋楼房的废墟。荒凉得像几百吨的垃圾。

我拍拍周泰的红脸蛋，拖着他下车。寒气窸窣地侵入骨髓。手机电光扫上二楼，照出"不夜城大酒店"的牌子。英文却是 LOS ANGELES，既是"天使城"，也是"洛杉矶"。

酒店门厅竖着巴黎卢浮宫的两尊镇馆之宝：断臂维纳斯；没有脑袋和胳膊只有翅膀的胜利女神。单看这两尊大理石的雕工，跌落凡尘的沧桑，亭亭玉立在滚滚长江东逝水的右岸，老鸨一般迎来送往的这两位神仙姐姐，你会以为杵在卢浮宫的可能是赝品。

前台上方挂着四面钟表：北京、纽约、伦敦、巴黎。北京时间和纽约时间都是十二点整，分别是子夜跟正午，伦敦和巴黎时间都是七点整。这座酒店与时间都在尘垢中凝固不动。

大堂里遍布垃圾、枯草、野猫的粪便，兴许还有动物尸体。我摘下 N95 口罩，鼻腔仿佛遭到猛烈袭击。我摸不出防狼喷雾剂，却摸出哮喘喷雾剂，于是温柔地塞入嘴巴，释放药物。

"你闻到了什么？"周泰彻底醒了。

我无法形容。就像你无法用舌头看电影，用耳朵说情话，用鼻子听贝多芬。这里面混合着番石榴、肉豆蔻、抹香鲸、亚洲狼的粪便、火山口的硫黄、被热油活活烫死的四十大盗，甚至周泰放屁的味道。气味如一条蜿蜒巡游的蟒蛇，吐着咝咝作响的蛇芯子，牙根里分泌着见血封喉的毒液，绕过九楼总统套房，八楼到五楼行政套房和商务大床房，四楼会议中心，三楼水疗中心，二楼西餐厅、中餐厅、日餐厅，底楼咖啡吧、威士忌吧、雪茄吧，断臂维纳斯与胜利女神的大堂……要不是电梯停了，它也不会如此大费周章地爬楼梯下来。

我抓住周泰的手，像一对来开房偷情的同性恋人。循着泥沙俱下的气味，我们爬上十层楼。不夜城大酒店的顶楼舞厅。我的膝盖已不属于自己。眼球与耳朵精神错乱。菲律宾乐队演奏 *Smoke Gets In Your Eyes*，肯尼金呜呜地吹着《回家》，猫王阴魂不散唱《温柔地爱我》，温柔地唱到万籁俱寂……

时光抽入马桶。凡尔赛变成坟墓。庞贝在维苏威火山下凝固。世上的销金窟犹有竟时，无独有偶地幸存两道手机电光，照亮舞池中央的祭品。一个男人蜷缩在地板上，姿态宛如母体中的胎儿。羽绒服脱在旁边，弯曲的背后浸满血迹，干涸成了黑色颜料。

他是沙德宝。他的老板应该给他发个优秀总经理的奖状。纵使在监狱里蹲了九年，被打爆两个卵蛋，他也要回到不夜城的顶楼舞池，拧开所罗门王的瓶塞。西北风呼呼灌入舞厅。无数粒尘土相拥起舞，宴饮，欢庆一个人的死亡。

十楼顶层。我住在兰陵街三楼顶层，雪贝住在海上邨三楼顶层，钱奎和他妈妈住在湖边的豪宅顶层，老法官住在衰败的四楼顶层，沙德宝住在五楼顶层，就连麻军的谋杀现场也在鹦鹉桥的孤楼绝顶，并与不夜城大酒店隔着长江相望。每一个顶层都是一个修罗场。

"死亡三到四天。"

周泰用电光照射死者的脸。他必须声嘶力竭说话，仿佛为死者哭丧。整栋楼的恶臭都来自这具尸体。

"伤口在后背心。剥掉外套，一刀毙命。就跟麻军和宋云凯一样。死后也是同样姿势。"我蒙着口罩，蹲在尸体背后观察，"同一个凶手，第三个死者。"

"正月初二晚上，你在哪里？"周泰搭住我的肩膀。

"你又怀疑我有杀人嫌疑？"我退到破碎的玻璃窗边，漆黑的长江如背景板挂在脑后，"周泰，你的脑子生锈了？那天上半夜，我和钱奎在用微信视频通话。后半夜，我骑自行车去了博雅湖。我跟宋云凯打架，喝酒，醉倒。凌晨三点，他在二楼被人宰了。我被你抓到公安局，审讯了二十四小时。"

"如果沙德宝死于当晚九点以后，根据你的行动轨迹，的确不具备作案时间。"周泰低头拨通小雅的电话。

少顷，大批警察赶到谋杀现场。不夜城大酒店的顶楼舞厅，回到LOS ANGELES 的不眠夜，仿佛歌舞升平的阴间。我并不指望能采集到有效的脚印、毛发或指纹。尸体已暴露四天，酒店废墟如四面透风的筛子，风和尘土像扫帚来回涤荡蹂躏。

小雅黑着眼圈赶来。我厚颜无耻地跟她搭讪，讨论熬夜护肤的难题，推荐一款乌兹别克斯坦面膜。我终归加上小雅的微信，发出一长串可爱的表情包。她回给我一张竖中指的图片。

凌晨五点，我开着宝蓝色阿尔法·罗密欧回家。莎拉·布莱曼与史蒂夫·哈雷在车载音响里唱着《歌剧魅影》。街道空旷得能打一场NBA 常规赛。路面冻了一层薄冰。我看到一个外卖员躺在地上，最多二十五岁，黄色制服与头盔。外卖盒里的早餐撒了一地。我不是医生，但我看出他的右腿骨折了。我停车，开后备厢，用硬纸板做成临时夹板，固定他的右腿。我把他抱上车，开到最近的医院急诊科。我付了挂号费。他问我名字。我躲在口罩后面说，我叫红领巾。医院门口有个姑娘。我放下车窗搭讪。她是个下夜班的护士。我送她回家。她一上车就睡着了。我为她绑上安全带，规矩得像个老干部。我送她到家门口。她想加我微信。但我拒绝了。她问我的名字。我说，我叫罗密欧。

我真没说谎。阿尔法·罗密欧像一只欢快的蜜蜂。江水与河水纠缠，谈了一场婚外恋，泾渭分明又暧昧不清。真相离我不远了。

回到探照灯调查公司，我把钥匙插入锁孔，铜锁舌刚一转开，某种味道穿透 N95 口罩，就像弥漫在不夜城大酒店的恶臭。

第二十五章

我的房间里有一具腐尸。

胎儿般的蜷缩姿态。后背心一团模糊血肉，散落暗灰色细长毛发。它被囚禁在捕鼠夹的酷刑中，在锯齿状的铡刀下，悄咪咪地腐烂，留下悲惨的小身体，还有一根细长尾巴。它贪恋香草味冰激凌包装纸上没舔净的奶油，误入捕鼠夹的断头台，葬送了卿卿性命。

老鼠的腐烂速度跟繁殖速度一样迅雷不及掩耳。我冷静地处理尸体，严格遵循垃圾分类。我肢解了捕鼠夹，就像捕鼠夹肢解了老鼠。九天来，我连续遇到三桩杀人案，目睹三具人类尸体与一具啮齿类尸体。我不想再撞见死亡。

九点钟，楼下夫妻暴风雨似的吵架，听腔调是性生活不和谐。十点钟，隔壁传来臭豆腐油锅翻滚般的麻将声。十一点，另一边隔壁的中学生尖叫着打游戏。正午十二点，兰陵街对面三楼窗户，败顶男子披着睡衣，吊起假嗓子吟唱："百灵鸟从蓝天飞过，我爱你中国……"

天色擦黑。我煎了三根鸡肉肠，煳得整栋楼响起火警。我想点一份外卖。打开点餐软件，我发现九百米外的雪贝小龙虾。于是我点了一份蒸虾、两罐可乐、两份米饭。今晚七点，店主本人送餐上门。

我撕掉医用敷贴与创可贴，卸去杀人如麻的悍匪面孔。脸上只剩几道血痕和红肿。电动剃须刀在双颊留下青色反光。我用掉一整瓶洗发水。如果楼下有个马蜂窝，我会被活活蜇死。想起钱奎的甜美，我就是个东施效颦的怪物。我重新用清水洗头，换上压箱底的格子毛衣，像个穷困潦倒的流氓。我在等待晚餐。我在等待她。

门铃准时响起。我转开门把手。楼道里有个戴口罩的姑娘。她把一个大纸袋交给我。我左手接过晚餐，右手像小龙虾的钳子逮住她的手腕。

李雪贝眯起两百度近视眼，刚好看清我的脸。"雷雨，很高兴为你服务，我能走了吗？"

"我点的是两人份晚餐。"

"房间里藏着一个漂亮姑娘吗？"

"不，她就站在门口。"

"如果有人点单，我还要送外卖。"

"我下单把你的小龙虾都点了。"我敞开大门，请君入瓮，"我欠你一顿年夜饭。现在请你收工。"

雪贝第一次进入我的房间。她摘去口罩，脸上的淤青淡了。我打开纸袋子，取出小龙虾、两人份餐具、两罐可乐。她把手洗净，戴上透明手套。剥虾的手势像个老法医解剖被害人。我嫌麻烦，笨拙地动用牙齿咬开虾壳。

"不要用嘴，要用手。"雪贝帮我剥开小龙虾，"谢谢你，照顾我的生意。"

"原来你还有这种喜好。"

"你的内心非常醍醐。"她捏起小龙虾，蘸着调料，细嚼慢咽，像抹上玫瑰色唇膏。

"雪贝，我明明在说吃虾。你破坏了这顿纯洁的晚餐。你有多讨厌我？"

"我不讨厌你。我接到吴春怡的电话了。她向我道歉。我说无所谓。吴春怡问我，调查员雷雨是什么人？你救了她的命。我说，雷雨是天底下最好的调查员。他的缺点是长了一条毒舌。舌头的舌。"

"常常谈论自己的人，往往只是为了隐藏自己。"请原谅，我的舌头引用了一句尼采，"如果你讨厌，我把舌头割下来送给你。"

"本店还没推出这道菜。"雪贝好像捏住了我的舌骨，"雷雨，舌头只是你用来对抗世界的防弹衣。如果没有我，你会成为天底下最好的刑警。"

"你知道我是江志根的儿子？"

我放下筷子。小龙虾渐渐冰冷。就像我童年时的名字。

"你好，江冰哥哥。"她的双眼像流星短暂撕裂暗夜，"你忘了吗？你让我隔着猫眼，给你拍过一张身份证照片。"

"我早该饿死了。"我又被她啄了眼，"你也花钱买到了我的信息，包括我的曾用名。我有两个爸爸。其中一个曾经也是你的爸爸。我们一度是兄妹。"

"既然你在调查我的秘密，我也得调查你，否则不公平。"

"这年月，每个人的秘密，藏着的也不多了。"

"在我十岁那年，我问你爸爸，什么时候能见到江冰哥哥？你爸爸说，等到他大学毕业。但我一直没有等到你。我只见过你和你爸爸的合影——你还是个小男孩，你爸爸还年轻，就像你现在的样子。"

"我不喜欢自己像他。"

"这事你决定不了。"

"除夕夜，你为何不把江志根也请来一道吃年夜饭？"

雪贝冷笑说："我怕你们父子俩会打起来。那天是我爸爸被你爸爸杀死十六年的忌日。我不想家里再出一桩杀人案。"

"你考虑得挺周到。"

"今天上午，周泰来找我。他问我认识一个叫沙德宝的人吗，我说不认识。"雪贝抓起餐巾纸，抹去嘴上的油，靠近我，"第三个人被杀了吗？"

我答应过周泰不泄露惊心动魄的昨晚。空气潮湿而腥臭，地板升起尘土，恍若另一个孤楼绝顶。我如缄默的乐师，凝视着雪贝的眼眸。这不算我要赖。

"懂了，谢谢。"她喝一口可乐，"还会有第四个被害人吗？"

"也许下一个是我。不知何德何能，我侥幸活到今晚。"

"雷雨，虽然你的举止轻浮，自以为是，浑身恶趣味，虚张声势，油嘴滑舌，恬不知耻，厚脸皮像贴了十层面膜，但我希望你活着。"

"感谢你对我深入骨髓的评价。我就像小龙虾，只配长在下水道和阴沟里。"

"胡说八道。"李雪贝几乎把一锅油泼到我脸上，"小龙虾生在池塘和水稻田里，它们是最干净的甲壳动物。"

"你赢了。"我想起一个人，"能评价一下你的未婚夫吗？"

雪贝皱皱眉头说："钱奎不是一个正常人，甚至不是这个世界的人。"

"不错哦，他适合活在木卫二，或者古希腊。"

"原来你不是瞎子。钱奎有一百种毛病，屄，懦弱，神经质，优柔寡断，黏黏糊糊，就像他养过的那些冷血动物。"

"我去过你未婚夫家里，还在他的床上躺过。"

"你们真有缘分。我从没上过他的床。"雪贝的声音像房梁上的灰尘坠落，"钱奎没有说谎的能力。如果他杀了人，只要警察逮住他，坐在审讯室的小板凳上，他就会自动招供。"

"所以，他不会杀人。"我说，"钱奎没有说谎的能力，但你有这种能力。"

"你想问什么？"雪贝的双眼像煤气灶上的蓝色火焰。

"第一次性侵你的人是谁？"

可乐罐头在我的右手掌心被捏成一团，金属发出尖叫与哀嚎。破碎的铝皮如同刀锋。一滴滴鲜血在茶几上孤绝地绽放。

"真相屈指可数。"雪贝的眼角一滴滴湿润，"但我不知道。"

"我不信。"

我的每个问题都是对她的酷刑。上一个千刀万剐，下一个五马分尸，人类在这方面的造诣不断登峰造极。雪贝眯起双眼凝视我，好像我的眼球里刺着启示录的蝇头小字。她掰开我的右手指头，扔掉破碎的可乐罐，帮我清理伤口。她找到一卷纱布，反复纠缠在我的手掌心，晕染出一片血云。

"雷雨，我知道你关心我，你为我做了很多事，你还想把我扔上床。"

"事实上，我很少睡床。我更喜欢沙发和窗台。好吧，你至少没有编个故事骗我。"

　　雪贝不搭腔。她像一只俄罗斯套娃。我一层一层打开她，见到的永远是一个小小套娃，端坐在下一层套娃里，不知哪一个套娃才是秘密的尽头。

　　她起身收拾茶几，清理吃剩下的虾壳和餐具，垃圾分类打包。我打开冰箱说："要吃冰激凌吗？香草味，还是抹茶味？"

　　"香草。"

　　我拆开两支香草冰激凌。雪贝的舌头像只小鸟，啄食雪白的奶油。我的牙齿像德州电锯切割着冰激凌，说："你并不爱他。"

　　"谁？"

　　"钱奎。"

　　"但我喜欢他。"

　　"听起来像嘴唇和舌头那么近，其实比南极和北极之间还远。"我迅速吃完冰激凌，倒一杯温水，从药盒里掏出一粒药片。

　　"你吃什么药？"

　　"放心，不是春药。是泼尼松龙，治哮喘病的。人工类固醇，运动员禁止服用，等于兴奋剂。兽医经常给狗开这种药。长期服用会产生水牛背，满月脸，下肢浮肿，精神抑郁，定向力障碍，向心性肥胖。我会不知不觉变成一个怪胎。"

　　"雷雨，你早就是一个怪胎了。"雪贝吃完冰激凌，"再见。"

　　我吞下药片，戴上 N95 口罩，送她出门。隔壁孩子装模作样解起二元二次方程。另一边的麻将桌收拾干净，放起贝多芬第六交响乐。楼下夫妻床头打闹床尾和，双双沉入梦乡。

雪贝是走路来送外卖的。我掏出车钥匙说："我送你。"

"如果我没记错，你的车进了坟墓，在我们认识一个小时后。"

"不是甲壳虫。"我走到太湖街拐角，"洪姐借给我的。"

我为雪贝拉开阿尔法·罗密欧的车门。她坐上车，绑好安全带，深呼吸，鼻腔里重建未婚夫的气味。我不疾不徐地点火起步，车载音响连上手机，我点开雪贝翻唱的《温柔地爱我》。短暂的前奏响起，她狠狠瞪了我一眼。

雪贝小龙虾的卷帘门紧闭。冬眠的兔子洞。我把车开进海上邨。黑漆漆的小院，并排停着几台车，没有一丝光。雪贝的歌声绕梁不绝，反复谋杀耳朵。

"我发觉你从来没有表情。"雪贝看着我。

"观察很准确。"我的嘴角僵硬得能撞碎风挡玻璃，"医生说我的面部肌肉坏死。一个好调查员的标准，第一是冷酷无情，第二是没有表情。"

"恭喜你得了满分。"雪贝松开禁锢着她的肩膀、胸部和腰肢的安全带。

"我是个极端无趣的人，硬得像茅厕边的石头。我根本不配对女人动心。偶尔有一回，既是对方的灭顶之灾，也是我的死刑判决书。"

雪贝放下车窗，撩起头发，面目模糊，迷醉，散逸，仿佛无所不知的灵媒："你看月亮。"

我打开车顶天窗说："月亮在哪里？"

答案遥遥无期。雪贝的嘴唇已封住我的嘴唇。尚未来得及交换唾液，更没找到对方舌尖，我的手指甲划过她的手背，如一滴水坠入炭火，嗞嗞作响后销声匿迹。雪贝拉开车门，翩然离去。

副驾驶座残余美丽臀印。我的血管里灌了三百公斤铁汁。作为一个冷酷无情的调查员，今晚挺失败的。我抬起右手，掌心缠着白纱布，用手指触摸嘴唇，浸湿到长江般浩大的水流中。隔着车顶天窗，三楼亮起一盏孤灯。月光悬梁自尽。街对面有只白猫踽踽独行，尾巴尖挑起火苗。猫眼凝视我。这夜在静默中度过。

第二十六章

我没沾过一滴酒，却像一只谵妄的醉蟹。清晨，我倒在探照灯调查公司的窗台。下午，我缩在沙发里自言自语。傍晚，我在钢丝床上自慰。我在等待一个人的消息。

深夜，我驾着阿尔法·罗密欧，穿过长江大桥，来到黑沙洲的荒滩。幕天席地，星辰明灭。长江悄咪咪涨潮，像个初次逃夜的不良少女。魔宫般的不夜城大酒店门口，停着一辆黑色警车。

我蒙着 N95 口罩，手机打着电光，步入断臂维纳斯与无头胜利女神守护的大堂。谋杀气味经久不散，藏污纳垢，浊水横流。阎王爷来撒尿都嫌无处落脚。我爬上楼梯。胸腔疼得难受，仿佛一把电钻，先钻开骨头，再到胸腔。后背心滚烫，仿佛被架上炭火炙烤。我抓紧口袋里的哮喘喷雾剂。

周泰在顶楼等我。他的脸藏在黑影中，烟头火星明灭不定。舞池中央画出被害人蜷缩成胎儿的形状，那是沙德宝殒命之地，恍若原始人的岩壁画。

"雷雨，你又跟谁打架了？"周泰打开电光，照到我手掌上缠的白纱布。

"一只可乐罐子，我徒手谋杀了那个铝皮的王八蛋。"

"我怕哪天你会宰了你自己。"周泰仿佛抱着巨型铜号的黑人乐师，嘴里喷射廉价的红梅烟，"正月初二，晚上九点，沙德宝爬上顶楼不久，有人从背后袭击了他。沙德宝被剥掉外套，后背心中了一刀。死亡时间在九点到十一点之间。"

"法医通过体内消化物确定的吧？"

"十二指肠内发现食物残渣，经过分析是桂林米粉。当晚七点，沙德宝下单叫过外卖，一份桂林米粉。"

"最后一餐在晚上七点，食物在十二指肠，死亡时间在进食后两到四个小时。"我的鼻头几乎闻到了酸笋味，"无懈可击的尸检报告。"

"当晚发生了两起谋杀案。上半夜，保外就医的服刑人员沙德宝，死于黑沙洲的不夜城大酒店；下半夜，大律师宋云凯死于博雅湖边上的别墅。"周泰围绕谋杀现场走了两圈，"两起案子的杀人凶器，是同一把十厘米长的刀子。"

"死者都被摆放成相同的胎儿姿势，宋云凯曾经给沙德宝做过辩护律师——凶手极有可能是同一个人。"

周泰用手机电光照射着我走过的脚印说："凶手先在这里宰了沙德宝。然后，他从黑沙洲赶去博雅湖。中间隔着长江，轮渡早就停了，只有一座大桥可以骑行自行车，其他大桥和隧道都不行。"

我拿起一块碎砖头，在舞厅地板上刻出江城地图——步行街、海上邨、兰陵街，处于心脏位置。我和周泰在黑沙洲，地图的正下方，紧挨长江，对岸是鹦鹉桥，麻军的谋杀现场。博雅湖在地图左下角，距离颇为遥远。我用脚步丈量着说："两个谋杀现场之间，骑行大约一个半钟头。"

"深夜，凶手侵入宋云凯的别墅。为了不留脚印，凶手换上别墅里的拖鞋，躲藏在某个角落，等待主人回家，伺机动手。上半夜，宋云凯在公安局接受审问。我开车把这个混蛋送回家。十二点，我亲眼看到宋云凯走进别墅。"

"凌晨一点半，我骑自行车到达博雅湖，从后窗侵入别墅。凌晨三点，大律师死在自己床上，后背心多了个血窟窿。我出门去追凶手，差点被你开枪打死。周泰，你放跑了凶手。"

"雷雨，你的自行车轮胎印子在别墅正前方。第二辆自行车的痕迹在别墅后面——凶手是从后窗逃走的。"

我蓦地想起雪贝坐上大桥栏杆，双腿悬空在长江之上。"查过监控吗？"

"早就查过了。正月初二，晚上九点到凌晨三点，大桥从东往西只有十二个人骑自行车经过。其中十辆共享单车，轮胎花纹都不符合。还有两辆自行车都找到人了，一个是上夜班的派出所警察；一个是下夜班的社区工作人员。你觉得会是凶手吗？"

"周泰，你是个厉害的刑警。"我说，"如果凶手自驾车呢？"

"那他会被两个谋杀现场附近的道路监控拍到的。我去交警部门查过了，当晚没有一台车从黑沙洲开到过博雅湖。"周泰敲敲脑壳说，"除非当中换过一台车，这个查起来就太难了。"

"凶手怎么做到毫不留痕迹地穿越长江，在一夜之间杀死两个男人的？"我望向幽暗的江面，仿佛连绵到亚洲内陆的海洋，"除非，当晚存在两个凶手。"

"两个凶手？"周泰一巴掌打在我的后背上，"一个人在晚上九点，跑到这个地方宰了沙德宝；另一个人在凌晨三点，潜入博雅湖的别墅宰了宋云凯？"

我在刚画好的地图上找到三个点，分别打上大叉——海上邨，远东路，还有湖边豪宅。

"凶手就在李雪贝、江志根、洪姐三个人之间。"

"三选一，还是三选二？甚至三个都是？"

我用三根线连接起三个大叉，形成横跨长江的锐角三角形，最锋利的那一头就是洪姐。

"江志根的不在犯罪现场证明最有力。"周泰说，"我看了医院监控录像，当晚八点到早上六点，江志根没有离开过医院。"

"六年前，江志根为什么在监狱打爆了沙德宝的两颗卵蛋，不惜让自己加上五年六个月刑期？"我想把自己的脑壳打开，"我问你，十六年前，海上邨杀人案的办案刑警，他还在吗？"

"刑警老罗，我刚进公安局那一年，他做过我的师父。八年前的春节，老罗突发心肌梗死死了。享年四十九岁。"

"但愿只是巧合。"我的嘴唇发麻，"周泰，你看过2012年不夜城大酒店组织卖淫案的卷宗吗？"

风吹得歌舞升平的腔调。周泰嘴上的烟头烧得飞快，面孔像一团晦暗不清的焦炭。"今天早上，我去找秦良要卷宗。要知道，我跟他有两年多没说话了。"

"当初是你实名举报他受贿，也是你动手打人的吧。"

"嗯，当着局长的面，我把秦良的鼻子打出血了。我差点被发配去派出所看大门。"周泰又点一支烟，打火机照亮双眼，"秦良帮我打开了档案柜。"

"秦良是个好警察。"

"对，我是个坏警察。不夜城大酒店在 2002 年开张，直到 2012 年圣诞节被查封。这地方非常隐蔽，很少有人听说过。六楼以上是会员制，包括顶楼舞厅，普通人花钱也不让进。姑娘们都是模特，还有舞蹈学校的学生。"

"除了在同一个监狱蹲过，沙德宝跟江志根还有什么关系？"

"没有直接关系。"周泰嘴上的烟头发抖，火星断断续续飘落，"但是，沙德宝跟李炼钢有关系。"

"搭伴上过断背山放羊？"

"什么山？狗屁！"周泰这家伙居然听说过李安的电影，"沙德宝也是钢铁厂出身，他跟李炼钢同一年进厂，好得像双胞胎，一起打架斗殴，偷鸡摸狗，吃喝嫖赌。1995 年，钢铁厂事故，李炼钢救了沙德宝一条命。沙德宝轻伤，李炼钢重伤。两个人都拿到了工伤赔偿，就去九省街摆了地摊。"

"二十多年前，我爸爸也在九省街摆摊。"

"1995 年底，沙德宝去了广州。李炼钢留在江城。唐红英正在好年纪，不能跟着太监过日子。三年后，她跟李炼钢离婚。2000 年，她带着女儿李雪贝嫁给了江志根。"

"周泰，轮到你比我厉害那么一点点了。"我从地上捡起水泥块，在墙上画一个圆圈，依次写上沙德宝、李炼钢、李雪贝、江志根、宋云凯的名字，"沙德宝和宋云凯死于同一夜，凶器是同一把刀，圆圈连起来了。"

周泰用硬邦邦的拳头砸着墙上名字说："沙德宝不是组织卖淫案的主犯，真正的主犯是不夜城大酒店的老板。根据工商登记资料，这家酒店的董事长和法人代表是本地的一个农民，被人借用了身份证。"

"这种事并不稀奇，我还见过司机做法人代表，烧饭阿姨做董事长。"

"酒店老板是个五十多岁的男人。不管白天晚上，他都戴一副墨镜，没人看清过他的眼睛，也不知道真名实姓。派头像一个香港大导演。"

"王家卫？"

"审讯笔录里写了，不夜城大酒店的老板，就叫这个绰号。"

"那个混蛋个头高大吗？"

周泰吐出一口浓痰说："沙德宝说老板很瘦小。"

"盗版王家卫，正版的跟江志根一样魁梧。这地方应该叫春光乍泄，或者花样年华。"我走过舞厅边缘一根根水泥柱子，"现在是重庆森林。"

"2012年，酒店查封前一个礼拜，盗版'王家卫'消失了，至今没有任何消息，专案组也没查出他的真实身份。"周泰在墙上摁灭烟头，"第一种可能是长期潜逃；第二种是自杀，尸骨无存。"

"还有第三种，只有他的死亡，才能确保另一群人安全。当时办案的刑警是不是秦良？"

舞池开始震动。凌乱的脚步声像潮汐舐上鞋子。一条黑影升上舞厅。深夜猎艳的欢场高手。姑娘们已是白骨游魂。周泰掏出五四式手枪。我按住他的手臂，怕他甩手射出一发子弹。我领教过这支枪的威力。

"站住！"周泰像吃了两斤炸药，左手夹烟，右手举枪，"再动就打死你。"

"周泰，你早就想打死我了。"

秦良的声音从幽暗中响起，接着是他的锃亮脑门。我终归按下周泰的胳膊。秦良摘下 N95 口罩，腕上缠着乌黑串珠。他的腋下永远夹着一个小包，否则便会忘记怎么走路。

"上一回，我们三个人在一块儿，还是十六年前的北京簋街。"我左手抓着秦良，右手搂着周泰，"你们两个约好的？"

"操！"周泰把手枪塞回腰带，手指尖的烟头飞出抛物线，坠入十层楼下的黑色潮水，"要不是三桩谋杀案，这栋楼里的秘密深得像股市，你就算用老虎钳拔掉我的门牙，我都不会找秦良帮忙。"

"周泰，你漏掉了一份材料。"秦良看着遗体告别大厅似的舞厅，"档案里有一张光盘，标签上写着 2005 年 1 月 1 日。我已经转录到手机上了。"

秦良滑开手机。屏幕上飘过雪花和大团颗粒。纷乱的音乐声，忽远忽近。你说是阎王爷的闺女开生日派对也有人信。一支乐队出场，钢琴，贝斯，小号，架子鼓，萨克斯风。追光捧着一个少女闯入画面，像过了保质期的胶片上一抹幻影。她裹着墨绿色长裙，五官依然是个女童，就像一个躲在豆荚里的豆子，远未及采摘月份。她在等待乐队。眼皮眨了几下。百叶窗泄漏月光。小姑娘的手指像牵牛花藤蔓，让人担心拿不稳金属麦克风。短暂前奏响起。昨晚纠缠过我的歌声，比埃尔维斯·普雷斯利高了八度，再度刺入耳膜。像一把匕首。

Love me tender

Love me sweet

Never let me go

You have made

My life complete

And I love you so

　　我的脑中排出一颗卵子，透过蜿蜒曲折的耳道，颅骨中受精，着床，发育，日长夜大。这是一个怪胎。

　　2005 年，奥斯卡最佳电影给了《撞车》；诺贝尔文学奖给了哈罗德·品特；欧冠决赛成了伊斯坦布尔奇迹；卡特里娜飓风淹没路易斯安那州；伦敦连环恐怖爆炸；我在中俄边境差点被一颗 AK47 子弹打死；不夜城大酒店生意兴隆。那一年，李雪贝十二岁。

　　手机屏与不夜城同归黑暗。时间的冰箱拔了插头。舞池土崩瓦解。金粉洋洋洒洒剥落。销金窟化为瓦砾堆。我从骨头缝里发抖。指甲陷入掌心。白纱布渗出血丝。

　　"小姑娘在舞厅唱歌一个多月后，就是除夕夜，江志根上门杀了李炼钢。"秦良的牙齿仿佛咀嚼一堆木头，"李雪贝和麻军是目击证人。警方给小姑娘做了第二次身体检查，已经不是处女了。"

　　"十六年来，囚禁着李雪贝的房间，并不是海上邨的谋杀现场，而是这片废墟。"我捂着 N95 口罩，像在毒气室里淋浴，"这秘密只有她自己知道。"

　　"还有沙德宝。"

　　"斯大林听说希特勒在柏林地堡自杀后说：那个狗杂种死了？不能活捉真是太便宜他了。"

　　我一脚踩上舞池中央的尸体轮廓，扬起迷雾般的尘土，隐隐飘过魂灵的形状。

"雷雨，你个婊子养的，不要扬灰，眼睛迷糊了。"周泰双腿弯曲折叠，眼眶通红，没了志气。

"你的嘴巴比三峡大坝还硬。"秦良拽起周泰，帮他拍去身上尘土，"我放这段视频给你们看，已经破坏了规矩。"

"狗屁规矩。"

周泰推开秦良。我掏出餐巾纸给他擦眼睛，拍拍他的脸颊，换其他人这么干，怕是要被他当场击毙。

"七年多前，我带队查封这栋楼，你们晓得在总统套房里发现了什么？"秦良用电光扫射裸露钢筋混凝土的墙壁，马蜂窝似的洞眼里，仿佛藏着无数个小眼珠子，"针孔摄像头。"

我压紧口罩当作最后一条内裤说："这世上的变态用十七节复兴号高铁都拉不完。"

"沙德宝说不晓得这件事，怀疑是客房服务员私自安装，偷拍客人隐私卖给黄色网站。不夜城大酒店开了十年，服务员换了十几批，人已经找不到了。"

"秦良，你的脑子就像堵住的抽水马桶。沙德宝嘴里喷的每一个字，屁眼里放的每一口气都不能相信。"今晚，周泰与秦良的对话超出了过去五年总和，"我想埋下一百公斤炸药，亲手按下起爆器。"

三个男人都静默，像三个出土文物，在冰冷的长江边依次风干。十六年前的冬天，我在中国最北边，面对一条冰封的黑龙江。天上落着鹅毛大雪，冰面厚得像寡头们的脸皮。我裹着五公斤军大衣，腰间插着五四式手枪，眺望对岸黑漆漆的俄罗斯荒野。东北一个公安局长来公安大学挑实习生。只有一个名额。我和周泰同时报名。被挑中的人是我。除夕夜，我在黑龙江冰面上逮住罪犯，代价是中了一发 AK47 自动步枪子弹，差一厘米就打穿肝脏。我躺在哈尔滨的医院，直到松花江冰雪消融。照顾我的护士有两条漂亮的长腿。我们短暂地谈过一场恋爱。夏天，我收到公安部刑事侦查局的报到通知。周泰和秦良回江城做刑警。毕业典礼的晚上，我们三个人在北京簋街撸串。周泰先动手打破我的鼻子。我用单手背负投放倒他。周泰断了一颗门牙。他怕去医院丢人，用酒精棉花塞在嘴里，自己坐火车回了江城。同一天，江志根被判处犯有故意杀人罪，有期徒刑十年。

第二十七章

阿尔法·罗密欧出了城，转入一条小道，便是蔚为壮观的汽车坟场。十一天前，我开着大众甲壳虫追逐钱奎的阿尔法·罗密欧，今日，我开着阿尔法·罗密欧来给大众甲壳虫收尸。这两台车的命运大抵也是我跟钱奎两个人的命运差别。

汽车坟场并非终点站。不是每台车来此都要粉身碎骨，个别也能化腐朽为神奇。更换发动机、变速器、刹车片，几十样零部件，加上所有车窗，黑色大众甲壳虫也能起死回生——全部费用等于购买一辆新车。我只能送它去埋葬。唯一要保留的是上海车牌。这玩意儿价值超过十万块人民币。

驾驶座的破坏程度超过副驾驶座。说明在车祸瞬间，我下意识地扭转方向盘，保全了雪贝和她的脸蛋。男人的脸不值几个铜板。手套箱里有十几块零钱，一根充电线，一盒爬满蚂蚁的巧克力。座位夹缝中卡着黑色折叠伞。我必须把这柄伞还给雪贝。我在脚垫下摸出一瓶哮喘喷雾剂，沾满尘土污垢，如同某种盖世太保的刑具。我脑子有点混乱。我把它装进塑料袋，就像装走一截被分尸的残肢。

一片枯叶坠落在方向盘。我找到了行车记录仪。但没有内存卡。我在车里翻了半小时，所有脚垫都抖搂一遍，行车记录仪的内存卡消失了。等于电脑丢失了硬盘。

我找到看门老头，发了五十块微信红包。老头说，这里不存在监控摄像头。难道进入了野猫、黄鼠狼，或者老鼠的腹中？我无耻地要回红包。我驾车逃出汽车坟场，像个一无所获的盗墓贼。

我去了一趟公安局。

回到探照灯调查公司，我把来自汽车坟场的哮喘喷雾剂塞进书架。天黑了，出门前，我为自己留下一盏灯，假如我还能活着回来。

阿尔法·罗密欧穿过一条路口，便到了远东路。月亮半圆。院子静谧。一株广玉兰，两株棕榈树。这是我童年的家。房间亮着灯，像一座沉睡谷。我没敲门。不想惊醒那个人。

通往屋顶的扶梯尚未朽烂。我爬上屋顶。小时候的鸽棚消失了。隔一层天窗玻璃，两个世纪的尘土污垢。我看到自己的神庙废墟，散发深绿色恶臭，白骨般永不复活。尚存一团巨大的影子，像一头史前猛犸象，全身拖着浓稠毛发，落落寡欢地蹲伏在沙发上，焚尸炉似的吞吐香烟。

江志根抬起树根般的脖子。他想看看天窗上的半轮月亮，顺便看到潜伏在屋顶上的我，蒙着 N95 口罩的刺客。他拉下绳子。天窗敞开。我像一只中枪的鸽子坠落。江志根稳稳把我接住，像接住从天而降的小孩。他把我放到沙发上。他伸出肥大的手指尖，扯掉我的 N95 口罩。

"江冰，你回来了。"

"爸爸。"我上一次这么叫他还在二十世纪。

江志根拉开电冰箱，拿出一支巧克力冰激凌，塞到我手里说："你从小最爱吃这个味道。"

"你记错了，我爱吃香草味。"

"我老了。"江志根拍拍自己脑袋，白发犹如霜冻的田野，沿着两腮顺流而下，连接一把浓密胡须。

我没有拒绝巧克力冰激凌，舌头舔着奶油说："小时候，我爸爸是个神一样的男人。他总把我架在脖子上，穿过轮渡码头，扔到船头看长江上的白云。1990年，你在九省街被一伙流氓打开了头。那年我七岁，传上了流感，差点丢了小命。你头上裹着白纱布，半夜把我扛到医院。我挨了两针，侥幸活下来。那天起，我就想当一个刑警，把欺负过你的流氓统统关进监狱。"

"江冰……"江志根陷落在藤椅中，像一头重伤的霸王龙，等候小行星撞地球。

"我不是江冰。我叫雷雨。"我交叉着抬起两条腿，架在江志根的藤椅扶手上，鞋底板污泥对准他的胸口，"因为你是一个杀人犯，我没做成刑警。我当过三年保安，五年私人保镖，七年调查员。你记得今天是什么日子吗？"

江志根翻翻桌上日历说："你的三十八岁生日。我记得那一天特别冷。长江岸上结了薄冰。我给你起名江冰。你刚吃奶就传上了流感，连发三天高烧。我以为你快死了。但你像个小畜生一样活了下来，现在长到那么大了。"

"谢谢你还记得。"我吃光了巧克力冰激凌，"我爬上你的屋顶，不是来讨生日礼物的。"

"你想要什么？"他点上一支烟，半张脸在烟雾中模糊。

"我的行车记录仪的内存卡。"我扫视一眼房间，"麻军被杀当晚，十一点半，他的本田CR-V离开海上邨。公安局看过监控录像，这辆车开到鹦鹉桥，驾驶员穿着黑色羽绒服，蒙着蓝色医用口罩，戴一顶棒球帽。天黑下雨，视野模糊，谁能确定这个人是麻军？但不可能是钱奎，因为这个时间段，他还在巫师酒吧。"

江志根往地板弹着烟灰说："你说开车的人是我？"

"今天下午，我去公安局找了周泰。我要他重新看一遍监控录像，搜集案发当晚本田CR-V路过的所有道路监控、社会治安监控，还有商店监控。周泰看成了斗鸡眼，发现了一家银行自动取款机的监控视频。深夜十一点三十五分，藏青色本田CR-V慢速通过，左前车窗突然放下，因为下雨，司机想看清转弯的路。摄像头拍到了他的侧脸。慢镜头一帧帧回放十几遍。那人穿着黑色羽绒服，戴着黑色棒球帽。但在谋杀现场，这两样都没发现。凶手为什么要拿走一件衣服、一顶棒球帽？除非开车的男人不是麻军。"

江志根张开下巴，要把我一口生吞。"你能看到口罩背后的脸？"

"我看到口罩侧面露出的络腮胡。"我盯着江志根铁丝网般的灰白胡须，双颊仿佛南极海面上融化的一对冰山，"麻军的脸上没有胡子，只有麻子，他这辈子都没长过络腮胡。"

"电动剃须刀坏了，我该去超市买一把手动剃须刀。"江志根的手指甲划过粗糙的右脸，抓出两道血印子。

"我也两天不刮就撑不住了。"我摸着自己两腮的坚硬胡楂，"十一点半，我开着大众甲壳虫，走到海上邨门口跟本田CR-V迎面相会，距离大约三米，车灯照着你的脸，行车记录仪等于正面高清。就算戴着口罩和帽子，也能拍到你的眼睛。麻军是双眼皮，塌鼻子。而你是单眼皮，高鼻梁。我和你一样。基因是个强大的东西。"

江志根抚摸眼角的皱纹，鼻梁上刻着一道伤疤，沉默得像一尊佛。

我如同佛像前的金刚继续说下去："你不能偷走公安局的监控，但可以偷走行车记录仪的内存卡。当天半夜，钱奎回到麻军家里，看到地板上的尸体。他喝过六杯威士忌加冰，脑子像散黄的蛋，留下指纹逃跑了。接着洪姐上来，她的脑子清醒得像白煮蛋。她看到一个最大尺寸的旅行箱。等到天亮，第三个到达现场的人是我。但我没见到大旅行箱。我琢磨了好几天。我本以为现场还有第二个被害人，凶手把他装在大旅行箱里拖走了。现在我想通了，箱子确实是装尸体的。但不是第二个被害人，而是麻军的尸体。他不是死在自己家里，而是死在海上邮。人刚死时，关节是软的，你可以并拢他的双手双脚，塞进大旅行箱。你在箱子外边包一层防水袋，免得汽车后备厢沾上血迹。你戴着口罩和手套，穿着麻军的外套和帽子，开着麻军的车，把麻军的尸体运回麻军的家。那栋楼没有电梯。但你是一条硬汉。哪怕已经老了。"

"我每天吃一斤米饭，打一百拳沙袋，做五十个俯卧撑。"江志根用拳头捶了捶沙袋，摸着松弛下垂的脖子，"但我确实老了。"

"我的爸爸是绿巨人浩克。依照你的身坯和体力，除非大旅行箱里装着二百斤的周泰警官，爬到六层楼不是完不成的作业。毕竟麻军的分量比你轻了三十公斤。你进入房间，打开箱子，把尸体抱出来。谋杀现场的胎儿姿势不是特殊符号，也不是凶手向警方挑战，而是尸体被塞进箱子的自然结果。麻军死于海上邨，装在大旅行箱里，已经大量失血，所以麻军家里不会留下很多血迹。你放水冲洗地板，警方以为死者的血都进了下水道，认为这是谋杀第一现场。钱奎和他老娘分别上来，你躲进卫生间或厨房。他们没看到你，但看到过大旅行箱。后半夜，你离开第二现场，整栋楼水漫金山，顺便清洗脚印，直到水塔不剩一滴水。同时你带走凶器、大旅行箱，还有麻军的羽绒服和棒球帽。"

"儿子，你不是个三流的垃圾，你要是一个刑警，世界不会变成这样。"

"谢谢你及时掐断了我的职业生涯。你为什么要宰了麻军？"

江志根在茶缸里熄灭了烟头说："案发三天前，麻军来我家，他向我借钱。要是我不给钱，他就要把雪贝过去的事情，统统告诉雪贝的未婚夫和婆婆。我告诉他，我没有钱，但给我几天时间筹钱。这个婊子养的。十六年前，我为了雪贝宰了李炼钢。十六年后，我可以再为雪贝宰了麻军。"

"麻军跟你约好了见面时间？"

"没有，但我晓得麻军的习惯，他会同时问很多人借钱。他也会去骚扰雪贝，甚至雪贝的未婚夫。"

"你也认识钱奎？"

"不认识。但我跟踪过他。这小子在外面没有别的姑娘。他对雪贝很贴心。他的肚子里有点墨水。除了容易喝醉，没什么大毛病。"

"我懂了。去年八月，你从监狱出来以后，一直偷偷监视雪贝。你顺便也监视了雪贝的男朋友。如果钱奎是个花花公子，你会揍他一顿，让他滚蛋不要再来纠缠。幸好钱奎不是这种人。"我靠近我的亲生父亲，"雪贝知道这件事吗？"

"她不知道。刑满释放以后，我从没找过她。我不想给她添麻烦。我是个杀人犯。雪贝不应该跟我这种人有任何往来。"江志根看着墙上南极冰山的海报，"但我必须保护她，哪怕在她看不到的地方。"

"如果我是雪贝，发现二十四小时总有一双老头的眼睛盯着自己，我会马上报警说有个变态跟踪狂。"

江志根掐住我的脖子说："小崽子，大年三十，你不是也骑着自行车跟踪雪贝到长江大桥上吗。"

我的喉结几乎被他捏碎。他松开手指。我咳嗽着说："辛苦你了，亲爱的老爹，当我在雪贝家里吹着热空调，吃年夜饭，剥小龙虾，喝罗宋汤，你一个人站在冰冷的楼下，偷看窗户上我们两个的影子。"

"如果你对雪贝有任何出格的动作，我会打断你的骨头。"

"老子到底比儿子厉害。"

"每晚十点，雪贝小龙虾关门前，我都会远远地看一眼雪贝。那天晚上，我到了小龙虾店对面，看到卷帘门放下来了。一辆银灰色轿车开进海上邨。有个大概五十岁的女人开车。"

"洪姐的特斯拉 Model S，她是来寻找宝贝儿子的。"

"我没见过这辆车，觉得有点蹊跷。我走进海上邨的院子。那个女人停好车就上楼了。这时候，我看到了麻军的车。"

"藏青色本田 CR-V。"

"他坐在车里看手机。我还听到足球转播的声音。十六年前，这个混蛋就开始赌球了。"江志根起来抓住沙袋，"这是宰了他的好机会。

但我没有刀子。我决定回去拿杀人的家伙。"

"你迅速离开海上邨，走路回了远东路。"我扫视自己童年的家，已是杀人犯的巢穴。

"路上并不远，但我真的老了，根本走不快。我没带手机，也不会用共享单车。十六年前，我进监狱以前，根本没那玩意儿。"江志根回到藤椅上，"我还得一路穿小巷，避开路口监控。我一路气喘回到家，从床底下翻出一把尖刀。十厘米的刀刃，白天刚磨过，沾着我自己的血，刺破男人的心脏没问题。我把刀子装进背包，再装上手电筒出门。等我回到海上邨，麻军的车还在，但人不见了。"

"英超伦敦德比结束了。你在来回路上用去半个多小时。"

江志根吐出一口浓痰说："三楼的窗户亮着灯。我晓得，麻军上去借钱了。我仔细看了麻军的车，后面有个大旅行箱。"

"本田CR-V的后风挡玻璃可以看到后备厢。所以，你想到了搬运尸体的方法。"

"我从包里取出刀子，反手藏在背后。我在监狱关了十五年六个月，常常梦到那个除夕夜。十二岁的雪贝在哭，麻军吓得尿了裤子，李炼钢在我身上戳了个洞。我看到自己的血喷出来。我一刀扎进他的后背心。每次做梦都像看戏似的，一遍遍回放，一遍遍排练，在心里，也在手里。"

江志根摊开手掌心。他是天生"断掌"。据说打人很疼。也许杀人更痛快。

"告诉我，你在什么地方宰了麻军？"

"海上邨的院子里。等了几十分钟，我看到麻军下楼了。除了几辆过夜的车，院子里没有一个人，就像留给他的刑场。麻军走到本田车旁边，低头摸身上钥匙。我用左手把他推到车门上，嘴里咬着一支手电筒，照亮他的后背心。"

江志根把我从沙发里拽起来。他用左臂和肘关节顶住我的后背。我的面孔被冰冷的窗户挤得扭曲变形。嘴角呵出的热气在玻璃上不断变幻形状。

他贴着我的耳根说："小子，我的左手还有点劲道吧。麻军来不及吭声，我的右手举起刀子。"

我的面孔被他挤歪了。窗玻璃像模糊的镜子，照出江志根的庞大人影——他举起一只锋利的右手，狠狠扎进我的后背心。

真他娘的疼。心脏几乎碎裂。脊椎骨和肋骨差点断了。我从牙齿缝里挤出一句："只有一刀？"

"只要一刀。"江志根松开手，揉揉我的后背心，"从我的左手按住他的后背，到右手的尖刀戳破心脏，不超过一秒钟。只有我能把这个活做干净。"

"你身上溅满了血吧。"我的脸逃离窗玻璃的酷刑。好像上过一趟南极冰山。

"全是血。很热的血。很脏的血。"江志根的茶杯被打翻，褐色茶水像血液奔流到地上，"麻军死得很安静。我打赌没有一个街坊邻居听到。我脱下自己沾血的外套，团起来装在背包里。我脱下麻军的黑色羽绒服，好不容易穿在身上。要是换别的衣裳，我得减肥几十斤才穿得下。我也没忘记戴上他的帽子。我找到车钥匙，打开本田车的后备厢，搬出大旅行箱。居然是空的。我猜麻军是要搬运什么大件才把空箱子放车上。"

"现在这口棺材留给他自己用了。"

"对,我把麻军的双手双脚叠起来,整个人搬进大旅行箱。车里还有几块防水塑料布,我把旅行箱裹住,免得血渗出来。我坐上麻军的车,有点紧张。"

"你不是因为杀人而紧张,而是你十几年没开过车了。但在我小学三年级时,你就考出了驾照。"

"我买过一台昌河面包车在九省街送货。后来,雪贝的妈妈得了乳腺癌,我把车卖掉换了医药费。等我进了监狱,驾照没有年检就作废了。"

我摸着口袋里阿尔法·罗密欧的车钥匙说:"除了故意杀人罪,你还涉嫌无证驾驶。"

"十几年没摸过方向盘,但只要点火起步,我就晓得怎么开了。我把车开出了海上邨。一整夜的雨水会把血迹洗干净。第二天早上,没人能想到院子里刚杀过一个人。"

"我要是早出发十分钟,直接开进海上邨,也许正好撞见你在杀人。如果我上来阻止你,说不定你连我也一起杀了。"

"很有可能。或者,你把我杀了。"江志根拍拍我的脸,"我从前开手动挡,这台车是自动挡。右手总要去摸排挡。我根本开不快,像刚上路的实习司机。经过一条单行道,雨水模糊了右车窗,看不清路口标志。我又怕万一转错方向,会被电子警察拍下来。我只能放下车窗来看一眼。"

"路边有一个银行自动取款机,谁能想到呢?你的侧脸,还有口罩遮不住的络腮胡子，正好被拍下来。"

"我老了。"江志根倒在藤椅里，双眼半睁半闭，"不是儿子的对手了。"

趁着死在自己亲爹手里之前，我问出下一个问题："宋云凯，沙德宝，这两位你的老朋友，也是你杀的吧？"

"我跟警察说过三遍，王月初二，我一整晚都在医院。"

"是啊，你到底是怎么从医院溜出来，在黑沙洲宰了沙德宝，连夜横渡长江，骑自行车到博雅湖，又在我的眼皮底下宰了宋云凯，却没有被任何监控探头拍下来的呢？"

"江冰，你小时候每次解不出数学题，就是这副样子。"

江志根抚摸我的额头和眼角伤疤。他的大手滚烫，带着烟草味道。我一拳打开他的手，却像打在一团棉花上。不是江志根的手变成棉花，而是我的力道变成了棉花，变成巧克力味的冰激凌。

我的身体虚弱得像块软糖，飘浮在和平号宇宙空间站。我看了一眼冰激凌包装纸。难道巧克力口味容易下毒？这就是爸爸给我的生日礼物。我的嘴唇麻痹，舌头打结，喉咙里生出一块浓痰堵住气管。

"儿子，我保证你不会少一根毛，因为你的每一根毛都是我给你的。"

"除了一粒精子，你什么都没给过我。"

我的每个字都被自己吞掉。除非你会读唇语。我像一只欲望无处发泄的公山羊，被眼镜蛇咬到脖子。毒液追随血管流遍全身。秃鹫盘旋。鬣狗窥伺。一万只苍蝇围着脑袋旋转，等待抢入鼻孔与眼睛产卵生蛆，方便法医判断死亡时间。

江志根从我身上摸出手机、钱包、房门钥匙、驾驶证、哮喘喷雾剂，还有阿尔法·罗密欧的车钥匙，然后他戴上我的 N95 口罩，加上一顶帽子，便能在道路监控中冒充我。他把哮喘喷雾剂塞回我的口袋。他不想让我死于哮喘发作。

　　他从柜子里推出一只大旅行箱，打开摊在地上，像一口装着轮子的棺材。江志根把我的双手双脚折叠，整个塞进大旅行箱。我的脑袋和膝盖磕在箱子上，脚踝差点掰断，像一个受伤的巨婴。一条长长的拉链，将我锁入坟墓地宫。

　　里面只有皮革和防腐剂味道，这是新买的旅行箱，并未装过死人。有几个透气孔以免窒息。我失去了方位感。四个轮子放到地面。我开始滑行。失重的太空之旅。我飘起来，摇晃，下沉。江志根双手提着我，蹒跚走下水泥台阶。我离开童年的家。

　　又一段滑行，两个转弯，绕过广玉兰和棕榈树。我停车的地方没有监控。车钥匙的声音传来，后备厢打开。我被提起来，甩出去，犹如车祸刹那间。大旅行箱被放入后备厢，像是大号的俄罗斯套娃。最大的娃娃是阿尔法·罗密欧；第二个娃娃是三十二寸的旅行箱；第三个娃娃就是我；我的体内还有第四个娃娃，仿佛缩在妈妈的子宫里。当羊水提前破裂，我是小猫似的早产儿，垂死挣扎着钻出产道。我是远古的越狱者。哪个倒霉蛋来投胎啊。

　　不晓得在那一天，爸爸有多爱我？

第二十八章

我在三十八岁生日，参与了一局斯诺克世界锦标赛。我既不是罗尼·奥沙利文，也不是马克·威廉姆斯，我是球桌上一枚小小黑球。我被彩球们无数次碰撞，撞过亚洲最长的江河，撞过一千万人的密室，撞得鼻青脸肿，七荤八素，撞入一只幽暗的袋子。

袋子打开。暗夜无星。泥土味的风，把我的呼吸撕成碎片。手机的光亮起来，我看到一尊断臂维纳斯和一尊无头胜利女神。这鬼地方我已来过两回。一头怪兽凑近我，喷射热烘烘的气息。它将我从箱子里抱出来，再扔下去。

我开始自由落体。仿佛坠落到地球另一端。下面是片干燥沙子，堆着海绵和泡沫塑料。我从十字架下来，几乎没有受伤。麻醉药效渐渐消散。手脚关节开始动了。这是一口管道井。铁皮锈蚀，犹如枯骨，藏污纳垢的博物馆，储存，保管，鉴定，或者销毁所有秘密。

井口的巨兽消失。连同一起消失的还有光，以及时间。漆黑如墨，空气与尘埃，窸窸窣窣坠下。空间也消失了。我触不到世界的边界。地狱的第一层。往下还有油锅煎炸，刀山翻滚，火海焦灼，开膛破肚，鞭辟入里，庖丁解牛。哆啦 A 梦的电冰箱，十六年前的呼吸，泪水，惊惧，谵妄。

但他永远不会杀了我。他会把我当一只青蛙囚禁在井下，留下足够的食物、水、药品。对于世界来说，我已变成一粒尘土，撒入浩瀚的太空。后半夜，阿尔法·罗密欧将在长江两岸漫游，留下不计其数的监控记录，直到永远消失。警方不会想到我就在不夜城大酒店的深井之下。三十八年前，我出生的那一刻起，就逃不出他的手掌心。其中十五年六个月，我陪他一起坐牢。

等到他远走高飞，才会通知警察，将我从井底救出。如果他死了，我将在井底变成一堆小小的骨头。但我不恐惧。我是孤独的孪生兄弟。地球未必是我们共同的家园。但一定是我们共同的坟墓。

但我不会死在这里。我把手伸进裤裆，撕开粘在腹股沟里的创可贴，那里藏着一枚小小的芯片。它有两个功能，一是录音，二是定位。

今天，我去过一趟公安局。虽然证明了驾驶本田 CR-V 的并非麻军本人，而是一个留着络腮胡的男人，但只要口罩遮住脸，就不能证明江志根是凶手。必须要有一个送上门的诱饵，才能撬开江志根的嘴巴，让他自己说出真相。任何人都没有资格做这个诱饵，除了我。不入虎穴，焉得虎子。我就是虎子。

当我在"虎穴"中坐以待毙，井口敲起了架子鼓般的脚步声，扑簌扑簌坠落井底。我仿佛捕兽夹中的小兽，梗着脖子嘶吼。接着一根麻绳抛下深井，像粗壮的毒蛇。我抓住绳子向上爬，带着浑身血污，仿佛穿过温暖潮湿的产道。

我第二次出生在我爸爸布下的陷阱中。掌心的白纱布磨破，我伸出鲜血淋漓的手，被一只毛茸茸的大手抓住。我认得周泰的掌纹，还有一枚枚坚硬的茧子，比在公安大学宿舍里厚了两倍。我还认得女警小雅的双眼。她才是天使，而不是断臂维纳斯或胜利女神。

周泰对我耳朵嚷嚷："婊子养的，还好我紧跟着定位，不然就要给你收尸了。"

"抓住江志根。"我看到酒店废墟外的阿尔法·罗密欧。

周泰掏出手枪。小雅打着探照灯似的手电。惨白光束尽头，扫过一个影子，崎岖荒地上无比拉长。

一弯银月出来了。野草像死人的胡须。枯黄的芦苇并不会思考，只会跟随风的方向摇摆，一具具行尸走肉。江志根的背影像一条即将崩塌的山脉。我在石头大堤上摔倒，几乎被月光刺瞎双眼。长江暗戳戳涨潮，裹挟三峡的滚滚泥沙。江滩上停着一叶扁舟，铁皮外壳舯板，那是打捞垃圾的环卫船。长江主航道上，一艘夜航船鸣响汽笛。它从吴淞口出发，载着四十八个集装箱，船尾波浪是月光下的剪刀，逆流而上去朝天门。

三十年前，我爸爸是长江轮渡的驾驶员。那时他掌握船舵，乌发满头，脸上没有一根褶子，青春痘在额角爆发。渡轮的大肚子像条吃人的白鲸，装着几百个男女，在夕阳中横渡长江。锋利的船艏犹如手术刀。江面开膛破肚。血红浊浪翻滚。我骑在爸爸肩上，听见钟楼敲响，紧贴沸腾的江面，稳稳传到我的脑子里。

丧钟为谁而鸣？

三十年后的冰冷黑夜，警察的手电光束照亮江面。老了三十岁的江志根无所遁形。尼安德特人围猎猛犸象。周泰朝天鸣枪示警。一颗子弹冲上云霄，在我的头顶碎裂坠落。

"别开枪！"我回头冲着周泰吼叫，几乎吐出我的魂。

月光更亮。江志根脱光衣服，跳下几近零度的长江。黑色波涛吞没他，像沸腾的火锅吞没羊肉片。十二岁那年的冬天，我爸爸带我到江滩。他强迫我脱衣跳下水。他在冰冷的长江里游了一个来回。我只在岸边划水两分钟，裹着棉衣逃回家。当晚就发了高烧。我妈妈跟我爸爸打了一架。我爸爸说，如果淹死了，是儿子没学好游泳，活该。六个月后，我的爸爸妈妈离婚了。

我也脱光衣服，跳下长江。

江水像黏糊糊的羊水，重新包裹我的命运。泥沙堵塞喉咙。朽烂的沉船，钢铁或松木，一具具骨骸从春秋战国排列到史无前例的年月。月亮沉入水底燃烧。潜伏了三千年的中华巨鼋，爬出地质时期的淤泥，探出壮硕无朋的龟头。大如屋顶的背甲上镌刻着曹操手笔——

> **神龟虽寿，犹有竟时；**
>
> **螣蛇乘雾，终为土灰。**
>
> **老骥伏枥，志在千里；**
>
> **烈士暮年，壮心不已。**
>
> **盈缩之期，不但在天；**
>
> **养怡之福，可得永年。**
>
> **幸甚至哉，歌以咏志。**

第二十九章

　　我在地狱天堂的旋转门内转了十八圈。深紫色的黎明。探照灯调查公司的天窗下，我的头发潮湿得像沼泽地。厚毛毯盖住裸体。空调吹着热风。我依然张牙舞爪。简直不要脸。

　　"你差点在长江里淹死。"

　　李雪贝向我的耳朵吹气。黑色紧身衣包裹她的身体。小龙虾味道的发丝，一根根刺入我的嘴唇。我的脑袋里灌满长江泥沙，沉船的鬼魂。这不是做梦。我摊开右手掌心，白纱布不见，暴露两道浅浅的疤痕。

　　"你的生命线很长，爱情线很短。"雪贝把我从床上拽起来。她的手劲不小。

　　马赛克浴缸里放满热水。我像羊肉片一样被涮得通红。雪贝脱去衣裳。她的肩膀、后背，还有肋骨底下，残留几道刺眼的乌青。脖颈有一道鲜艳伤疤，距颈动脉不到一厘米。我们是同一场车祸的幸存者。而我的结痂正在脱落，大块乌青比她深几个色号。

　　雪贝给我洗头，擦洗身体，搓背，十多天的污垢倾泻进入下水道。她的手掌心常年浸泡在小龙虾店的后厨，没有幻想中的光滑柔软。热水泡得我全身遍布褶皱，除了一地昂首挺胸。我熟练地为她解开乳罩扣子，像摘下自己脸上口罩。一对浅粉色乳头弹出来。春夜的花蕊。我的嘴唇是采蜜的蜂鸟。雪贝的双腿踏入马赛克浴缸。接着是苹果似的臀部。热水如受惊的瀑布四溢。

时光是一口大火焚烧的蒸锅。淤泥中的小龙虾已蒸得鲜嫩，金黄，丰艳，多停留一秒，肉质就嫌过分成熟。我的舌尖滑过她的肩胛骨，舔过后腰两只小眼睛，却在天堂的门前逡巡不前。她是一枚冷海里的甲壳类动物，颤抖的贝壳打开，吐出一颗金属光泽的珍珠。

我缓慢而温柔地进入一千万人的密室。潮湿而婉转的螺旋花纹，缀满了藤蔓、星光和诗句，秘密连接太平洋的黑潮。生成于菲律宾海岸，沿着台湾岛北上，抵达日本列岛与亚洲大陆。据说地球内部是个巨大空洞，藏着消失的亚特兰蒂斯。

电灯泡哗啦哗啦演出歌剧魅影。一个世纪前的俄国鬼魂们，集体飘浮围观这一出表演。巧克力味冰激凌残留的麻醉药效，使我的坚挺尤为漫长持久。我亲吻雪贝的左耳朵，却没发现任何文身字母。当我想要退出天堂，回到荒凉的地狱，雪贝的下巴垫在我的肩上，打入一只坚硬的钉子："请你射在我里面。"

我射出积攒一生的随波逐流。精液是一段 RNA 病毒代码，变异成新的单螺旋体。但在雪贝的子宫里，永远无法粘贴复制成新的生命。

热水彻底变凉了。浴缸里混杂大量体液。两个人以榫卯结构拥抱。就像庞贝遗址的男女残骸，一旦强行打开分离，瞬间化为尘泥。

"江志根在哪里？"我仍然保持坚硬，舌尖钻入她的耳朵审问。

"不知道。"

"你怎么会在这里？"

"昨天是你的生日。我给你送来一锅小龙虾。但你不在。你的电话也打不通。我坐在门口等你到十二点。周泰警官把你送回来了。是他把你从长江里捞上来的。我说我会照顾好你的。周泰说太好了，他可不想帮你脱衣服洗澡。"

"周泰这个混蛋，他不怕你会杀了我吗？"

"你觉得我会杀你吗？"雪贝抱着我发抖。

"我不知道。"我如实回答。

天亮了。三十八岁生日过去，我抽丝剥茧般地柔软下来，像一场伤寒大病的祛除。我们默默为彼此擦身。隔着天窗，浆白色晨光泼洒在胸口。

"如果没有这场谋杀案，再过几天，你和钱奎就要去国外旅行。"我的后脑枕着雪贝的大腿，却想起另一个生死未卜的男人。

"先飞迪拜，再飞马德里，最后飞越大西洋和南美洲，到达智利首都圣地亚哥，飞了大半个地球，回到太平洋边上。"雪贝的手指蘸着口水，在我的肚皮上画出飞行路线，"我们从圣地亚哥北上一千五百公里，直到阿塔卡马沙漠。"

"地球上最干旱的地方，最美的星空，盛产铜矿、硝石还有鸟粪。"

"再从沙漠飞回圣地亚哥，租一辆丰田越野车，翻越海拔七千米的安第斯山，就到了阿根廷的潘帕斯大平原。"

雪贝的手指甲画一条竖线，再画一条横线，正好穿过我的肚脐眼。

"钱奎想去布宜诺斯艾利斯，去博尔赫斯常去的书店坐坐。"

"你怎么知道？"雪贝揉乱我的头发，"我们会从布宜诺斯艾利斯南下，飞行两千三百公里到火地岛。"

"地球最南端的城市——乌斯怀亚。"我伸出胳膊，环绕她的后腰，两颗小小的腰眼就是火地岛。

"在火地岛坐上邮轮，穿过一千公里的德雷克海峡，到达南极半岛。"雪贝连续在我的肚皮上画了两条直线，从肚脐眼穿过胸口，停留在我的脖子眼。

"你会路过设得兰群岛的乔治王岛。"我抓住她的手指头，"现在是南半球的夏天，没有暴风雪，极昼漫长，午夜的太阳，冰山下的企鹅，海洋中有最大的蓝鲸，最漂亮的虎鲸。小时候，我求我爸爸带我去南极。他说南极太远，等我长大以后带我去。我注定等不到了。"

天窗沉默。我的脸贴着雪贝的子宫。精子们在南极冰海中乘风破浪。雪贝的手指从我的咽喉开始，画出一条漫长的飞行路线，缠绕我的躯干一圈，沿着脊椎骨绕过臀部和会阴，锋利的指甲划过性器官，穿过大腿和膝盖，最后落在小脚趾——我们就在这里。

"如果还有明天……"

我闭起双眼哼歌，沉溺，自说自话，旁若无人。第一个唱这首歌的人已经死了三十年。

"坦率来说，你这个人五音不全。"雪贝说，"但我喜欢你认真唱歌的样子。"

"你还喜欢我什么样子？"

"现在的样子。"雪贝说，"进来吧。"

第二次做爱。我从她的背后进入。她的肩胛骨上有两个淡淡的肉疤。我用舌头舔着问："这是什么？"

"小时候，爸爸的烟头烫伤的。"

"我想杀了他。"我想把自己变成匕首，连绵不绝地刺入某个人，刺出大量黏稠的鲜血。

"我也是。"雪贝翻身把我压在下面，抚摸我肚子上的伤疤，"这是什么？"

"我的每一道伤疤都有一个故事。这是 AK47 的子弹打穿的，就在十六年前的除夕夜，我爸爸杀了你爸爸的同一天。"

她掐着我的脖子说："你想做几次？"

"雪贝，我想和你做爱，我见你的第一眼就想和你连续做三次爱。"

"你真是个流氓，连床上的情话都要抄袭电影台词。"她在发出尖叫前说。

午后，我们吃掉了小龙虾。我切了五百克三文鱼刺身，蘸上芥末和酱油，打开水蜜桃罐头。我拿出香草味冰激凌，一人一支，舔得干干净净。冰冷的食物穿过充满彼此唾液和体液的牙齿和舌头，填饱空虚的肠胃。

我抱紧她说："可以说了吗？十六年前，你的秘密。"

"你们已经知道了，不是吗？"

"我看到了十二岁的你，在不夜城大酒店顶楼舞厅唱歌时的录像。"我摸着她翘翘的鼻头，"我要你自己说，就像一口痰，不吐出来，早晚把人噎死。"

"我还能回到过去吗？"

"雪贝，你想要回到哪一个过去？"

"我妈妈活着的时候。"她的双腿蜷缩在沙发上，"当她死后，一切都变了。我爸爸上门来吵过几次。他想把江志根赶走。最后一次，上门来的是警察。手铐带走了江志根。之后，我爸爸搬进海上邨的房子。圣诞节，我爸爸带我去了不夜城大酒店。我得到一条漂亮的绿裙子。他们让我在顶楼舞厅唱歌。客人们都是体面人，穿着西装和皮鞋，打着领带，戴眼镜，斯斯文文。菲律宾的爵士乐队伴奏。各种颜色的光打在我脸上。好像我就是公主。"

"你拿过全市小学生唱歌比赛第一名。你爸爸拿这件事到处吹嘘。但你最爱猫王的《温柔地爱我》。"

"我妈妈经常听猫王的 CD。我听过几百遍。每次到不夜城大酒店，我都会唱这首歌。"雪贝像在一首高难度歌曲中循环换气，"过了元旦，城里落了小雪，舞厅没几个客人，我唱到晚上十点，就想回家，但我爸爸不见了。有个叔叔给我喝了一杯可乐。醒过来，我已经躺在总统套房里了。"

"那个人是谁？"

"我不知道。人已经走了。我只记得床头柜上的烟缸，喝了一半的酒瓶，用过的餐巾纸。还有男人的气味，像春天的石楠花。"雪贝的牙齿像是撕咬我的骨头，"痛……骨头缝里的痛，劈成两半的痛。我在流血。我不知道怎么办。"

我亲吻她的额头，像猫王的亡魂一般温柔，但我的唇舌远不如刀子。

"一个叔叔开车送我回家。"雪贝说，"他是我爸爸的好朋友，带着一个装满钱的信封。"

"他是沙德宝。"我的胃里开始恶心，"几天前，我在不夜城大酒店的顶楼舞厅上，看到他缩成一个胎儿的姿势，后背心有个血窟窿，散发着腐烂的恶臭。"

"果然，还有第三个人死了。"

雪贝又从我的嘴里套出了话。我想炒自己的鱿鱼，聘请她来做调查员。

"说吧，多给我一些沙德宝该死的理由。"

"那年元旦，他把我从酒店送回家。我爸爸收了钱。我还在流血，肚子疼得要命。我以为自己要死了。我求爸爸送我去医院，让大夫救我的命。我爸爸说，雪贝啊，你没有受伤，你只是长大了。我竟然相信了他的鬼话。第二天，我疼得下不了床。我爸爸只能带我去私人小诊所。大夫给我做完检查吓坏了。我爸爸给了双倍的钱，条件是必须保密，不能让任何人晓得这件事。大夫给我打了两针，开了一大包药。我爸爸去学校给我请病假。我在家里睡了十来天。很快就到寒假，我不再流血了。我爸爸又带我去不夜城大酒店。他亲手给我喂可乐。等我醒过来，又在一个总统套房里。我还是不知道有谁来过我的身边。"

"但愿他们都在地狱。"

"总共有四次，或者五次。每次都有个叔叔开车送我回家，交给我爸爸装满钱的信封。每次我都会流血。除夕的晚上，我问我爸爸，过完年还要去酒店吗？我爸爸说，去啊，等到樱花开了，我们就永远离开这里。但我不相信他。我不想跟我爸爸一起过除夕。我很想江志根。"

"除夕夜，你悄悄给我爸爸打了电话。他冲到海上邨，杀了你爸爸。你和麻军是目击证人。"我捏碎自己的拳头，"李雪贝，你的上一世是何方神圣？"

"纳粹党卫队长的夫人，剥了一百个犹太人皮做了灯罩，这一世注定要下地狱。你最好别碰我。"

我舔去她的眼泪水说："妹妹，你为什么不告诉警察？"

"经过那两个月，我已经长大了，虽然只有十二岁。我稍微懂了一点做人的道理，做女人的道理。有些事情一旦说出口，你就永远回不去了。你的秘密会被放到太阳下，所有人盯着你，你会被永远关进那个房间。"

"我尝过那种滋味。"

"要让全世界都晓得吗？我是不夜城大酒店年龄最小的受害者。我被他们用来招待贵宾。"

"招待贵宾？"我松开触摸她的双手，仿佛我也是某一个龌龊的"贵宾"。

"但我差一点点就说出来了。"雪贝抖得像蚊子的翅膀，"杀人案一个礼拜后，亲戚把我送回海上邨。夜里有个男人来找我。他是江志根的律师。他叫宋云凯。他问我，除夕夜之前还发生过什么事？其实，警察问过我好多遍。但我都说没有事。宋云凯发现了什么。他像个多嘴的老太婆，翻来覆去地对我说，如果有秘密瞒着他，总有一天，我会追悔莫及的。"

"也许是宋云凯这辈子说过的唯一实话。"

"我还是什么都不说。但我交给了宋云凯两件东西。第一件是我的内裤。最后一次去不夜城大酒店穿过的内裤。我藏在抽屉里没有洗掉。内裤上沾着我的血，还有别的脏东西。第二件是我爸爸的打火机，印着不夜城大酒店六个字。"

"内裤是你被性侵的罪证，沾着某个畜生的精斑。打火机能指引人们发现不夜城大酒店。李雪贝，你懂得真不少。"

她蜷缩在我的大腿上说："宋云凯接过这两样东西，双手好像在发抖。他让我注意安全，晚上不要出门。他答应会帮助我的。"

"他骗了你。"

"我在家里等了一个礼拜，突然有人敲门。我以为警察来了。我很害怕。我在想该怎么说出秘密。但上门的是个戴墨镜的男人，四十多岁，小个子，穿着黑西装。我在不夜城大酒店见过这个人，沙德宝叫他老板。"

"盗版王家卫。"我好像触摸到了黑夜本身。

"戴墨镜的男人口音很重，但挺有礼貌的。他从包里拿出两样东西，一是我的内裤，二是不夜城大酒店的打火机。"

"宋云凯出卖了你。这两样最重要的证据，本该在刑警的手里，却成了宋云凯的交易筹码。"

雪贝的眼神仿佛两团幽幽的火苗说："男人当着我的面，按下打火机，烧了沾血的内裤。"

"证据消失了。"我几乎一巴掌打碎窗玻璃，"宋云凯把这两样东西卖给了盗版王家卫，换了一百万，或者两百万。这条狗杂种。"

"我并不比宋云凯干净多少。他出卖了我的证据。而我出卖的是自己。"雪贝仿佛潜入我的身体里说，"戴墨镜的男人给了一万块，他说是给我爸爸的丧葬费。只要我保守秘密，他们每个月会给我一万块现金，期限是永久。"

"永久？"

"只要我活着，每年给我十二万。"

"前提是你得活着。"我提醒她，"你不怕他们弄死你？"

"他们不敢。我家发生过杀人案。我是目击证人。警察盯着我。如果我出了意外，就不止是除夕夜杀了一个人这么简单，不夜城大酒店会暴露的。"

"这不像十二岁小学生能想到的事。"

"嗯，我就要小学毕业了，我想上全城最好的公立中学。但我家在北岸，不可以去南岸读书，除非交三十万择校费。家里的钱全给妈妈看病用完了。小龙虾店还欠了几万块。我向戴墨镜的男人提出条件。他答应帮我安排。"

"李雪贝，你在跟恶鬼做交易。"

"我爸爸拿我做交易。律师拿我做交易。我也拿自己做交易。我天生就是婊子，每一根血管都脏得像阴沟。"她蜷缩起身体，不再让我触摸，"戴墨镜的男人临走前，留下一句话——不管面对警察、律师、检察官，或者法官，但凡我提到一句不夜城大酒店，江志根就会死在监狱里。"

我捏着手心里的血说："你必须保守秘密，为了保护江志根的生命。"

"警察送我去医院检查。老太太医生哭了。她问我，是谁干的？我说是一个恶鬼。"

"你没撒谎。"

"我爸爸被杀一个月后，没有追悼会，他被推进一个大炉子。有人叫我去捡骨头。许多大骨头烧不掉。人们用锤子把骨头敲碎，再用扫帚堆起来。我挑出我爸爸的一块小腿骨、一块头盖骨、一根肋骨，还有许多碎骨头，摸上去都是滚烫的。我跪在地上把我爸爸捡进骨灰盒。"

"每个人从焚尸炉里出来都这样，无论你是圣人还是恶棍。但你爸爸一定在地狱里。"我说，"然后，你去了最好的公立中学读书。别人以为你家有钱，付得起几十万择校费。你还有每个月一万块收入。"

"2005年春天开始，直到2012年最后一个月，突然中断了。"

"不夜城大酒店被公安局查封了，跟你交易的那只恶鬼消失了，也许死了。但愿他死在绞肉机里。"我掐指一算，"七年零十个月，总共九十四万。"

"七年前，麻军告诉我，江志根在监狱里把一个叫沙德宝的犯人打成重伤。江志根被法院加判了五年六个月。我查了网上公开的刑事判决书，看到'不夜城大酒店''组织卖淫'这几个字，发现沙德宝的律师也是宋云凯。"

"原来我们都会用这一招，彼此彼此。"

"那一年，我在法学院遇见了宋云凯。他是我们的客座教授。他认出了我。因为我当年的眼神，给他的印象太深刻。他请我吃饭，还向我道歉，说那两样证据——他都交给了当时办案的刑警。"

"海上邮杀人案的办案刑警，八年前死于心梗，已是死无对证。"

"我做了宋云凯的助理实习生。他会榨干当事人的秘密，并且标价出售，或者待价而沽，成为交易的筹码。你不晓得他的背后还有哪些金主。老实说，他也不过是别人的猎犬罢了。"

我摸了摸雪贝的翘鼻头说："这条猎犬的鼻子灵敏，爪子迅捷，牙齿锋利。没有一只兔子能逃得过它的捕猎。但我更对凶残猎犬的主人感到好奇。"

"宋云凯不是凶残，他比狐狸还滑头。"雪贝抚摸着我被高尔夫球杆砸出的伤口说，"宋云凯让我做实习生，只是想把我骗上床。但他对手机看得很紧，设了多重密码，一般人打不开。就算手机被盗了，他也可以远程控制删除内容。我想，他的手机里藏着不夜城大酒店的秘密。"

"雪贝，这是你一生最大的黑洞，也是你的禁区。你应该唯恐避之不及。十六年前，你咬紧牙关没把秘密说出来。为什么六年前，你却要把自己葬送进去？"

"我想看看这世上的深渊究竟有多深。"

她的嘴角像一弯新月。我的嘴唇忍不住给她以封印。"我也想看看到底有多深。雪贝，你的回答得了满分。只可惜，最后一场考试，你得了零分。"

"我拜托计算机系的男同学写了一个破解软件。他是个编程天才，追了我好几年。你放心，我没跟他上过床。我只是陪他看了一场诺兰的电影《星际穿越》。"

"爸爸和女儿的故事。"

"宋云凯要去北京开庭，我要求一起出差，顺便见一下考研的导师。这天夜里，宋云凯来到我的房间。他带了一瓶红酒。我在红酒杯里放了麻醉药。宋云凯带我参加过两次酒局，先喝白酒，再喝红酒，到了他的胃里简直是农夫山泉。我知道灌醉他不太可能。我也不想真的陪他睡觉。"

我的舌尖同时生出伏特加与巧克力冰激凌的味道："你和江志根都喜欢给人下药。"

"趁着宋云凯倒下，我用破解软件打开他的手机密码。但他突然醒了。宋云凯根本没醉。他佯装喝了两口红酒，趁我不注意吐掉了。"

"论起歪门邪道，你到底嫩了点，李雪贝同学。"

"宋云凯是真正的老手。他察觉到我在觊觎他的秘密。他用另一台手机拍下录像。我的罪名是麻醉抢劫，加上侵犯商业秘密，虽然都是未遂。他强迫我写下一张纸条，签字，按手印，否则立即报警。我失败了，非但没能发现秘密，反倒成了宋云凯的猎物。"

"现在这个秘密，不知落在谁的手中？"我的脑中飘来哈瓦那雪茄的味道，既香艳又臭不可闻，"这个秘密谁都不能触碰，谁触碰谁就会死。"

天又黑了。我和雪贝坐上木头窗台。我把自己变成一台永动机，第三度进入她的天堂。有一段日子，人人成为琥珀里的蜜蜂。避孕套几近脱销，意大利面和日本寿司还在冰箱，苏格兰威士忌和法国葡萄酒安放在酒柜。我们在告解，吃饭，排泄，睡觉，做爱，沉思，竟夜痛饮，暂且代替大蒜、十字架和护身符。我们变成一锅沸腾的鸳鸯火锅，灌满花椒、朝天椒、罂粟壳，刺激鼻腔、味蕾以及胃囊，让人上瘾，癫狂，不知所措，大张旗鼓地流进长江。

第三十章

姑娘的子宫是房子。我在这间房子里游泳，自由泳，蝶泳，蛙泳，仰泳。几亿个我争先恐后，半数死在路上。我以为她会梳妆打扮，巧笑倩兮，等待最后一个幸运儿闯入。但这是一所空房子。没有窗户，没有地板，没有眠床，没有生命之水。黑色荒地。遍布杀人的遗迹。我们无处可逃。第一个死于流感，第二个死于酷刑，第三个死于饥饿……几亿个我自己全部死亡，骇人听闻的密室谋杀。房子变成公墓。无人生还。

我睁开眼乌珠。天窗落着雨点。世界乌漆墨黑。时间折叠去了巴比伦。我掀开毛毯，裸身走到镜子前。头发长而纷乱。两腮刺满针尖般的胡须。身上有十二处大小不一的旧伤，加上车祸新伤，仿佛巴黎、纽约、东京、香港代购来的奢侈品，吊牌似的挂在胸膛、小腹、大腿和屁股上。

雪贝不见了。我走遍探照灯调查公司，像蜗牛走遍蜗牛壳。空调吹着三十度热风。我推开窗，目击锅底般的黑夜与浓云，星辰与月亮都是嫌疑犯，集体从作案现场逃遁。

茶几上有一瓶哮喘喷雾剂。它的运气不错，没有浸泡过江水。我是脱下外套和裤子跳入长江的。江志根拿走了我的手机，多半已在淤泥下。我翻出一台旧手机。充上电，屏幕亮起来，借尸还魂，跳出北京时间。我昏睡了二十四小时，几乎长眠不醒。

我触摸自己的脸，烫得能煮熟鸡蛋。三分钟后，我从舌头下抽出体温计，观察那一根致命的红线。

情况有点复杂。

我撒了毕生最漫长的一泡尿，金黄得像梵高的向日葵。我拉开冰箱，拆一支香草味冰激凌。坐上人造革沙发，慢吞吞舔干净，降低舌头和胃囊温度。我从云端找回道讯录。我给雪贝打电话，猫王温柔地唱着"Love me tender / Love me sweet"。

"你好吗？"雪贝接了电话。

"好得一塌糊涂，刚做了一百个引体向上，一百个仰卧起坐，脑子里想着你自我安慰了两次。"但我的喉咙不会说谎，干咳起来，"你在哪里？"

"我在海上邨。"雪贝的声音沙哑，只有我知道怎么回事。电话里响起纸袋子的窸窣之声。"有人点了小龙虾，我要去送外卖。"

"听我说，立即取消订单，我们去医院。"

"你发烧了？"

"三十八度二。"我举起体温计，凝视水银的刻度，像凝视一张新鲜出炉的刑事判决书。

雪贝静默了十秒钟说："原来你也是我的一杯毒药。"

"如果运气好，我只是掉进长江受了风寒。"

"如果运气不好。"雪贝的舌头从手机屏里伸出来触摸我的耳朵,"我们从上到下交换了数不清的体液。"

"一个好调查员的最佳归宿绝非病榻。"我们像在上战场前互赠遗言,"我们认识的第一晚几乎同归于尽。我是个除了擅长惹麻烦,别无所长,一无所有的废物。我跟孤独签订过一份终身合同。这世上爱过我的人几乎都死了。但我一生最值得吹嘘的一件事,是跟你连续三次做爱,每次六十分钟,总共让你高潮了二十一次。"

"二十二次,每一次我都记得,我一生全部的高潮。"

"听起来像二十二条军规。"

打完电话,我收拾出七套内衣裤、牙刷牙膏、毛巾、充电器、体温计、身份证跟医保卡,还有哮喘喷雾剂,统统装进旅行包。仿佛要飞一趟南美看羊驼那么远。

我戴上 N95 口罩,抓起车钥匙,背上旅行包里的一家一当出门。雨落得心事重重。阿尔法·罗密欧的排气管里有只流浪猫在避雨。我温柔地把这只骨瘦如柴的小东西送走。发动机秘密地燃烧,穿过洪水汹汹的雨夜。

医院门口,我把车停在天主教堂的高墙下。雪贝打着一把黑伞,蒙着黑口罩,撩起乌黑的头发,仿佛送葬的寡妇。我还是 38.2 摄氏度。雪贝体温正常。我们必须远远分开。两两相望已是犯规。牵手更是弥天大罪。

检查核酸的人们戴着三层口罩,有人顶着摩托车头盔,只有我仅仅依赖一层 N95 口罩。一根棉签刺入我的咽喉和鼻腔深处。滋味颇为酸爽。我打了两个喷嚏。但没有发作哮喘。

接着是抗体检测、血常规和胸部 CT，仿佛过了一个漫长的万圣节。雪贝不知在医院的哪个角落。我累得枯坐在走廊尽头。头顶有个监控摄像头，仿佛一只独眼怪物，凝视芸芸众生。这年月，谁都无处藏身，包括病毒。

赶在变成哑巴以前，我给周泰打了一个电话。凌晨两点，他还生龙活虎。

"王八蛋，你还活着吗？"周泰身旁有一堆男人抽烟喝茶的动静，仿佛下午四点半的动物园，食肉动物们饿得嗷嗷待哺。

"李雪贝在我的后背心插了一把十厘米长的尖刀，再把我的手脚并拢折叠成胎儿的姿势，我已经死了二十四小时，这通电话来自幽灵。"

"雷雨，我觉得你过得很快活。那姑娘多半上了你的床。我已经好几年没有性生活了。"

"你离婚了？"

"分居了，女儿跟着老婆。"周泰像躲过暗礁一样躲过这个话题，"江志根还没找到，公安局正在组织打捞尸体。"

"我希望江志根还活着，别让真相为他陪葬。"我看着医院窗玻璃上的雨点，"宋云凯的手机找到了吗？"

"没有，江志根家里已经搜遍了。但找到了你的行车记录仪内存卡。"周泰说，"案发当晚二十三点三十分，行车记录仪正面拍到了本田 CR-V，开车的男人不是麻军，虽然戴着口罩，但一看就是江志根。他杀了麻军。"

窗户开一道缝，风雨抽响了我的耳光。我换成电信诈骗中奖通知的腔调："周先生，我们高兴地通知您，您的朋友雷雨兴许没机会再跟您说话了。"

"雷雨，婊子养的，你又吓唬我。"

"没开玩笑，体温三十八度二。"我的右侧淋巴有点疼，像被顶着一支手枪，"周泰，谢谢你，救了我的命，要不然，我就是长江里的一具浮尸。"

"我只是希望你活着受罪。"

"不管我在发热门诊的结果是什么，我想明白了一件事。"

周泰的打火机点燃烟头说："有什么遗言就交代吧。"

"正月初二夜里，先后谋杀了沙德宝和宋云凯的凶手，不是两个人。"

"难道是三个人？"

"江志根一个人干的。"

"他有完美的不在犯罪现场证明，晚上八点到早上六点，他一直都在发热门诊。"

我坐在医院走廊里说："周泰，刚才至少有二十个人从我面前经过。但我没看清一张脸。你能确定医院监控录像里的就是江志根？"

"监控里拍到的江志根，戴着连衣帽和两层口罩，外套厚得像头熊，耳朵盖住，只露出一双眼睛。除了上过两回厕所，江志根一整夜都在监控范围内。"

"我敢跟你赌五毛钱，把棉签插进我鼻孔的小护士，她也记不住我的脸。"我摸了摸 N95 口罩，"除非我是李奥纳多·迪卡普里奥。"

"有人冒充江志根在医院坐了一晚上？"

"江志根可以冒充麻军开车搬运尸体，其他人为什么不能冒充江志根？投三分球的手法都一样。当你用过第一次，就有第二次。江志根在监狱里有个好朋友叫老鬼。那天晚上，老鬼开车送江志根去了医院。"

电话里响起周泰嘬吸卷烟的声音："我认识老鬼。他比江志根大一岁。十二年前，老鬼持刀伤人被判刑。五年前放出来。老鬼在监狱里救过江志根的命。江志根也救过他的命。老鬼可以为江志根做任何事，反过来也一样。他们两个的身高体形差不多。如果戴上口罩和帽子，穿上厚衣服，很难分辨。"

"晚上八点，老鬼开车把江志根送到医院。他们在车上互换外套、手机还有证件。老鬼冒充江志根进了发热门诊。"

"老鬼这种从监狱里出来的老油条，他有太多的花招骗过医生护士。"

我瞄准头顶监控说："然后，江志根穿着老鬼的衣服，带着老鬼的手机，开着老鬼的车，回到了老鬼家门口。"

"我亲手抓过老鬼，他能为老兄弟两肋插刀，上次坐牢也是这个缘故。"周泰说，"老鬼住在一间倒闭的厂房。他有一台快报废的面包车。"

"那就对了。老鬼的住处没有监控。这台面包车也是手动挡吧。江志根开得很舒服。他把手机留在老鬼的车里，造成老鬼回家睡觉的假象。江志根蹬上老鬼的自行车，去了不夜城大酒店的废墟。"

"晚上九点，沙德宝刚好过去送死。当天中午，有人给沙德宝打过电话。通话时长十二分钟，对方是黑市上的手机卡，根本追查不到。"

"打电话的人不可能是江志根。"我说，"沙德宝爬上不夜城大酒店的顶楼。江志根从背后袭击了他，剥掉厚外套，一刀刺入后背心。再把尸体摆成胎儿姿势，就跟大旅行箱里装过的麻军一样。江志根携带凶器，爬下十层楼。他把沾血的衣服扔进长江，换了衣服裤子，骑上自行车，赶往博雅湖。"

"大桥上的监控看不到类似的嫌疑对象，难道他是游泳渡过长江？到对岸换一辆自行车，骑到二十公里外的博雅湖？你在说铁人三项比赛吗？"

"谋杀的确是世界上最危险的运动。江志根跳进长江逃跑的时候，我看到江滩上停着一艘小舢板，那是环卫局的垃圾打捞船。"

我听到周泰挥拳打中墙壁的脆响："雷雨，你爸爸是个天才，他划船渡过了长江？"

"周泰，你再敢这么说，我就宰了你！"我又一次语言威胁了刑警，"他不是我爸爸。"

"好吧。那地方原本是垃圾场，常年停着环卫局的小船，足够运送一个男人和一辆自行车。江志根从前是长江轮渡的驾驶员，他很轻松就能划船横渡长江，上了对岸的鹦鹉桥。"

"江志根骑自行车到博雅湖，侵入宋云凯的别墅。然后，宋云凯回家了。凌晨一点半，我也来了。这是江志根没想到的。等我跟宋云凯打完架，喝完酒，醉倒以后，江志根爬上二楼。他杀死了熟睡中的宋云凯，拿走了宋云凯的手机。"

"他必须先把手机关了，否则会被警察追踪到。江志根从后窗逃出去，骑上自行车走了。"周泰咕咚咕咚灌着白酒说，"我也到了那栋别墅，差点在野地里毙了你，雷雨。"

"周泰，我被你押送去公安局的同时，江志根骑着自行车返回长江边上。环卫船还在鹦鹉桥的江滩上。他推着自行车上船，换个方向，第二次渡江。江志根在黑沙洲上岸。不夜城大酒店的顶楼，沙德宝已经凉透了。"

"江志根回到老鬼的住处，接到老鬼的电话，他就开着面包车去医院了。"周泰抽了自己一耳光，"而在我们看来，却是江志根在医院打电话给老鬼，让他来医院接自己回家。"

"因为他们两个互换了手机。"我说，"就算老鬼是关二爷重生，但只要找出江志根的血常规样本，再做一次 DNA 测试，就能知道在医院一整夜的人是谁。"

"DNA 会出卖他的。"

"周泰，祝你早日抓到江志根。"

"雷雨，祝你的结果是阴性。"周泰喉咙呛出一口浓痰，"等你回来喝酒。"

第三十一章

结果出来了——我是阴性，雪贝也是阴性。世上没有两片相同的树叶，也没有两个相同的阴性。雪贝非常健康，而我得了流行性感冒。

当天我就住进了医院。隔壁床有个病友在读一本精装书《政治秩序的起源：从前人类时代到法国大革命》，作者弗朗西斯·福山，听来像一家日式按摩店。

我的扁桃体肿得像篮球一样大，一边喝着浓稠的中药一边问："这本书好看吗？"

"虽然我不赞同历史的终结，但仅就这本书而言，有些观点挺有趣的。"

"你是博士吗？我有个好朋友是文学博士。"我的气管很痒，好像外婆在我的肺里织毛衣。

"你好，我是博士后，在美国一所大学研究世界政治史。"

"你好，我是调查员，在中国一家调查公司研究人类心脏的颜色。"

元宵节，我发了四十度高烧。我怀念自由呼吸的日子，吃饭时呼吸，撒尿时呼吸，做爱时呼吸，美梦和春梦中呼吸，不经大脑思考而呼吸。

我的魂升起来。新月升起来。屋脊上有一只黑猫，一只白猫。黑猫毛色斑秃，疥疮流脓。黑猫就是我。月光厌弃了我。白猫长尾高翘，毛色光滑鉴人，猫眼发出宝石光晕。月光恩宠它，嫉妒它，恨不得降下一道闪电劈死它。一只沉默的羔羊，卑微地亲吻白猫尾巴。羔羊双眼如蜂蜜般甜美，蜜蜂般蜇人。一只长脚鹭鸶从天而降，立于羔羊背上。它是这条街上最温柔的雌性，也是最凶狠的雌性。一头狗熊撞破墙壁。白猫钻入大肠般的巷子。海绵宝宝想要拦腰抱住白猫。我咬掉海绵宝宝半个脑袋，让它变为派大星。这时，一张巨大的嘴巴亮出不锈钢牙齿和弹簧舌头，以汉语、英语、法语、德语、拉丁语背诵法律条文。我伸出爪子，撕烂这条舌头。黑猫与白猫飞奔到银色月光下。灯火辉煌的大酒店，搭积木似的站起来。大堂里有个巨型避孕套，身高超过两米，左手摸着断臂维纳斯的酥胸，右手搂着胜利女神的丰臀。避孕套内灌满五百公斤污秽，我得活三生三世才能制造那么多。我和白猫撞破窗户，径直坠入长江，却摔上坚硬的冰面。一面镜子蜿蜒六千公里，从青藏高原倾泻到吴淞口。仿佛重回冰河时代，猛犸象成群结队，剑齿虎把亚当和夏娃当作消夜甜点。岸上的城市烈火熊熊，酒店顶楼的音乐冲上云霄："Love me tender / Love me sweet / Never let me go ……"我们撒开八只爪子，竖起两根尾巴狂奔。我的伤疤在愈合，疥疮消脓，毛色恢复木炭般的黑亮。水下轰隆巨响。冰面千万条裂缝，像人体解剖的神经末梢。怪物浮出沸腾的江水。它长着七个脑袋，十个犄角，撑大十四个眼乌珠问："你是谁？"

"婊子养的，我是你爹。"

怪物张开七个血盆大口，竖起十个犄角，要把我和白猫撕碎了，油炸了，火锅烫熟，一粒骨头渣都不剩。白猫紧靠我的肋骨发抖。两条尾巴纠缠。我用猫爪摸摸它的头，舔着它的嘴唇说："别怕。"

天空翻开一页启示录。冰冻在江面上的渡轮里走出一个男人。他的后背堪比拖拉机，胳膊比洗衣机粗，脖颈硬得像挖掘机钻头。男人每走一步，体形就扩大一倍。他在冰面上走了十几步，伸出一根手指头，怪物的十个角全部粉碎，七个脑袋血浆横流，哀嚎着，抽搐着，沉入浑浊的江底。

巨人伸出第二根手指头。我和白猫爬上去，依偎在粗大的指纹上。他把我们放到眼前，眼中放射海岸灯塔的光。之后，巨人带走白猫。而我变成一块冰。冰融化为水。水蒸发为气，飘然蒸发到云层之上。冷暖气流交锋。我变成雷雨。几百亿个分身从云端跳伞。

我睁开眼。老子还活着。体温恢复到 36.8 摄氏度。护士带我去做 CT。我躺在担架床上，像个罪行累累的杀人狂，被移送刑场处决。一团落日颤抖着降临大地。我说："像一只荷包蛋。"护士在布满水汽的护目镜里说："饿了吧？恢复了食欲，就快痊愈了。"其实，我还悄悄恢复了性欲。我们一道遥望落日。太阳犹如声势浩大的荷包蛋，单面煎，金色蛋黄流溢，铺满一整条长江。我没问护士要微信。因为他是男护士。但我很想念他。

我在病床上接到周泰的电话，他的嗓门令人耳鸣："听说你差点死了。"

"接电话的是个鬼魂。"

"雷雨，听到你这样回答，我就放心了。"

"江志根找到了吗？"

"没有。但他还活着，我会抓住江志根的。"

"老鬼交代了吗？"

周泰在刑警队打电话。背景里全是男人们的抽烟喝茶声。"雷雨，我通过官方承认，你比我厉害那么一点点。血常规样本的 DNA 分析出来了，是老鬼冒充了江志根。"

"有人做了一个局——你明明看出了破绽，却无法打破它。"我说，"周泰，你知道阿喀琉斯之踵吗？"

"我只知道霸天虎、灭霸还有小丑。"

"江志根的脚后跟是那件黑色羽绒服。"我在病床上翻了个身，"他说在海上邨的院子里，趁着麻军掏车钥匙开门，从背后一刀刺死了他。如果你嘴里咬着手电筒照明，能够穿透厚羽绒服，准确刺破心脏吗？"

"不太可能。但江志根的力道不是一般人能比的。十六年前，他就从后背心刺死了李雪贝的爸爸。"

"但李炼钢是不可能穿着外套被杀的。我们发现麻军的时候，他只穿着一件薄毛衣。宋云凯是穿着睡觉的衣服被杀的。沙德宝是被江志根剥掉羽绒服，然后刺破心脏。这说明在谋杀案里，羽绒服就像一副盔甲，可以保护主人不被一刀毙命。"

"有道理，江志根为什么不剥掉麻军的羽绒服，然后动手杀人？"周泰打开免提，刑警队每个人都能听见，"麻军虽然比江志根年轻二十岁，但从背后突袭，按照两个人的体格差距，麻军毫无抵抗能力。就像老鹰抓小鸡。"

"小鸡是哑巴吗？沙德宝死在废墟顶楼，数百米内荒无人烟。就算你拿个扩音喇叭，有谁能听到？"

我开始想象沙德宝临死前绝望的尖叫。如果他被扔进废墟底下深井，活活饿死、冻死、吓死，在他造过孽的地方，也许我会更爽。

"但在海上邨，麻军必定发出呼救，整栋楼的邻居都会听到。"

"江志根只有两只手，不可能同时剥掉麻军的大羽绒服，又不让他发声音，还要保证嘴里的手电筒还不能掉。周泰，你能用左手捂住别人的嘴，右手剥掉对方衣服吗？"

"除非我有三只手。不，需要四只手。一只手捂嘴，一只手控制对方身体，还有两只手剥衣服。难道他还有一个帮手？李雪贝？"

"捂嘴也没用。除非一击致死。比如用你的五四式手枪。不过方圆五百米内，所有活人都会被吵醒。海上邨是一百年前的老房子，每家每户的隔音很烂。别说在院子里杀个人，哪怕接个吻能感觉到。"

周泰的声音响亮起来："我问过所有居民，案发当晚，除了汽车进出，没有异常声音。麻军停车的位置，紧挨着一户人家的窗户。深夜十一点半，有人听到车门关闭，车子发动。但没有呼救和搏斗声。"

"如果江志根先把麻军敲晕，然后杀人呢？但你无法确保第一下就把人打晕。麻军很可能会发出惨叫。除非你用雷神托尔的锤子。"

"麻军的头部和脖子没有任何外伤。可以排除打晕。"

"第二种可能，麻醉药。江志根也给我下过药。他在这方面是专家。"

"这种案子我办过，用麻醉药物蒙住口鼻，等被害人昏迷后再动手，强奸或者绑票。"周泰说，"但是麻军体内没有检出麻醉物成分。他是在清醒状态下被杀的。"

"结论是江志根不可能在剥掉麻军外套同时，还不让他发出声音。"

电话里响起周泰喝汤的巨大动静："雷雨，你浪费了我那么多口水，麻军就是穿着外套被杀的。"

"就算麻军遇到丧门星，那一刀穿透羽绒服，直接刺破了心脏。但在外套背面必定沾满了血。"

"虽然我在吃鸭血粉丝汤，你接着说吧。"

我刚喝了一碗鸡粥，正在胃里缓慢消化。"江志根说他穿上麻军的黑色羽绒服，戴上麻军的棒球帽，冒充麻军开车去鹦鹉桥。那么羽绒服背后的血迹，不可避免会擦到驾驶座上。"

"本田 CR-V 里没有血迹，无论驾驶座还是后备厢。"周泰说，"这也容易解释，江志根拧开了麻军家里的水龙头，消除了楼道的脚印和痕迹。他一定清洗过麻军的车，擦掉了所有血迹。雷雨，这个老头胆大心细，鬼点子多得很。四肢发达，头脑更发达。你的智商多半是遗传了他的。"

"周泰，你用过鲁米诺试剂吗？这玩意儿可以检测任何微量的血迹。"

我的气管撑不住了。好像有人丢了一只炮仗进去。我打开哮喘喷雾剂，塞入嘴巴按下。药物温柔地穿过气管，浸润曾经千疮百孔的肺叶。

"好吧，我会安排重新检测麻军的车。"周泰被粉丝汤里的鸭血噎着了，"雷雨，我查了江志根出狱以后的消费记录。他买了去南极的旅行团行程，南美洲那些国家居然开放了，而且不需要无犯罪记录证明。"

"钱奎和李雪贝也订了这一趟行程。"

"这不是巧合。"

"废话，晚安。"

我的大学同学没别的毛病，就是一门心思要比我更厉害。而我只是个无名之辈，调查员中的便宜货色，支气管哮喘患者。

出院这天降温了，我穿上一件羽绒服。女医生把我送出病房。我回头问："医生，你能从背后判断我的心脏位置吗？"

她看着我的羽绒服后背说："要是这样就能判断心脏位置，那你用肉眼也能看出谁是谋杀犯。"

"谢谢。医生，如需平息医患矛盾，调查老公出轨，探照灯调查公司将为您提供免费服务。"

女医生加了我的微信，也许以后用得着，本人不胜荣幸。

春天踩着猫步而来，翠绿色的嫩芽像脸上层出不穷的黑头挤上细枝。我握紧口袋里的哮喘喷雾剂，像个前途渺茫的失足青年。

打开探照灯调查公司，犹如盗墓贼闯入秦始皇陵。老鼠家族莅临过此地，啃掉几本推理小说。我开窗通风，挤出洗手液，全身喷了消毒水。我撒了泡尿，澄清无色，罐装饮用水应该口感不错。冰箱从未断电。我扔掉几包过期食物，拆一支香草味冰激凌，坐上人造革沙发，慢条斯理舔完。

镜中有个瘦骨嶙峋的男人。双目咄咄逼人，像一匹离群索居的狼。半张脸被浓密胡须覆盖，酷似一位大导演，在戛纳海岸开一台标致敞篷跑车，牵着斯嘉丽·约翰逊的小手，接过一枝金棕榈，转手送给帐篷里的难民。

瓷砖上睡着一根乌黑长发。枯萎了四十多天。我把它纠缠在手心里。冰冷，绕指柔，但是坚韧，仿佛那个滚烫的身体。

我接到一通周泰的电话："雷雨，鲁米诺试剂的结果出来了，麻军的本田 CR–V 的驾驶座上没有检测到血迹。江志根对你说谎了。"

"谢谢你，周泰。"我假装平静得像只南美树懒。我，躺上木头窗台，吸入一口哮喘喷雾剂。

李雪贝就是杀人凶手。

但我发疯似的想她。

第三十二章

春夜，走出探照灯调查公司，我的脚下还是乏力，每一步都像踩在棉花上。海上邨的红色砖墙下，雪贝小龙虾的卷帘门，灰尘厚得如同考古遗址。

我爬上三楼。防盗门打开，依然挂着锁链，雪贝露出半张面孔。我先洗手，全身消毒。人一旦养成习惯，就像手指长在手上，要切下来并不容易。

"我害怕再也见不到你了。"她在洗手台后抱紧我。

"世上好人总是短命，至于我这样的卑鄙无耻之徒，素来长命百岁。"

雪贝的手指尖捋着我的黑发说："长得遮住眼睛了。"

"这不怨我，理发店关门了。我去过的那家店叫'剪刀手爱德华'，理发师陶德已经邂逅成了杰克船长。"

房间里的家具挪了位置。地上打包着几件行李。一整面墙纸撕掉，暴露暗淡的石灰粉。落地镜擦得异常干净，照出我眼角的伤疤，还有我们交缠的舌头。

我腾出舌头问："你要搬家？"

"我会去上海。"

"那是我的地盘。"我摸着她的眼睫毛说，"我想去看月亮。"

"哪里看？"

"屋顶。"我指了指天花板。

雪贝牵着我的手穿过卧室。迷迭香悄悄撩拨鼻孔。我忍住把她扔到床上的欲望。爬上木头扶梯，推开一扇窗，月光扑到脸上。

一剪清亮的新月，准确来说是蛾眉月，剩下三分之二在黑暗中。夜空很高，纯净，像一整块紫水晶。我骑在海上邨的屋脊上。雪贝坐在我的怀里，鼻息温热，像被主人抛弃的流浪猫。

"雷雨，你能娶我吗？"雪贝说得一本正经，犹如中美贸易谈判。

"你有未婚夫。"

"我们分手了。钱奎在阿尔卑斯山上。我跟他打过一通电话。我告诉他，每个女人都需要三种男人：第一是冒险；第二是愉悦的交谈；第三是完美的性爱。"

"我是第几种？"

"三种都是。"

"至少你没说谎。"我在屋顶上控制住性欲，"难怪我找不到钱奎了。但有一种说法，流感会伤害男性性功能。"

"你不会的。"雪贝指着我的裤裆，如同一座巍峨的勃朗峰。

"我也有三种需要。第一是调查真相，第二是吃香草味冰激凌，第三恐怕就是你了。李雪贝，你想清楚了吗？你不知道我有多混蛋。"

雪贝直视我眼角的伤疤说："你也不知道我有多脏。我们是同一类人，阴沟里的苔藓，一生见不得阳光，只能半夜爬上屋顶晒月亮。"

"那我就是化粪池，碎尸案里的那一种。"

"你能娶我吗？"她第二遍问我，不像是恶作剧，"等到天下太平，我们去南极，看冰山、看企鹅。你爸爸说过，那是你最想去的地方。"

"像我这种居无定所的社会渣滓，去南极等于去一趟双子座星云。而我命中注定是个孤家寡人。"

"会有人陪你到老的。可惜我不能生孩子。"

"并不可惜。我没有财产可以传给下一代。"

雪贝的双腿荡在红色瓦楞上说："如果你想要自己的孩子，我负责帮你找下一任妻子。我保证她的身体比我健康，灵魂比我干净，没那么多龌龊的秘密。"

"妹妹，我们像在地摊上为一盒化妆品讨价还价。卖家还得负责售后服务，无理由退换货。现在生意那么难做吗？抱歉，我只是单纯地嘴贱，毒舌，给脸不要脸。我大概率会下拔舌地狱。"

"你有很多遗憾吗？"雪贝的睫毛跟嘴唇一样湿了。

"不多。"

"其中有我吗？"

"有，而且不止。"我向天上伸出手指，丈量一颗颗星辰之间的距离。

"我懂了。"雪贝的泪水坠落到我的手背，仿佛一支电烙铁，嗞嗞作响，皮焦肉烂。

"对不起，我是一支洋蜡烛，可怜兮兮地躲在黑夜里，时刻提防被你撩头发掀起的小风吹灭。"

春风荡漾而至，带来一百样味道。海上邨的幽暗屋顶上，闪过一对棕黄色猫眼宝石。

"珂赛特。"雪贝喊出一个法国小姑娘的名字。

白猫踩着猫步走上屋脊，尾巴尖跳着一团火红。月光照亮皮毛，风霜让颜色变得深沉，仿佛海上邮的主人。我可不是第一次见到这只猫。

雪贝摸着母猫坠胀的肚子说："我这辈子不能怀孕，珂赛特，你倒是怀孕了。"

猫眼幽幽地盯着我，轻浮地跳入我的怀中。细密的猫毛如同荆轲刺秦王，图穷匕见地刺入我的鼻孔。我连打三个豪迈的喷嚏。麻军、宋云凯、沙德宝分别在地狱思念我。

我没能在口袋里摸到哮喘喷雾剂。

救命的喷雾剂被捏在雪贝手里，好像捏着我的死刑判决书。她打开盖子，掰开我的嘴，塞进去，按下去。宇宙吸入肺中。我慢慢呼气，释放星星和月亮。

几根猫毛差点宰了我。珂赛特识相地从屋顶上消失。我抽出口罩，重新蒙在脸上，好像一块遮羞布，方才安心下来。

我的双眼微醺说："大多数人都是瞎子、聋子以及白痴，这个世界的秘密明摆在面前，只是人们不愿意相信显而易见的真相。"

"真相是什么？"

"雪贝，你杀了麻军。"

她松开我的手，双眼若即若离地逡巡在屋顶上说："雷雨，你恐怕比文学博士更有想象力。"

"过誉了。"我把右手比画成尖刀，"案发第一夜，深夜十一点三十分，我到了你家楼下，遇见麻军的本田 CR-V。实际上，那时麻军已被人从后背心刺死，尸体缩在后备厢。江志根冒充麻军开车。五分钟后，我敲响你的房门。此时此刻，珂赛特就在你的房间里。"

"第二天，这只猫从我家逃跑了。"

"当我昏迷了七个半小时，从医院拔了输液针管出来，回到鹦鹉桥的谋杀现场，趴在地上观察麻军的尸体时，我的哮喘病发作了。我吸入了某种过敏原。但不是花粉柳絮，因为季节不对。现在我明白了，过敏原是珂赛特的猫毛。"

"你如何证明？"

"麻军的尸体还没火化，硬邦邦躺在冰柜里。他那身毛衣能吸附毛发，也在公安局保存着，重新检验一遍，恐怕会检出大量猫毛。这些玩意儿不会说谎。"

"那一晚，麻军来我家借钱。他喜欢我的猫，所以蹭上了猫毛。我借给他三万块。麻军是活着离开我家的。五分钟后，你来敲我的门了。"

"五分钟——从麻军离开你家，到江志根开着麻军的车离开海上邨，那么短的时间内，江志根从背后一刀杀死麻军，再跟死者交换外套，找到麻军的车钥匙，折叠尸体装进大旅行箱，用防水塑料布套起来，点火发动离开……全程行云流水，没有任何差错，好像早已排练过几百遍，你觉得可能吗？"

"说吧，我有足够的耐心。"

"假设杀人地点就在楼下的院子。"我骑着三层楼的屋脊，再看屋檐之下，如同宇宙的黑洞，"你看得到任何光线吗？今晚还有月光。但在雨夜，没有灯光，江志根如何能准确地刺入麻军后背心？"

雪贝低头凝视屋顶下的深渊说："我不知道。"

"抱歉，我在诈你。"我打开手机的电筒功能，照亮彼此面孔，"你是一个说谎高手，没有上我的当。江志根告诉我，他杀人的时候，嘴里咬着一支手电筒，可以看清麻军的后背心。"

"你果然是个流氓。"她把目光从深渊下挪开。

"不过，公安局重新检测了麻军的车。鲁米诺试剂洒到驾驶座和脚垫上，没发现任何血迹。"

"我听不懂。"

"不，你在假装听不懂。监控已经证明，江志根冒充麻军开车，穿戴着麻军的黑色羽绒服和帽子。但在驾驶座靠背上没有血迹，这说明当刀子刺入麻军的后背心时，它根本没有经过这件羽绒服。"

"麻军是穿着里面的毛衣被杀的？"

我反手触摸自己的后背心说："当你穿着贴身的薄毛衣，后背心才能暴露出来，刀子刺入心脏也更精确。"

"雷雨，美国政府应该请你去调查肯尼迪遇刺。"

"你想多了，他们宁愿让秘密烂在档案柜里。"

"但你只能证明江志根说谎。"雪贝说，"何必怀疑我杀了麻军？"

"案发当晚，冰冷的雨夜，气温接近零度，麻军下楼走到院子，怎么可能只穿一件薄毛衣？除非他是海绵宝宝本尊。如果穿着毛衣被杀，只能在温暖的室内。"我不知羞耻地指着自己胯下，"第一谋杀现场，就在这道屋脊下，在你的房间里。"

"是吗？"

"如果江志根要杀麻军，哪怕临时起意，也有更安全的方法，绝对不会在下面的院子里动手。为什么不在鹦鹉桥动手？整栋楼没有居民，没有监控，六层楼上，麻军喊破喉咙都没用。江志根不是没脑子，而是别无选择——当他见到麻军的时候，麻军已经变成一具尸体，死于后背心的一刀。"

雪贝不说话了，安静得像个哑剧演员。万事万物静默，春风捂着嘴巴。鲜血在静脉潜行。胡须在毛囊秘密生长。

"这些天，我的脑中不断滚动这些东西，好像满清十大酷刑。我想算了吧，删了吧，格式化吧。现在的大结局也不错。我爸爸没有被警察抓住。等到春天，我们重逢以后，每天都能做爱三次，连续二十二次高潮。所以，真相是什么？"

"这年月，真相屈指可数。"

"真相近在眼前。"我在月光下数了数自己的五根手指头，"雪贝，你为什么急着撕掉墙纸，还要搬家？因为新来的住户会重新装修，彻底破坏谋杀第一现场。你在大学选修过法医学。你一定知道鲁米诺试剂。聪明人不要装傻。只要你杀了人，不管清洗多少遍，甚至撕掉墙纸，但凡有过一滴血迹，也能检测出来。如果包含 DNA 信息，还能测出血迹的主人是谁。不仅尸骨会说话，鲜血也会说话。"

雪贝深深吐出一口气，说："麻军知道我小时候的秘密。他也知道不夜城大酒店。从我十七岁起，麻军就向我要钱，否则把我的秘密说出去。但我不想动用不夜城大酒店每个月给我的钱，那笔钱不属于我。"

"属于谁？"

"你爸爸。"她的面孔在月光下像个不真实的梦，"刚考上大学，我就开始打工挣钱。我给中学生做家教，每周去三户人家。我在烧烤餐厅卖过啤酒，在酒吧做过驻唱。除了贩卖自己的身体，我什么钱都挣过，只有这样才能满足麻军的胃口。六年前的春天，我在大学毕业前退学了，医院赔偿给我六十万。当时股票像吃了春药疯长，阿猫阿狗都能赚钱，麻军就专心去炒股票了。"

"所以，他把雪贝小龙虾还给雪贝了。"

"我这一辈子注定要在小龙虾的蒸锅里耗尽。"她的下巴搁在我的肩上，"当我和钱奎决定结婚，麻军重新成了我的噩梦。他的股票亏完了，赌球欠下一大笔钱。他问我要五十万，否则把秘密卖给钱奎的妈妈。"

"麻军是鲠在你喉咙里的刺。当他威胁到你的婚姻，那就必死无疑了。但在江志根出狱前，你还缺一个帮手，你与江志根精心策划了这场完美的犯罪。"

"我一个人策划的。"雪贝撩起头发，"傍晚六点半，麻军打我电话，他说高利贷逼他还钱，钱奎正跟他一起吃饭。我跟他打了三通电话。七点多，我说准备好现金了，晚上十点半，你准时来取。麻军说，正好不耽误他看球。我还让他带上在日本买的三十二寸大旅行箱，我跟钱奎旅行结婚要用。"

"真有意思，麻军自带棺材上门。"

"七点半，我去步行街的自动取款机提了三万块现金回家。八点钟，我才给江志根打电话。为什么警察没发现通话记录？去年夏天，他从监狱出来，没来找过我，却寄给我一张手机卡，是黑市上买来的。江志根手里也有一张这样的卡，这是我们专属的联系通道。我拜托江志根在深夜十一点到我家，并且必须把手机留在家里，一路上穿小巷，避开监控，假装没出过门。我还关照他，晚饭必须吃饱。"

"江志根不知道你的杀人计划？"

"他怎么想？我不晓得。但我从没想过让江志根给我顶罪。我欠他太多。晚上十点，麻军还没来，钱奎妈妈倒是来了。她按了我的门铃。我不敢发出声音。只有猫在叫。她打我电话。我不敢接。她气呼呼地走了。"

我看向屋脊另一边说："其实，江志根就在楼下。他提早一个钟头赶到，藏在小龙虾店对面。江志根跟着洪姐的车走进海上邨。他看到麻军在车上看足球。他决定遵照你的嘱咐，继续在楼下等候。十点半，他看到麻军上楼去了。"

"麻军准时到了我家。空调开得很热，麻军脱了外套，穿一件薄毛衣。我只有三万块现金。他很生气，嫌太少了。他还要我的人，强吻了我，恶心吧。"

"我见过世上所有的恶心。"

"趁着麻军在亲我，我抽出一把尖刀，左手摸着他的后背心。麻军的后背对着一面镜子。他的毛衣很薄，可以看到脊椎的形状。我盯着镜子的反射，右手捏着尖刀，瞄准左手画出的圈，刺入他的后背心，就像这样。"

雪贝如同一条白蛇吻着我，咬破了我的嘴唇，用手指头戳着我的后背心，如果这是一把利刃，我已是一具尸体。

"镜子必定溅满了鲜血。"我舔着嘴唇破口溢出的鲜血。

"深夜十一点，我杀了麻军。"李雪贝签署了认罪书，"我把尸体四肢折叠起来，像只小龙虾一样塞进大箱子。我用防水塑料袋罩住箱子，就算死人的血流出来，也不会沾到车上。门铃响了。我从猫眼里看到你爸爸。"

"你们多久没见了？"

"十六年。要不是我身上沾着血，一定会紧紧抱住他。你爸爸看到麻军的尸体，一句话都没说。他穿上麻军的大羽绒服，戴上黑色棒球帽，拿走车钥匙和手机，提着大旅行箱下楼。这栋楼比我外婆还老，楼道和院子里都没监控，只有车道进出口有摄像头，但拍不到司机的脸。"

"你们骗过了所有监控——除了一条小道，银行自动取款机的摄像头，从侧面拍下了他的脸。尽管戴着口罩，络腮胡出卖了江志根。"

"雷雨，你赢了。我忘了提醒他，出门要刮胡子。他带走麻军的尸体。我忙着清理杀人现场，冲洗地板和镜子，脱光衣服，正要洗澡时，门铃响了。"

"我吓到你了。"我用手指按了她的翘鼻尖，仿佛按响门铃。

"心肝都要吓破了。我擦干身体，用爽身粉消除气味，赤身裸体躲在门后，透过猫眼看你。"

"这画面既香艳，又暴力，像金基德的电影。我彻底搅乱了你的生活，顺便给我的人生也下了一碟胡椒粉。"

"但我不能装作不在家，否则明天警察上门来，我就要穿帮了。而且，我觉得这个男人至少长得不丑。"

我捏了捏自己消瘦的脸颊说："你别无选择。你换上衣服，打开一道门缝。钱奎在哪里不重要。只要我和你在一起，你就有了完美的不在杀人现场证明。因为麻军正在回家路上，哪怕只是躺在后备厢里的尸体。我们去了江街。你故意在巫师酒吧喝一杯威士忌，拖延时间。你让我两次跨越长江。你要赔偿六十块汽油钱。如果我从海上邨直接去鹦鹉桥，说不定还能抓住江志根。"

"调查员雷雨，我发现你不笨。凌晨一点，到了麻军的楼下，你认出了他的车。江志根开这辆车离开海上邨同时，你跟他擦肩而过。我注意到你开着行车记录仪，如果正面拍到江志根就穿帮了。"

"第二天，是你打电话关照江志根，让他去汽车坟场，找到车祸后撞烂的大众甲壳虫，拿走了我的行车记录仪内存卡。"我说，"探照灯调查公司缺一个总经理，你要是没有杀人，做我的搭档该多好，我们会是一对黄金组合。"

"我是黄金，你是石头。"雪贝放肆地嘲笑我，"我以为江志根安全撤离了。你陪着我发现麻军的尸体，我就彻底摆脱了杀人嫌疑。没想到，钱奎出现了。他是个捣蛋鬼，接着就是车祸。"

"谢谢你没在医院抛下我。"

"我们坐在走廊里，你的脑袋枕在我的大腿上。除了担心你的死活，我也可以多几个钟头不在犯罪现场证明。我看着你昏睡的样子，嘴角流出黏糊糊的口水，不像三十八岁的男人，而是一个体形巨大的小孩。"

"你说的是钱奎。"

雪贝揉了揉我的长头发："不，你们是两种完全相反的小孩。你是坏小孩，浑浊、醒醺、闯天大的灾祸，惹吓死人的麻烦。我在医院守着你到天亮才回家。我在小龙虾店烧了沾血的衣服，厨房会掩盖烟雾和灰烬。我继续清理杀人现场，直到警察来敲门，我才装作刚睡醒。"

"你还把珂赛特放走了。你想到麻军的尸体可能沾着大量猫毛。你害怕我从这只猫身上发现秘密。珂赛特上辈子一定对我爱恨交加。"我不敢接近她手里的猫毛，好像一把细细的匕首，"杀死麻军的凶器在哪里？"

"除夕夜，我骑着自行车上了长江大桥。我把刀子扔下去了。我的动作很隐蔽，你看不到的。"

"你装作要跳下去，其实等我来救你。你把我带回家吃年夜饭。你要让我成为你的俘虏，而不是你的煞星。可惜，我是一块又臭又硬的石头。雪贝，你要是一个刑事律师，世界上的正义也许会多那么一点点。"

"也可能会少那么一点点。雷雨，你不该靠我那么近。"雪贝扔掉手里的猫毛，眼睫毛里渗透乌云般的雨水。我抓紧她的腰，以免她从瓦片上滑下去。

"那一夜，当我们两个吃着年夜饭，我爸爸就孤零零站在冰冷的楼下，仰望三楼窗户上我和你的影子。他决心宰了沙德宝和宋云凯，还决心为你顶罪。但他必须编一个故事。"

"假如他是凶手，谋杀现场不能在我家里，否则我就是同案犯。"

"在我爸爸虚构的故事里，要么选择在楼道，要么在停车的院子。楼道必然留下血迹，而我几分钟后经过，不可能没有察觉。杀人地点只能在海上邨的院子里。因为当天下雨，可以冲刷血迹。恰恰是这个原因，在接近零度的雨夜，麻军只穿一件薄毛衣被杀就极不合理了。我爸爸考虑了所有问题，他才会说麻军是穿着黑色大羽绒服被杀的。"

"他为什么不说剥掉麻军的外套以后再杀人？"

"我爸爸就是用这种方式杀了沙德宝。但在海上邨就有了漏洞，剥衣服就会有呼救和搏斗，隔壁邻居会听到动静。我爸爸只能说一把压住麻军，嘴里咬着手电筒，直接从后背心刺破心脏。麻军来不及吭声就死了。"

雪贝靠在我肩上说："他在心里推算过每一种可能性。"

"麻军身上的羽绒服与棒球帽，事后全被我爸爸销毁了。死无对证。为什么车里没有血迹？因为下车以后，从座椅到脚垫，甚至后备厢，我爸爸都认真清洗过一遍。看似自圆其说，可惜他没读过法学院，更没选修过法医学。他蹲了十五年六个月监狱，从没听说过鲁米诺反应。他想不到血迹还会说话。"

"我可以让他帮我搬运尸体，销毁犯罪证据，但我不会让他给我顶下故意杀人罪。"雪贝的体温似乎上升一度。我抱着她像抱着一块燃烧的蓝冰。

"早知道这个结果，在杀死麻军的夜里，你也不会给我爸爸打电话了吧。"

"对，我会自己冒充麻军，拎起装尸体的大旅行箱去鹦鹉桥。"

"只有我爸爸才拎得动装死人的箱子。就算你是个力大无穷的金刚萝莉，足以搬运麻军的尸体爬上六层楼，你的不在犯罪现场证明怎么办？"

"傻瓜，这件事我根本做不到。因为我不会开车。"雪贝把脑袋埋入我的怀中，"恭喜你，破案了，调查员雷雨。"

"恭喜我爸爸只杀了两个混蛋，而不是把三个畜生都送下地狱吗？恭喜他被判处死刑的概率从100%下降到了99%吗？"我揉揉她的耳朵，"雪贝，我爸爸是这世上最爱你的人。但他并不爱我。"

雪贝用小指头勾着我的手指说："雷雨，不，江冰，你嫉妒我吗？"

"你和钱奎预订去智利、阿根廷和南极旅行结婚。"我倒在屋脊上，找到星空的正南方向，"江志根也订了一样的行程。这是你们的三人旅行，新郎、新娘、老丈人。"

"钱奎不知道江志根是谁，他只会看到旅行团里有个陌生老头，大块头，白头发，就像我们要穿越的安第斯雪山。老头从不跟人搭话，手里没有单反相机。他只是默默看着我们，相隔两三个座位。我们飞越大半个地球，去南极，看冰山，看企鹅。哥哥，你能放过我吗？"

月光在瓦片上潺潺流淌。屋檐下挂着不声不响的瀑布，彻夜洗刷谋杀现场的所有痕迹。屋顶在银河里旋转。万事万物旋转，一律逆时针，追溯星空的轨迹，逆流而上。

"很抱歉，长江水回不到青藏高原。李雪贝，我不能放过你。"

"雷雨，我觉得你缺乏人性。"

"谁能告诉我'人性'究竟是个什么玩意儿？"

雪贝抬头看月亮说："我跟你去公安局自首，你能陪我到天亮吗？"

春夜，月亮下沉得厉害，在我们头顶燃烧。雪贝贴着我的耳朵唱起猫王《温柔地爱我》。我的灵魂温柔地出窍。她伸出温柔的右手，在我的后背心温柔地推了一把，仿佛一把匕首温柔地刺穿心脏。我温柔地失去平衡，温柔地从屋顶上滑落，温柔地摔出屋檐，温柔地失速，温柔地自由落体，温柔地坠入尼采凝视过的深渊。

第三十三章

德国人凝视过很多深渊，也把自己变成过大怪物。我从古老的屋顶上坠落。我也在凝视深渊。可惜他娘的只有三层楼。这个深渊着实有点浅薄。

三楼的铝合金晾衣架，二楼的塑料阳光棚，一楼的雪贝小龙虾招牌，全被我坚硬的骨头撞得粉碎。我有幸得到三次缓冲机会，软着陆在卷帘门前头。

我双手抱头，后背先触地面，就地打两个滚。我避免了骨折，但扭伤了腰，肩膀疼得动不了。额头也磕到水泥台阶，汩汩流血。

李雪贝并不想杀我。她知道从屋顶这一边掉下去不会死。也不至于让我的余生坐上轮椅。我躺在台阶上喘气，捏着口袋里的哮喘喷雾剂。手机摔碎了。无从打电话报警。

海上邨的门洞里，飘出一个白幽灵，披着黑色长发，蒙着黑口罩，幽幽地看着我。她确定我还活着。我给她一个微笑。

仰望夜空，她只说一句：“今夜月色真美。”

我平躺在湿漉漉的地面。一剪蛾眉新月，夹在屋檐之间，好像挂着一只大号香蕉。我开始分泌唾液。雪贝转过步行街，像被风吹走的蝴蝶碎片。

我听到水泥地面震动的声音。有个男人走到我身边。他的个头高得能摸到月亮。他蹲下来，捏捏我的肩膀，再揉我的脚踝。没有骨折，也没错位。他抱我起来，放上他公牛般宽阔的后背。

"你轻了。"男人的双手托住我的大腿。

"跟两个月前比？还是三十年前？"我抱着他的脖子，额头的血流入嘴唇，咸得发涩，"我成功减肥了十公斤。"

"我们去医院。"

男人背着我走到步行街。这条道如百岁老人的血管，落落寡欢地汇入长江。三十年前，我像个四肢细长的木偶娃娃，骑在爸爸粗壮的脖子上，捏着一串彩色气球，穿过熙熙攘攘的步行街。三十年后，我也快要成为一个脖子粗壮的男人。

新月黯淡了。夜空呈现深蓝色，偶尔发出红光，如同变化多端的姑娘。他是一头沉默的骆驼，我坐在双峰之间，夜渡戈壁。两个人影叠加拉长。趴在他背上的不止我一个人。天上飞过一颗苟延残喘的流星。

男人坐上长江大堤说："我老了，忘了去医院的路。"

"你可以一直背着我。"我没提醒他，医院近在咫尺，"像我小时候那样。"

破晓前，露水浸满头发。月亮沉入西边，星星集体飘坠。夜空亮得缓慢而羞涩。全城尚有一千万男女，困在温热被窝，缠绵于各色美梦，春梦或噩梦，蠢蠢欲动，前途未卜。

医院到了。男人掏出一堆硬币挂号。急诊科医生在我头上缝了三针，缠上久违的白纱布，像外婆的缝纫机，每隔几天要拿出来穿针引线。我套起颈托，绑了护腰带，擦了药水。医生说我三天后就能走路了。我将信将疑。

我们戴着口罩坐在长椅上，如同一对江洋大盗。我说："爸爸，我知道雪贝的秘密了。她杀了麻军。你只是帮她搬运尸体。"

"我可以为雪贝做任何事。"他闭上布满褶子的双眼。

"过去两个月，警察掘地三尺，都没把你找出来，原来你就躲在海上邨，雪贝的对门，那间空屋子？"

"那一晚，我跳进长江逃跑。我差点冻死，顺着水流漂到对岸。我像个水鬼一样爬上来，躲在海上邨。雪贝让我洗热水澡，给我喝热姜汤。我壮得像一头牲畜，竟然没生病。雪贝说警察随时会来搜捕。对门房子空关着，倒是藏身的好去处。刚才雪贝来敲我的门。她说秘密已经穿帮。她求我送你去医院。"

我仰头看着医院顶灯说："爸爸，我就问你两件事。"

"你可以问我两百件事。"

"沙德宝，宋云凯，这两个人都是你杀的吧？"

江志根静默无语，像一头冰封在西伯利亚永久冻土中的猛犸象化石。

我用考古铲挖开布满褐色长毛的化石："老鬼在公安局交代了。爸爸，你挺有犯罪天才的。但你要是早点承认，老鬼不用在监狱里蹲太久。"

"七年前，我就想宰了沙德宝。"猛犸象复活开口了，"我和老鬼在监狱里互相救过对方的命。哪怕我要刺杀美国总统，他也一定会帮我的。你能不能告诉警察，不要再让老鬼回监狱了？"

"好，我转告我的大学司学周泰警官。"我的骨头很疼，"第二件事，你为什么打爆沙德宝的两个卵蛋？多关了五年六个月。"

"我是在监狱澡堂发现的。沙德宝后背有一大块伤疤。他说从前在钢铁厂上班，1995年出了事故。如果不是同事救了他，人已经被铁汁烧成蒸汽了。我想起1995年，我在九省街卖牛仔裤，对面来了两个男人卖黄色录像带，他们原本是钢铁厂的，刚刚拿到工伤赔偿。"

"李炼钢和沙德宝，十六年前就应该死了。"

"嗯，沙德宝很快消失了。李炼钢天天出去赌博，却让老婆来守着摊位。我就这样认识了唐红英。"

我幽幽地吐出一口气："那一年，你跟我妈妈离婚了，原来是为了唐红英？"

"不是唐红英。我和她刚认识，几乎没说过话。但我有一个情人。她在我的隔壁摊位卖太阳眼镜。她是整条街上最漂亮的女人。她有老公，也有孩子。我向你妈妈坦白了，协议离婚，所有财产都归你妈妈，包括你。"

"爸爸，你的情人却没有嫁给你。"我的眼皮像快要粘上的双面胶，"七年前，在监狱里，你发现了沙德宝与李炼钢的关系。"

"江冰，你爸爸不是没有脑子。沙德宝是组织卖淫罪进来的。老鬼告诉我，沙德宝的淫窝叫不夜城大酒店。我想起十六年前，杀人的除夕夜，我看到李炼钢的打火机上，也印着不夜城大酒店。"

"为什么不早说？"

"谁能想到呢？我自己，办案警察，检察官，律师，法官，没人把打火机跟雪贝想到一起。那天晚上，雪贝打我电话。她求我去救她。我以为她是要逃出海上邨。后来我才明白，雪贝要逃出不夜城大酒店。"

"但你只能证明沙德宝跟李炼钢的关系，不能推断到李雪贝身上，她也从没来监狱看过你。你怎么知道秘密的？"

"整整十五年六个月，我的亲生儿子都没来看过我。"他揉揉我的脸颊，"但我不意外。"

"难道是麻军告诉你的？"

"我儿子到底比我聪明。我跟亲戚们断绝关系了，只有麻军来监狱看我。我拜托他照顾雪贝，每次给我带一张小姑娘的照片，我就这样看着她慢慢长大。"

"爸爸，你大错特错了。"

"我晓得，我后悔。"江志根像死人在棺材里叹气，"我向麻军问起不夜城大酒店。他说，前几年，每个月都有一个男人来找雪贝，开一台黑色小轿车，每次只坐五分钟就走。有一回，麻军骑摩托车跟踪他，跟到了黑沙洲的不夜城大酒店。那人是酒店总经理，他就是沙德宝。"

"沙德宝，李炼钢，李雪贝，不夜城大酒店，组织卖淫案……你在监狱里把所有线索串联起来，重新推导出十六年前的真相。"

江志根一拳砸中墙壁，几乎把楼上病房的植物人都惊醒了。"我想杀了他。我先打下半身，再打上半身。我下手有点重，打爆了沙德宝的卵蛋——他跟黄泉路上的好兄弟李炼钢配成对了。沙德宝承认了，雪贝十二岁那年，李炼钢把她送去不夜城大酒店。监狱里的监控发现了我。狱警老周抡起棍子打我，命令我放开沙德宝。但我死活不松手，一拳一拳砸断沙德宝的肋骨，想要刺破他的肺。直到我被棍子打晕。多给我一分钟，我就能宰了沙德宝。"

"你犯的不是故意伤害罪，而是故意杀人罪，未遂。五年六个月刑期，法官对你很客气了。可你为什么不检举揭发沙德宝犯过的罪孽？这是立功表现，法官会给你减刑的。"

"我不能说。再判十年也不能说，枪毙我都不能说。雪贝总是要嫁人的。她的秘密不能让任何人晓得。那个狗娘养的酒店已经被公安局查封，也不会再害人了。"

"残害过雪贝的人还在。"我说，"有些人的日子过得还不错。"

"去年八月，我蹲满十五年六个月大牢出来。我没回家，也没去找雪贝，而是去了黑沙洲。我找到不夜城大酒店。这是雪贝受过苦的地方。我在底楼发现一口深井。"

"你没给沙德宝用上那口井，却把这口小小的棺材留给了我。"我的脚下也有一口深不可测的井。

"不会的，儿子，我把你扔下去的时候，已经想清楚了——第二天，等我找到藏身处，我会想办法通知老鬼，请他把你从深井里救出来。这样全世界都会知道：我杀了麻军。雪贝是无辜的。"

我把头靠在他的肩上，好像靠着一块坚硬的石头。"正月初二，你动手杀了沙德宝和宋云凯，这跟我有关系吧？"

"第二夜，我看到你去了小龙虾店。雪贝请你喝酒，又把你赶出去。她好像很生气。我看得出你很危险。我怕你会伤害雪贝，就跟踪你到兰陵街。你的门口挂着探照灯调查公司的招牌。我拜托老鬼帮我查一下。老鬼告诉我一个名字：雷雨。"

"你知道，雷雨就是江冰。我是你的儿子。我也是个三流调查员。"

"除夕，你上门来找我，假报了老鬼的名字。你的胆子好大。但我喜欢这样的儿子。"

"顶多就是打一架。老子未必打得过儿子。"

"儿子，你一定会去找宋云凯。不管这个畜生的牙齿有多硬，你早晚会撬开他的嘴巴，抖搂出雪贝的所有秘密。我没有第二条路可以走了。我必须在你查出秘密以前，杀掉那两个人。"

"你也可以杀掉我。"

我爸爸笑着摆头说："江冰，这个世上没人能杀得了你。"

"这倒也是。"我躲在口罩里说，"正月初二白天，有人给沙德宝打过一通十二分钟的电话。晚上九点，他爬上不夜城大酒店的废墟顶楼来送死。这通电话是谁打的？电话里说了什么？"

我爸爸不回答。硕大无朋的象牙已被偷猎者锯下。老象坐以待毙。

"打电话的人不是你。你在保护一个人，不肯说出他的名字。"我撬不开他的嘴，我爸爸的舌头仿佛是生铁做的，"这天夜里，你开着老鬼的面包车，回到老鬼的住处，之后骑上他的自行车，到了黑沙洲的酒店废墟。你爬上十层顶楼，等到沙德宝上来，你从背后突袭。保外就医出来的人，没什么反抗能力。沙德宝被你扑倒在地，只能任你宰割。"

"沙德宝在惨叫。但在那个鬼地方，谁听得到呢？我嘴里咬着一支手电筒，先剥掉沙德宝的外套。手电照亮他的后背心。我用手摸到脊椎骨，确定心脏的位置，一刀戳下去。"我爸爸的眼角浑浊得像一口沸腾的红油火锅，"七年前，我就想这么干了。"

"爸爸，但你并没有执行死刑的资格。这样宰了沙德宝，等于给他一个痛快，帮助他从漫长的伤残中解脱了。你把沙德宝的尸体摆放成胎儿姿势，是为了误导警方——麻军和沙德宝都是同一人所杀。"

"嗯，宰了沙德宝以后，我换了衣服裤子，推着自行车，上了江滩的一艘小船。对面就是鹦鹉桥。我走了最近的路线，骑自行车到了博雅湖。我爬进别墅后窗，换了房间里的拖鞋，等着宋云凯回来。"

"你不但等来了宋云凯，还等来了你的亲儿子。凌晨两点，你偷听了我和宋云凯的对话。"高尔夫球杆恩赐给我的伤疤还在，"宋云凯告诉我，七年前，雪贝给他的红酒里下药，想要偷窃手机里的秘密。"

"你和宋云凯说的每一句，我都听得清清楚楚。我的鼻子闻到伏特加和雪茄烟的味道。这他娘的太受罪了。我差点儿陪你们一起抽烟喝酒。"

"凌晨三点，你进入宋云凯的卧室。他已醉得不省人事，只穿一件睡觉的内衣。你从背后刺入宋云凯的心脏。动作干净利落。死得毫无痛苦。尸体被你摆成胎儿姿势。你想为雪贝顶罪——如果麻军、沙德宝、宋云凯都死于同一人之手，只要确定你杀了后面两个，别人都会认定麻军也是你杀的。"

"我太自以为是了，好像地球围绕着我转，所有警察都盯着我。其实，宋云凯和沙德宝的仇家多如牛毛，我不该把宰了这两个人与麻军联系在一起。"

我的脖子疼得无法转动，只能转动眼球说："有时想得太多，反而会把事情弄砸了。你带走了宋云凯的手机，还没忘记关机。"

"我不晓得手机里的秘密有多重要，我只晓得雪贝想要这个秘密。"

"爸爸，你从后窗跳出去，骑车原路返回。划小船渡过长江。你回到老鬼的住处。早上六点，老鬼用你的手机打电话回来。你开车去医院。等到老鬼上车，你们换回各自衣服和手机。老鬼送你回家。你真厉害。"

"儿子还是比老子更厉害。"

"那辆陪着你在一夜之间来回长江两岸的自行车，你是怎么处理的？"

"老鬼的隔壁是一块空地，堆满报废的共享单车，我把这辆自行车也扔进去了。"

"隐藏一片树叶最好的地方是森林。爸爸，您具有博尔赫斯的智慧。"我想穿过地球去另一头的布宜诺斯艾利斯，"宋云凯的手机现在什么地方？"

"我不知道。"

"难道……"我贴着我爸爸的耳朵说，"秘密已经打开了？"

他闭上双眼，后脑勺靠在医院的墙上，像个行将圆寂的老僧。

"爸爸，你还在保护一个人。"

"别问了。"他伸出巨大的手掌，捂住我嘴巴上的口罩。

"还有一个问题。"我看着爸爸连着胡须的白发，"为了雪贝，十六年前，你杀了一个人；两个月前，你又杀了两个人。你毁了自己，顺便也毁了你儿子。请你给我一个理由。"

"唐红英。"

"雪贝的妈妈？她已经死了十六年。"

"唐红英临死前留给我一句话——保护好雪贝。"我爸爸睁开布满血丝的眼睛，"我的后半生只为这句话而活着。"

我躺倒在爸爸粗壮如树根的大腿上说："谢谢你给我的理由。"

"对不起，儿子。"

"爸爸。天亮了。警察很快会找过来。"

"我的任务已经结束了。江冰，你这小崽子干得不错。你查出雪贝杀了人。我没有能力再保护她了。除非我杀了你。"

我爸爸闭上眼，稳稳地抱着我。医院走廊的气味像一杯纯苏格兰威士忌。太阳光穿过落地窗，攀登上我爸爸的雪白头顶。雪山即将融化。

周泰赶到了医院。他劈头盖脸骂我一顿，然后把我爸爸押上一台警车，就像两头关在马戏团铁笼子里的狗熊。

我拜托周泰一件事——手铐上得松一点，江志根手腕粗，骨头硬，容易流血。

第三十四章

我在床上躺了三天，果然可以走路了。我戴上口罩，头缠白纱布，步行到医院对面的天主教堂。七十多年前，一架美国轰炸机从天上路过，扔了一颗炸弹，炸死一个意大利主教。阿尔法·罗密欧在教堂高墙下酣睡已久，如一具无人认领的遗体。宝蓝色脏成了葬礼般的藏青色。车窗贴着一张停车罚单。车载电瓶像多年没有性生活的寡妇，折腾半个钟头才重燃欲火。打开风挡玻璃雨刷，耗尽清洗液，勉强看清教堂屋顶上的十字架。如果神父用手机接受告解，网络怕是要瘫痪。

我去了一趟公安局。我在刑警队门口撞上小雅。虽然，我像个坐怀不乱的正人君子，她却给我盖棺论定："流氓。"

"流氓向你问好。"恐怕我脑袋上的白纱布写着这两个字。

周泰刚打完一支胰岛素。他拉开抽屉，借给我一台旧手机。七年前出厂的诺基亚，外壳坚硬得能制造一场钝器谋杀。

周泰抓起五四式手枪，压在一碗方便面上说："虽然李雪贝在家里反复清洗，还撕掉一面墙纸，但洒了鲁米诺试剂，发现微量的血迹残留。"

"DNA 验出来了吗？"

"麻军的血——李雪贝家里是谋杀第一现场。"周泰掀开泡面盖子，叉子卷起热腾腾的面条，"雷雨，你挺厉害的。"

"我只是个没当上烂刑警的好调查员，躲在犄角旮旯儿里帮你打扫灰尘。周泰，你能带我去看守所吗？"

"你想见江志根？你知道规矩，侦查阶段的犯罪嫌疑人不可以见家属。"

"是，我也没有资格跟你一起审问犯人。"我拍拍周泰的肩膀，"请你帮个忙，给他带一支冰激凌，巧克力味。"

周泰吃完泡面，抹净嘴上油光说："没问题。"

"算我欠你的。"

"雷雨，我跟你说个故事。你知道，我老爹是个狱警。五年前，我老爹就要退休，他手里有个无期徒刑的犯人，老年痴呆症快死了。老头蹲了三十年监狱，判刑的时候儿子刚出生。他连自己是谁都忘了，唯独记得儿子。但他儿子从没来探过监，父子断绝了关系。我老爹坐了十几个钟头的长途车，去了恩施州的穷山沟，劝说老犯人的儿子去医院看一眼。那个人不愿意，盼着老头快点死。我老爹只能拜托我扮演老犯人的儿子。"

"你不会答应。"

"对啊，我怎么能假扮杀人犯的儿子？老爹天天劝我，我被劝得烦了，就去演了一回。老犯人临死前谢过我老爹，他说他看出来了，我是个冒牌货。"

"我来扮演就不会穿帮了，我真是杀人犯的儿子。"窗户敞开，春风迷糊了我的双眼，"干吗说这个？"

"你爸爸跟那个老犯人在同一个牢房关过好些年。"

"安迪和瑞德。"

"我审问了江志根二十四小时。他一句话都不说,嘴巴像被针线缝住。我说了刚才的故事。江志根开口——他承认在正月初二夜里,连续谋杀了沙德宝和宋云凯两个人。作案过程完全符合你的推理。江志根丢弃的自行车已经找到了,还有他渡过长江的环卫小船。他承认李雪贝杀了麻军,他只是帮忙开车搬运尸体,伪造杀人现场。装过尸体的大旅行箱,丢弃在大桥下的乱草中。昨天我们去搜山,找到了箱子,检验出大量麻军的血迹。"

我注视着公安局墙角的污迹说:"刑满释放不到半年,一夜间杀了两个人,难逃一支毒针。"

"你爸爸是一条硬汉。"周泰斜睨我的侧脸,"你们俩长得挺像的。雷雨,这桩案子没那么容易了结。李雪贝还在追捕当中。江志根交代了所有细节,唯独不说宋云凯手机的下落。你们家的老房子,李雪贝家里,公安局搜查过三遍。每只蟑螂的公母都数出来了,没有找到那台手机。"

"还有一个同案犯。"

"会找到的。"周泰捏捏我的肩胛骨,"通知你一件事——公安局查了李雪贝和江志根名下的银行和股票账户。李雪贝账上没钱,还欠着四万块贷款。江志根也没钱,但他持有的股票价值三百万。"

"我爸爸是个股神?"我想起今天的日子,"这个愚人节玩笑并不高级。"

"婊子养的才跟你开玩笑。江志根的股票账户是二十年前开的,当时账户里只剩几毛钱。坐满十五年六个月大牢出来，江志根没再关心过股市，账号密码都忘了。"

"有人帮他炒股？"

"七年前的春天，李雪贝把一百万资金存入江志根的股票账户。"

我背靠塑钢窗框说："不夜城大酒店的'盗版王家卫'给她的钱。每个月一万块，从 2005 年到 2012 年 12 月。雪贝没动过一分钱。我猜她买了银行理财。"

"李雪贝还掌握了江志根的股票账户和密码。她选定一只股票，满仓买入一百万。七年来，这只股票翻了三倍，现在价值三百万。"

"哪怕价值一个迪拜塔，跟我有关系吗？"

"你爸爸委托你管理他的股票账户，找个机会抛掉，套现以后的三百万，一半还给李雪贝，一半赠送给你。"

"听着像遗嘱，一半留给女儿，一半留给儿子。"我走出刑警队办公室，"兴许能飞一趟澳门金沙，一晚上输个精光。"

周泰猖狂地笑着说："雷雨，你能让我摔一个单手背负投吗？"

"来吧。"

我伸开双臂，视死如归。要不是人人皆须保持距离，我会亲吻周泰的脸颊。

"我怕再让你脑袋上缝几针。"

"打听一个人——洪姐的前夫，钱奎的爸爸。"

"雷雨，你的脑子不错。1995 年，沙德宝和李炼钢一起到九省街卖录像带和 VCD。洪姐也在九省街摆摊卖走私太阳眼镜。她就是这样发财的。"

"我爸爸在九省街卖进口牛仔裤。真有意思，1995年，我爸爸、洪姐，还有李炼钢和沙德宝，四个人都在同一条街上摆摊。这一年，我的爸爸妈妈离婚了。我十二岁，钱奎五岁，李雪贝两岁。"

周泰念出一段手机备忘录："这一年，洪姐跟她老公离开了九省街，搬家去广州做眼镜生意。1998年，李炼钢跟唐红英离婚。2000年，唐红英改嫁给江志根。2002年春天，洪姐全家从广州回到江城，开了一家眼镜城。这年秋天，不夜城大酒店开张。2004年圣诞节，李炼钢把雪贝送去不夜城大酒店。一个月后，除夕夜杀人案。"

"如果以上全是巧合，你保证会中双色球彩票。"

"洪姐的前夫叫钱卫兵。"周泰说，"他们都是温州人，早年买卖走私太阳眼镜，在九省街摆摊发财了。2002年，洪姐和钱卫兵回到江城以后离婚。从此以后，很少有人再看到钱卫兵。2012年以后，这个人彻底消失了。"

"2012年底，不夜城大酒店查封，绰号'王家卫'的老板失踪，恰好和钱卫兵消失是同一时期。"我的心脏跳起迪斯科，"洪姐第一次来找我，她说她老公已经死了九年。她很可能说出了实情。"

"雷雨，你得向我保证不去找洪姐。"

"我知道规矩。"我摸着头上的白纱布，"我要是再作死，没人给我买骨灰盒了。"

第三十五章

　　探照灯调查公司也是一艘诺亚方舟，载着天底下所有动物、植物、微生物、诺亚一家人，上千亿颗精子，几百颗卵子，无限种 DNA 和 RNA 的排列组合。天花板上一窝老鼠在撑市面。楼下夫妻吵架砸了电视机。隔壁不打麻将了，改看怪兽网络电影。另一边隔壁的中学生上网课。兰陵街对面窗户敞开，更年期夫妻穿着情侣睡衣，手挽手给月季花浇水。有个中年妇女隔着门叫骂，用词精准、有力、一针见血，乐此不疲地问候他人的女性亲属。但她深爱这片辽阔的土地，真心的。

　　我吃着香草味冰激淋，连上 Wi-Fi 看动画片，每晚看一集《马男波杰克》，一集《辛普森一家》，一集浦泽直树的 *MONSTER*。诺基亚手机响了。钱奎的头像跳上屏幕，貌似太宰治或芥川龙之介的遗像。

　　"雷雨，你还好吗？"钱奎在电话里的声音像融化在我胃里的冰激凌，"听说你得了一场大病。"

　　"我好得可以再骗个小姑娘谈一场恋爱。"我不需要怜悯，最好他嫉妒我在晒太阳，"我以为你埋葬在米兰的公墓里。两个月没跟你通话，我已度日如年。"

"舅舅让我去了阿尔卑斯山的修道院。山上没有信号，没有 Wi-Fi，只有几十个终身不近女色的老头。"

"钱奎，你收集齐十个色情故事了吗？"

"别开这种玩笑。上个礼拜，几个老修道士发病了。舅舅把我接回了米兰。妓院关门了，姑娘们躲在地下室。她们都是小女孩。"

"有多小？"我一把捏碎冰激凌，像捏碎刚用过的避孕套。

"可能十五六岁，最小的是从科索沃偷渡来的，我猜她只有十二岁。"

"她叫什么名字？"

"Elva，红色卷发，墨绿色眼珠子，翘鼻子，还有雀斑。我不能用成年人的美来形容她。她唱歌很好听。"

"是谁把她们弄来的？"

"我舅妈从巴尔干半岛买来的，科索沃、波黑、北马其顿。有几个北非的，摩洛哥和利比亚。还有一个库尔德姑娘。"钱奎越说越轻，声音压到了地底下，"舅妈是西西里人，她不是西西里美丽传说，她是黑手党。"

我用手指甲刻着木头窗台说："你能把科索沃小姑娘救出去吗？"

"她死了。"钱奎说，"Elva 想要回家，逃出妓院去找警察。几天前，她躺在米兰的下水道里，像狗一样腐烂了。"

"谁杀了她？"我并不想接下一万公里外的杀人案调查，但我想帮助钱奎。

"天晓得。你知道我为什么不跟你视频？因为眼睛哭肿了。"

我不会骂他。我只能温柔地对待他："你妈妈知道吗？"

"我不敢说，请你也不要告诉我妈妈。"钱奎开始气喘，他在用哮喘喷雾剂，隔了好久才说，"我舅妈去了纽约，那边有她的西西里亲戚，也开了一家妓院，藏了一堆小女孩，来自哥伦比亚、委内瑞拉、厄瓜多尔、玻利维亚……"

"懂了。马孔多出来的，阿玛兰妲，丽贝卡，还有蕾梅黛丝。我不过是个三脚猫，万事都略知一二。"

"我舅妈在纽约感染了，刚进 ICU，她快死了。"

"八百万种死法里有一种留给你舅妈。我跟你打赌一美元，这娘们会在地狱里下油锅。"

钱奎安静了一分钟，我以为他掉线了，但他很快爬上来说："雷雨，我快回来了。"

"现在回中国的机票就像世界末日逃离地球的宇宙飞船票一样贵。"

"我妈妈给我买了三张国际机票，明天从米兰出发，经过伊斯坦布尔和新加坡转机，两天后到达上海浦东机场，还要集中隔离十四天。"

"上海欢迎你。"我的舌头底下分泌几滴唾液，"静安寺背后胶州路上有家油墩子很好吃，如果老太太还活着的话。"

"怕是没时间去吃了，我会在解除隔离当天飞回江城。"

"你知道雪贝是通缉犯吗？谋杀麻军的头号嫌疑人又换成她了。"

"我知道。"钱奎说，"我在阿尔卑斯山上的时候，雪贝给我打过电话。她向我提出分手。我在电话里哭了。是不是很没出息？"

"不客气地说，你太没出息了。"

"雪贝说起了你。"

"说了什么？"

"你和她上床了。"钱奎的声音里有哭腔，"有一本书上说——灵魂之爱在腰部以上，肉体之爱在腰部以下。你对雪贝意味着全身。"

"腰部以上和腰部以下同样重要。"我摸一把自己的腰，大病过后，赘肉都掉干净了。

"我没有能力带着雪贝逃出她的房间。但你有这个能力，哥哥。"

"不准叫我哥哥。"我不再跟文学博士玩字谜游戏了，"我不是刑警，我只是一个调查员，我甚至是一个流氓。但我不会帮助雪贝逃跑的。请你死心。"

很多时候，把话摊开在白纸黑字上，总好过藏在一本百科全书的索引页里。

"雷雨，你缺少一种叫'人性'的东西。"

"这句话雪贝也说过。"我并不感觉受到侮辱，"她不太可能被判死刑，多数是无期徒刑，运气好的话，有期徒刑十五年。"

"雪贝绝对不会被判死刑的，我保证。"

"你保证不了。"我得给他迎头浇一盆洗脚水，"有个叫毛姆的间谍说过：为什么漂亮女人总是嫁给无趣的男人？因为有脑子的男人不娶漂亮的女人。钱奎，你不是一个有脑子的男人，过去没有脑子，未来也不会有；雪贝是一个漂亮的女人，也是一个有脑子的女人；你妈妈曾经是一个漂亮的女人，现在依然是一个有脑子的女人。她的每次决定几乎都是对的。"

"我倒宁愿我妈妈是包法利夫人，而不是麦克白夫人。"

"也可能是查泰莱夫人。"我并无冒犯之意，"钱博士，再过几年，你会娶一个姿色平平的姑娘，谈不上丰乳肥臀，但足够生一儿半女。

她的简历真实，父母双全，没有兄弟姊妹，却有几个出馊主意的闺蜜。你得时刻提防，她们不是勾引你，就是败坏你。你们会每年出国旅行两次，上半年亚洲，下半年欧洲，隔几年去一趟非洲，围观长颈鹿。我相信你们这种人，大部分是好人，但一定有几个狗杂种。"

"同意。"

漫长的铺垫过后，我得以进入主题："钱奎，你还记得你爸爸吗？"

"问他干吗？"钱奎如一支牙膏慢吞吞挤出声音。

"听说在你十二岁那年，你爸爸妈妈离婚了。你爸爸对你好吗？"

钱奎从牙膏变成牙刷，一根根洗去牙齿缝里的污垢："很好。虽然十二岁以后，我很少再看到我爸爸。"

"我跟你一样，十二岁爸爸妈妈离婚。但我爸爸现在对我很好。"

"你真走运。"

"我爸爸是个杀人犯。你爸爸也杀过人吗？"

我从手机里翻出一张合影。远东路的老房子里找到的。那年我十八岁。背景是江汉关钟楼。我爸爸开怀大笑，搂着我的肩膀。我躲开半米远，抿着嘴，一副生无可恋的表情。我把照片传给钱奎。

"你和你爸爸？"钱奎说，"看起来有些尴尬。"

"超级尴尬。这是我和爸爸最后一次合影。当时我只知道他再婚了，对方带着个小女孩，但我没见过她们。钱奎，你能传一张你和你爸爸的合影给我吗？否则不公平。"

"原来这世上的公平就是这样来的啊。"

等了五分钟。我收到一张合影照片。钱奎大约二十岁，双眼像一对甜蜜的麦芽糖。钱奎爸爸戴一副墨镜，搂着儿子肩膀，个头颇为瘦小。公允来说，除了墨镜，这人的形象跟大导演王家卫相去甚远。

"这是我最后一次见到我爸爸。"钱奎说，"后来他失踪了。"

"他每次出门都戴墨镜？"

"我爸爸左眼底下有一道难看的疤，就像趴着条蜈蚣，墨镜可以遮伤疤。"

"你爱他吗？"

"要说实话吗？"

"钱奎，你不具备说谎的能力。你只会回避问题，像个非洲鸵鸟。"

"我恨他。"

"我也恨他。"我的大脑生锈，想找半斤机油加进去，菲律宾乐队呜呜地吹奏起爵士乐，"不夜城大酒店，你听说过吗？这家酒店的老板，没人晓得他的真名，也没人见过他的双眼。不分白天黑夜，他戴着墨镜，像个体形缩水的'王家卫'。"

"我能不回答吗？"

"不行。"隔着一万多公里，我用尖刀抵住钱奎的后背心，"你必须回答，为了雪贝。"

钱奎长久静默。我没有催他。诺基亚静默地发烫，沉得像密室杀人的凶器，我的手掌心里沁出汗珠。

"十六年前，我第一次见到雪贝。"钱奎终归出声了。

"在哪里？"

"不夜城大酒店。"钱奎说，"2005年的第一天。我十五岁。我妈妈去欧洲谈生意。我有半年没见过爸爸了。我给他打了电话。我爸爸派一辆车来接我。到长江边的不夜城大酒店，英文名字LOS ANGELES。

我爸爸是酒店老板。他常年住在酒店的豪华客房。元旦的晚上，我偷偷爬上顶楼舞厅。"

"你见到一个穿绿色长裙的小女孩，唱着猫王的《温柔地爱我》？"

"她的歌声让我神魂颠倒，水晶一样透明，滋味无法形容。"

"一千种滋味。"我在窗台上摸着自己嘴唇。阳光在我的舌尖上钻洞。

"每个周末，我跑到不夜城大酒店找我爸爸。我爬上顶楼舞厅，偷听小女孩唱歌。我去后台找过她。她叫雪贝，十二岁。但我没说自己的名字。我带了一台掌上游戏机。我们坐在一道玩俄罗斯方块，直到她被一个叔叔带走。"

我的鼻头闻到腐尸的味道："我猜那个王八蛋就是沙德宝。"

"快过年了，我妈妈还没回国。我的脑子里灌满猫王的歌声，不，是雪贝的歌声。天黑以后，我又去了不夜城大酒店，但没在舞厅找到雪贝。我到九楼去找我爸爸，看到总统套房的门开了，出来个至少三百斤重的胖子。他像一头剥了皮的河马，裤腰带没绑好，前门襟敞开，露出一小截红内裤。胖子秃着脑壳，恶狠狠瞪我一眼。我和胖子坐一部电梯下楼。我捏着鼻子。他身上有香烟、白酒还有某种恶心的气味。胖子坐上一辆黑色轿车，像被拖去了屠宰场。我重新坐电梯上楼。我还记得胖子的房间。雪贝出来了。她穿着绿裙子，脸上有伤痕，白袜子上沾着血。"

"世上有两种病毒，一种在人或者动物的体内，另一种是我们自己。"

"小女孩哭着问我，能带她走吗？我发誓，我要把她带走。我不敢坐电梯，就牵着她的手走逃生通道。我们一口气爬下九层楼梯，冲到底楼大堂，正好撞到我爸爸。他打了我一个耳光。有人带走了雪贝。

我爸爸送我回家，反锁房门，不准我再出来。"

我敞开窗户说："当时我在三千公里外的中俄边境，迎接一枚AK47子弹。"

"除夕夜，我妈妈从欧洲回来了。她听说我去过不夜城大酒店，拿棍子揍了我一顿。那是她第一次动手打我，也是最后一次。我妈妈警告我，永远不准向任何人说起不夜城大酒店。"

"那一夜，雪贝家里发生了杀人案。"

"我妈妈对海上邮杀人案一无所知。大年初一早上，我们飞去了意大利。当时我妈妈有移民的打算。我在米兰读完了中学，但我妈妈不会外语，她忍受不了在国外的寂寞，她最爱呼朋唤友，夜夜笙歌，酒桌上一醉方休。她害怕会憋出精神病来。等到我年满十七岁，基本可以生活自理，我妈妈一个人回国了。她甚至不知道雪贝的存在。"

"你又去找过雪贝吗？"

钱奎像一根细细的锯子，切割坏死的肢体或器官："十八岁的夏天，我从意大利回到江城过暑假。我悄悄去过不夜城大酒店。那里变得戒备森严，我躲在荒滩芦苇里，观察进出酒店的人们。一辆辆豪华轿车开到前门。酒店后门有姑娘们进出，化了浓妆，露着大腿。我分不清她们是白雪公主还是白雪公主的后妈，雪贝已经消失了。"

"她成了你心里的一根刺。当你从一根豆芽菜变成文学博士，雪贝依然是你的迷信，你的图腾柱，在你梦里泛滥的蘑菇。"

"我渴望雪贝，就像盖茨比渴望对岸的黛西。我在意大利读完了大学，最终还是选择回国读研究生。不夜城大酒店已经变成了废墟。我爸爸消失了。经理被判了几年徒刑——那个人叫沙德宝。我悄悄去监狱探望过他,我向他提起过雪贝,但他拒绝回答。几年前,我听说沙德宝在监狱里被人打成重伤。那个打伤他的犯人名叫江志根。我悄悄查了江志根的底细,才发现他是因为杀人案进去的。"

"2005年,除夕夜,海上邨杀人案。"

"那是我最后一次见到雪贝的第二天,我又查到那桩案子的被害人叫李炼钢,案子有两个目击证人,一个叫麻军,一个叫李雪贝。"

"你知道了,真正的杀人犯是你的爸爸。"

"嗯,我终于找到了雪贝,她在海上邨开了一家小龙虾店。每个深夜,我假装孤独的美食家来点一锅蒸虾。但我不敢暴露身份,甚至不敢跟她说话。我害怕雪贝会永远消失,就像《聊斋》里的书生忍不住说破女鬼的秘密,于是华丽的屋子变成墓穴,美酒佳肴变成鲜血腐肉,娇妻化作白骨,带着腹中的鬼孩子烟消云散。"

"蒲松龄在坟墓里打了个喷嚏,你不配提起他。"我感到聂小倩趴在我的后背上,"说实话吧,你对你爸爸的罪孽深恶痛绝又无可奈何,你们一家欠雪贝的永远都还不清。"

"我承认,我只能悄悄收集关于雪贝的一切。她在音乐平台上翻唱了一首《温柔地爱我》,就是我在十五岁听到的那首歌,早就深深刻在我的脑子里,哪怕倾倒两公斤硫酸都洗不掉。"

我闭上沉甸甸的眼皮说:"任何人看她一眼就会变成石头。"

"去年万圣节,我第一次鼓足勇气约她见面。我的前世大概是埃尔维斯·普雷斯利,至少没让她讨厌。"

"这个世界上没有巧合。就连你妈妈半夜来敲我的门也不是巧合。"

"雷雨,还有一件事,我骗了你。"钱奎像一只准时的闹钟到点鸣响,

"跨年夜，我在巫师酒吧向雪贝求婚。但我没说结果。"

"雪贝拒绝了你的求婚？"

"你怎么知道？"

"钱奎，你说谎的时候声音发抖。"

"好吧。"钱奎的声音抖得更凶了，"跨年夜，雪贝告诉我，这世上想嫁给我的姑娘比长江里的河鲫鱼更多，但并不包括她。"

"喜欢一个人和被一个人喜欢，就像东京和京东一样遥远。"

"我哭了。雪贝安慰我，陪我喝酒。她说我的声音干净，双眼透明、纯粹，像浸在威士忌里的冰球。但她需要的并不是这种人。"

"恭喜你收到一张好人卡。"我大口吞入窗外的春风，"雪贝并不在乎你的脸蛋，也不稀罕你的博士学历，就算你老娘的账户里存着九位数，负债八位数，加上你的阿尔法·罗密欧，她的特斯拉 Model S，都不如一个会说冷笑话的三流调查员。"

"雷雨，你总是用说真话来毁灭我。"钱奎像一只被切了脑袋的鸵鸟，"但我很感谢你。"

"现在，我只想听你的真话。"

"一月一日，凌晨两点，酒精淹没了我。我关照酒保杰克，背景音乐改成猫王的《温柔地爱我》。"钱奎在米兰的阁楼上寻找酒杯，"我靠近雪贝耳边，悄悄说一句，我们已经认识很久了。"

"你说出了那个秘密？"

文学博士的声音钻入我的脑壳："我告诉雪贝，十六年前的黑夜，不夜城大酒店，想要保护她逃出魔窟的男孩，就是我。"

"雪贝可能有三种反应：第一是扭头就走，这辈子不想再见你；第二是想个阴谋诡计宰了你；第三是嫁给你。"

"她选择了第三种。"

"雪贝还有别的选择吗？哪怕她掉头离开，你也会继续纠缠她，就像过去十六年的念念不忘。她也不想抛下雪贝小龙虾远走高飞。雪贝永远不会杀了你。因为你没有伤害过她，至少现在没有。你都不配死在她的手里。"

我想起李雪贝的左耳朵背后，并没有任何文身的痕迹。真相是钱奎一个人文上了李雪贝的姓名缩写，余下是自作多情的幻想。

"听你这么说，我很难过。但我不在乎雪贝的过去，我愿意娶她为妻。"

"反正这世上的女人们，大多嫁给了自己不爱的男人。亲爱的钱奎博士，我第一次发现您也是个混蛋。您绑架了雪贝。您果然是您妈妈最爱的儿子。您的爸爸也是一只恶鬼。如果他还活着，我祈祷他立刻下地狱。如果他死了，我会在他的墓碑上撒尿，没有墓碑更好。你听到了吗？"

"听到了。"

"意大利的天还没亮，请您休息好，提高免疫力，别在回国的路上感染了，再见。"

"等一等，雷雨。"

钱奎还有话要说。但我关了手机。我放出热水灌满马赛克浴缸。必须好好清洗自己的耳朵。那些龌龊玩意儿会堵塞这栋楼古老的下水道。

第三十六章

　　清明节。我没能等到那场雨。有人跪在街边烧纸。烟熏火燎。我给周泰打了电话，他在领取他老爹的骨灰盒。我跑了一趟医院。头上的缝针拆线，白纱布扔进垃圾桶。眼角的伤疤像个吻痕。

　　秦良开着奥迪 Q5 来接我。长江对岸的居民小区门口，酷似三浦友和的老保安拦下车。秦良打开小黑包，出示警官证、手机健康码，测量过体温才放行。

　　老法官早早候在小区花园，两鬓斑白，像一匹独角老山羊："想问什么？"

　　"李雪贝。"

　　仿佛结着不共戴天之仇，我必须声嘶力竭地讲话，才能冲破 N95 口罩的密室。

　　"十年前，也是清明节，我路过海上邨。小龙虾店有个满脸麻子的厨师。我记得这张脸，他在法庭上做证目击江志根杀了李炼钢。"老头嗓门不大，声音稳稳传递到我的耳中，"我又想起李雪贝在法庭上的眼睛。有些人一上庭就语无伦次。十二岁的小姑娘并不怯场，直视被告人江志根。她的思路非常清晰，完整陈述案发全过程。当她离开证人席，泪水才一滴滴掉下来。"

"她被性侵这件事呢？"

"检察官私下询问过李雪贝。小姑娘不肯说。"老法官的眼皮松弛地覆盖着浑浊的眼球，"隔了五年，鬼使神差，我敲响了谋杀现场的房门。我以为家里没人，转身要走，门却开了。一个穿着蓝校服的小姑娘，十六七岁，翘鼻头，肤色雪白。她认出了我，叫我法官伯伯。她只在法庭上见过我一次。她的记性很好，有礼貌，也有教养，不像父母双亡的孤儿。她给我端了靠背椅，泡一杯绿茶，拿了一小碟瓜子，一包糖果，两只香蕉。"

"您的记性更好。"

"但我编了一个可笑的理由，说法院派我来关心被害人家属。李雪贝问我，还要启动审判监督程序吗？"

"我在公安大学三年级的法律课上才学到的。如果一桩案子需要再审，是对审判长的重大质疑。十七岁的小姑娘，怎么知道这些的？"

"李雪贝给我看了她的书架，一整套《悲惨世界》，翻烂了的《中华人民共和国刑法》，几十张 DVD，里面有《十二怒汉》《杀死一只知更鸟》《因父之名》《沉默的羔羊》……李雪贝说她想学法律。我答应送她一套法律书。"

"过去我觉得自己是个怪胎，显然我不是唯一的。"

老头的体力已消耗大半，虚弱地靠着一棵大树说："我是个无神论者，但我在李雪贝的家里如坐针毡，后背心飕飕发凉，一口茶没喝就道别了。下楼梯差点绊倒了，一回到家就发高烧。我再没去过海上邨，遇到步行街都要绕道而行。答应送给李雪贝的法律书，至今还在我的书架上。"

"老爷子，您开始质疑什么了？"

"我从不质疑自己的判决结果，但我开始质疑十二岁的李雪贝在法庭流下的眼泪，真的是为了被杀的爸爸吗？"

我与秦良面面相觑，等着老法官从记忆的包袱里抖搂出刀子与毒药。

"六年前，我刚退休，听说江志根在监狱里打架伤人，法院给他加了五年六个月刑期。被害人叫沙德宝，组织卖淫罪判刑九年。沙德宝的辩护律师是我的女婿宋云凯。我看了那桩案子的卷宗。我又去医院看了沙德宝。他坐在轮椅上，伤得很重，还有十级伤残。"

"我爸爸打爆了他的一对卵蛋。"

老法官捂住胸口说："我问沙德宝，知道一个叫李雪贝的小姑娘吗？他的眼神变了。我在法庭上见过几千种眼神，这是从骨头缝里生出的恐惧。沙德宝不肯说话。我不是刑警，也不是检察官。我只是一个退休老头，我没有审问服刑人员的权力。我也不想去问我的女婿。他不会告诉我真实答案的。"

"然后，您去监狱看我爸爸了？"

"江志根关在严管监区，想要探监不容易。我托了监狱长的关系，才能匆匆见他一面。我以为他会恨我，但他看到我只是笑笑，就像老朋友见面。江志根什么都不说，我也不问了，不想再为难他。"

"你想问他什么？"

老法官沉默了一场审判这么久。他的声音低沉到大树的年轮之中：

"人们都以为，漆黑的背后便是白昼。可你并不晓得，那里有更深的漆黑。十六年前，除夕夜，海上邨，杀死李炼钢的人，也许不是江志根，而是李雪贝。"

秦良的声音好像电视剧画外音插播进来："老爷子，您是不是病了？"

"这世上所有人都病了，但老爷子没有病。"我说。

"当初在审判的过程中，宋云凯认为被告人属于正当防卫或者防卫过当。"老头说，"公诉人提出被害人李炼钢的致命伤在后背心，如果被告人正当防卫，被害人的致命伤应在身体正面。但从警方原始笔录来看，无论江志根本人，还是证人麻军和李雪贝，都说是李炼钢先刺伤江志根，导致江志根大量失血倒地。搏斗全程是李炼钢压着江志根。后来江志根改口说，他踢倒了李炼钢，从地上捡起凶器，在背后一刀刺死了李炼钢。"

"假如江志根始终被李炼钢压在地板上，李炼钢的后背就暴露给了另外两个人。"我捡起一根锋利的枯枝，刺入树干的裂缝，想象鲜红的汁液流出，"麻军没有杀人的胆量。十二岁的李雪贝捡起凶器，从背后一刀刺死了亲生父亲？"

"正常人不相信小姑娘会做这种事。但当你见过李雪贝真正的双眼，而不是在法庭上表演的眼睛，你就会推翻自己的判断。"

"在亲生父亲与继父之间，如果只能有一个活下来，十二岁的小姑娘，用手中的尖刀，完成了这一道选择题。"我手中的枯枝断裂在树干裂缝中，"留给她思考的时间只有一秒钟，如果不刺出这一刀，江志根会被李炼钢杀死。那就是另一个剧本了……"

"以上只是猜测，没有任何证据。去监狱看过江志根以后，我还见过一个人。"

我触摸眼角伤疤说："难道是麻军？"

"我去了鹦鹉桥，一栋孤零零的楼房顶层。"老法官的嗓子哑了，就像枯水季的长江暴露浅滩，"麻军否认做过伪证，他把我赶出去了。"

"麻军掌握的秘密，一旦泄露就不值钱了。如果启动再审程序，可以由公安局重新提审麻军。"

"但我什么都没做。我能推翻自己的判决书吗？纵使走完繁琐冗长的程序，江志根的十年刑期早已过去。而他并不能自由，还得把打残沙德宝的五年六个月刑期服完。案发时，李雪贝只有十二岁，无须负刑事责任。翻案的唯一价值，就是对我的公开羞辱与处刑。"老法官隔着三米远的空气说，"小雷，当你以江志根儿子的身份来到我家，我一生的尊严和名誉，就要葬送在你手里了。"

"老爷子，就算我是您的瘟神，您也送给我'不夜城大酒店'六个字。否则，沙德宝依然躺在顶楼舞厅的废墟里，高度腐烂，流脓生蛆，成为苍蝇和米老鼠们的迪士尼乐园。"

"我只怕我哪天突然死了，秘密会永远带入坟墓。"老法官的双手开始发抖，帕金森病前兆。但他绝不会得阿尔茨海默病。

"但您女婿的手机还没找到。这台手机里的秘密，就是他的真正死因。"我说，"这桩案子尚未尘埃落定。"

"还有一个同案犯？"老法官问。

我站在老法官和秦良之间说："这个人诱骗沙德宝去不夜城大酒店的废墟送死，也是这个人得到了宋云凯手机里的秘密。"

"潜逃中的李雪贝吗？"秦良问。

"未必。"我转回头对老法官说，"老爷子，您也有同案犯的嫌疑。"

秦良抬起胳膊肘捅我说："雷雨，你的脑子被病毒入侵过了吗？"

"从脑子到睾丸都被入侵了。"

老法官的眼睛被按了暂停键，声音依然在播放键："你怀疑我与江志根同谋杀了我女婿？"

"或者，您与江志根、李雪贝三个人是同案犯。"

"以动机而言，并非绝无可能。"

"老爷子，请原谅我的无礼。不知从什么时候起，你极端厌恶自己的女婿。法律在他手里不再是天平，而是标价的砝码。他已从屠夫的儿子变成一把屠刀，宰杀有罪或无罪的牛羊们。你早就想杀了他，把你女儿解救出来。"

"不，我女儿乐在其中。"老法官说，"何况宋云凯也是我外孙女的爸爸。如果我真的杀了我女婿，那也是为了别的什么东西。"

"那玩意儿你永远不能说出口。"

"你是说我女婿的手机里，也藏着关于我的不可告人的秘密？"

"这个秘密谁都不能触碰，谁触碰谁就会死。"我假装自己站在法庭上，"第二种可能，十六年前，你判处江志根犯有故意杀人罪，有期徒刑十年。但岁月就像卸了妆的老娘们，你挖出越来越多的真相，开始对江志根怀有莫名的敬佩。他身上有某种味道，让女人着迷，让男人羞愧。你对他的命运滋生同情和遗憾，乃至掏心挖肺的内疚。你决定帮助江志根。"

"年轻人，你的舌头就像我在法庭上用过的法槌。"老法官捏紧了手指，"我承认，这几年，我确实有过这种一闪而过的想法。"

"第三种可能，对于李雪贝，您发现了更多的秘密，囿于身份地位不能说出口。至于您女婿手机里的秘密，您会在适当的时机公之于众。"我抬头看一个春天。浓密的树叶像翠绿色大海，哭得此起彼伏。"老爷子，我问过您关于《悲惨世界》第一部《芳汀》的开篇。"

"第一卷：一个正直的人。"

"刘法官，您也是一个正直的人。不夸张地说，我从没这样赞美过一个人。"我向他鞠躬四十五度，"很抱歉，我不是警察，请原谅。"

老头低头看着长满疖子的树根说："你太高看我了。我只是一个退休老头。一天天算着日子等死。真遗憾。"

"雷雨，你的想象力太丰富了，你果然不适合做警察。"秦良黑着脸说，"你应该向刘法官道歉。"

"秦处长，你也有同案犯的嫌疑。"老头瞪了一眼秦良，眼角奔拉浑浊，"不夜城大酒店组织卖淫案，你是负责办案的刑警。你还负责审讯过沙德宝。我女婿能拿到的秘密，你恐怕也能拿到。"

到了临终遗言的环节。但我打赌老头还有更多的刀子埋在棺材里。

秦良的脑门亮得像一只白炽灯泡，摸着腋下小包说："老爷子，这话说得过分了吧。"

"等待法官的判决吧。相信我，比我更好的法官，比比皆是。"

老头仿佛加了二两酱油，又加了半斤盐，经久不腐。他推开要来搀扶的秦良，独自走回楼里。他决定过很多人的生死，也决定过我一生的命运。现在，他只是个日渐衰败的老头，每天担心女儿和外孙女，在清明节牵记坟墓里的老伴。某个阴雨天，他将绊倒在台阶上，或被送外卖的电动车撞倒。突然死亡，干净爽气，不给国家添麻烦。没人再会记得他。除了中国裁判文书网里的上百篇判决书。

　　秦良送我过江。彼此黑脸，一路无语。我隔着车窗走神。春风雕刻城市的面孔。口罩帮助我们的气质脱胎换骨，丑女彻底绝迹，中人之姿摇身变为俏佳人，俏佳人进化为绝色佳人。真正倾城倾国的绝色佳人，岂是我等凡夫俗子所能撞见。车子开得颠簸，时快时慢，胃如长江翻腾，催人呕吐。

第三十七章

天下没有不散的筵席，也没有不落幕的电影。一千万人的放映厅，字幕漫长滚动。背景乐是肖斯塔科维奇的《列宁格勒交响曲》。观众们排队散场，留下 3D 眼镜，带走可乐杯与零食袋。有人在黑暗中亲热，有人从开场到落幕都打呼噜，有人假装分析得鞭辟入里其实狗屁不通。人与人的悲欢并不相通。人与人也未必要走同一条散场通道。你可以登上飞机离场，乘坐时速三百公里的高铁，还能自驾车走高速公路。

我开上阿尔法·罗密欧，去加油站填满油箱。我又花了五十块钱洗车。我舍不得这台车，就像周泰舍不得口罩，宋云凯舍不得他的手机。但你别无选择。

我开到钱奎家门口。一台银灰色特斯拉 Model S 开出小区。女司机放下车窗，摘掉 N95 口罩。这是我见过最迷人的洪姐。咖啡色驼绒披肩。波浪卷发染了新颜色。眉毛修剪过，水蜜桃色唇膏，两颊添了胭脂。

洪姐照例像一把中提琴共鸣："小雷，你好吗？"

"我很好。"我把阿尔法·罗密欧的钥匙交给她，"我来还车。洪姐，你要出远门？"

"我去上海。钱奎从意大利回来了。他要在上海隔离十四天。"

"真巧，我也去上海。"我把右手搁上特斯拉车顶，"顺便看看我妈。"

"你妈妈肯定想死你了，你买好机票了吗？"

"洪姐，我能搭你的顺风车吗？"我自说自话地拉开车门，坐上副驾驶座，绑上安全带，"轮流开车不吃力。我也很想见到钱奎。"

湖水呈现莫兰迪色。一坨坨白云坠落水面。特斯拉开上大桥。埃隆·马斯克躲在后备厢兜风。长江奔跑了一万里，河水像一把淬火匕首，蓦地刺入腰腹，清浊分明，其血玄黄。尚未完工的摩天楼画出比萨斜塔般的黑影，触摸对岸的钟楼和轮渡码头。

"我爸爸江志根，原本是长江客运渡轮的驾驶员。"我的双眼融化在长江尽头的云影中，"我刚读小学一年级，我爸爸辞职下海，在九省街摆地摊卖牛仔裤。我读到六年级，我爸爸有了一个情人。他跟我妈妈离婚了。洪姐，你就是我爸爸的情人。"

洪姐开到长江北岸。方向盘稳如磐石。眼神没有一丝晃动。我吞下一口依云矿泉水说："当你第一次敲响我的门，我就知道，你是个有故事的女人。可我没想到，你的故事里还有我。"

"我和钱奎爸爸都生在温州农村。"洪姐切换到自动驾驶，双手松开方向盘，"他在山里，我在海边。我有三个弟弟，两个妹妹，我们只有一件衣服，每个小孩出门轮流穿，念中学时第一次摸到电灯。十六岁，我跟亲戚去上海，挨家挨户敲门卖的确良衬衫。我被警察抓过几次，看我年纪小就放了。二十岁时，我嫁给钱奎爸爸，一起去广东进走私货，起先是衣服、鞋子和反带，后来是太阳眼镜。我去过中国的每一个省倒卖。最远一趟坐卡车去西藏,高原反应让我差点死在大昭寺门口。

我的脚上长满了老茧和疖子，还有疤，难看得要命。我听说江城有条九省街，许多温州人去卖针织品。三十年前，我跟老公背着两大包太阳眼镜，坐了两天两夜的绿皮火车到这里。"

"我在想，那时候我见过你吗？"

"最热的几天，太阳下足有四十度高温。我在九省街进货，突然被人抢了包，里面装着三百块钱。我挺着九个月的大肚子，从西瓜摊上抽出一把刀，追了那混蛋两条街。眼看就要跟丢，暗巷里冲出一条牛高马大的汉子，一巴掌打晕了那个贼骨头。"

"我爸爸？"

"第一次见到江志根，我还来不及道谢，羊水就破了。你爸爸背我去医院。我疼得要命，心里却不慌。我趴在你爸爸后背上。他的肩膀很宽很厚，像长江上的大肚子渡轮。"

车子的平均时速八十公里。天际线像蓝色幻影。仿佛坐在宇宙飞船上。我合上眼皮说："小时候，我喜欢骑在爸爸肩膀上，稳稳当当，让人安心。我爸爸喜欢读古龙，我记得一句：他能骑最快的马，也能骑最烈的马。"

"你爸爸背着我跑过七八条街口到医院。妇产科大夫说晚来一刻钟，母子两条命都没了。我生了一个儿子，六斤三两。我请了算命的道士，给他起名钱奎，说是文曲星下凡，可以飞黄腾达。"

"洪姐，我还以为钱奎是我的弟弟，不同的娘胎生出来的。"

"我倒希望他是你弟弟。"洪姐把头靠在车窗上，热气呵上玻璃，一忽儿变成冰山，一忽儿变成企鹅，"虽然你没有弟弟，但你有一个妹妹。"

"妹妹？"

洪姐的面色像隔夜的白粥。"1995 年，我又怀孕了。我老公做过结扎手术。所以我肚子里的孩子，只可能是江志根的种。你爸爸决定跟你妈妈离婚。我也想跟我老公离婚，带着肚子里的孩子嫁给你爸爸。于是我问你爸爸，你儿子怎么办？你爸爸说，江冰十二岁了，就要变成一个小伙子，他能照顾好他妈妈。"

"我爸爸说得没错。"我摸了摸鼻梁，最像爸爸的部位，"小时候我想过，如果有个妹妹多好，原来真的有过。我妹妹现在哪里？"

"天上。"洪姐仰望特斯拉的天窗。一片青天，飘着一朵云彩。

"我妹妹出生过吗？"

"我老公发现了我和江志根的关系。他跟你爸爸打过一架。我老公被你爸爸打破相了，左眼下边留了一道疤。以后不管白天晚上，他都一直戴着墨镜。我老公同意离婚，前提是儿子要跟着他去广州。钱奎那时候只有五岁，刚查出来有哮喘。我舍不得这个孩子，每天抱着他，夜里睡觉哭一场，早上醒了哭一场。后来，我决定放弃你爸爸。"

"天下没有最好的决定，只有最坏的决定。"

"对你妹妹来说，就是最坏的决定。你爸爸妈妈离婚一个月后，我悄悄见过你一次。你大概不记得了。我等在你的小学门口，跟你放学回家。你在路上遇到三个中学生。他们翻你的书包，要你交出零花钱。但你一个人打三个人，就像你爸爸。你的鼻子流血了。我抢起皮包，把那三个小子赶跑。我带你去药房，给你搽消毒药水。"

洪姐伸出一根细长手指，涂得鲜红的锋利指甲，轻轻滑过我眼角的伤疤。

"我记得。你还请我吃了一顿豆皮。我问过你是谁，你不肯说。我记住了你给我搽药水的手指，也想念过你一段日子。每天放学，我存心慢慢走，想再见你一面。但你消失了，就像毕业联欢晚会上只来一次的漂亮司仪。"

她的眼角绽开几十根细纹，让人猜度三十年前的美艳，足以载入九省街的编年史。"因为第二天，我老公陪我去小诊所，做了人工流产。我看到一块肉出来。被拿掉的是个小姑娘。我也是杀人犯，杀了我唯一的女儿。我流了一个月的血。我老公用心照顾我。我寄给江志根一封绝交信。我带上五岁的钱奎，跟老公去了广州。"

我保持一个好调查员的冷静。我想帮她擦眼泪，但在口袋里摸了半天，没能找到一张餐巾纸，干脆放弃了。

"洪姐，告诉你一个秘密。我妈妈从没恨过你。我妈妈是出版社的图书编辑，我爸爸是长江轮渡驾驶员。我妈妈爱读武侠以外所有的书。我爸爸除了古龙不读任何书。等我上了小学，我妈妈负责编辑一本畅销书。上海一位名作家写的。那几年，我妈妈经常去上海出差，陪着作家在全国巡回签售，去中国作协开研讨会。后来，我妈妈不再跟我爸爸睡同一张床了。"

"每个女人都有秘密。"

"大学毕业以后，我回上海做了待业青年。我在家里闲得发疯，就偷偷撬开上锁的抽屉。我发现了1990年到1995年，我妈妈和名作家来往的书信。我妈妈没有离婚的唯一原因，只是不想让我成为没有爸爸的小孩。1995年，我爸爸承认婚外情，两人很快办了离婚手续。第二年，我妈妈带我改嫁去了上海。我的后爸就是那位名作家。我们住在静安寺隔壁的愚谷邨。他帮助我和妈妈的户口迁到上海。他把我转到静安区的中学读书，带我去派出所改名换姓。我不再是江志根的儿子。我变成了雷雨。因为我的后爸最爱周朴园和繁漪。"

"轮到我说了。"洪姐瞥一眼江城到上海的高速公路，"七年后，钱奎十二岁。我在广州赚了一大笔钱，回到江城做眼镜生意。我也跟老公离婚了。等我再去找你爸爸，他却跟别人结了婚。对方带着个小女孩。我是个爽快人。我不再打扰他。最好永远不见。"

"这才是你讨厌雪贝的真正原因。"

"你错了。我根本不认识雪贝。我不想让钱奎跟她结婚，是因为我见到她的第一眼，发现这个姑娘太像三十年前的我了。我不是说长相。而是她身上那股味道，那种劲，眼睛里的光，太像了。而我浑身上下每一根毛孔都藏着秘密。"

"你也知道她家里发生过杀人案，你出二十万雇我去调查雪贝的秘密，找出她的黑料，才能让你儿子彻底死心。"我想起钱奎甜蜜的眼神，"但你大错特错了，你完全不懂你儿子。"

"除夕夜，宋云凯发现我在雇用你调查李雪贝。他告诉我，你就是江志根的亲生儿子。如果你来调查这桩秘密，恐怕李雪贝的每一粒脚指头都会被你摸清楚。"

"我不但摸过，还亲过。"当别人对我坦诚相待，我也必须赤裸相对。

"小雷，你连说话腔调都跟你爸爸一模一样。"

"你还爱他吗？"

"一生仅有一次。"洪姐打开化妆镜，捶了捶我的胸口，"小混账，你害得我妆花了。"

高速公路收费站到了。往前八百公里，道路的尽头就是上海。洪姐把自动驾驶改为手动。她并不晓得终点站已经到了。

两个警察变戏法一样地出现。一个是周泰。一个是小雅。周泰难得穿一身警服，腰带上挂着手铐。他命令我们下车接受检查。

周泰打开特斯拉 Model S 的后备厢，看到最大尺寸的旅行箱。我和周泰抬起旅行箱，仿佛两个泰式按摩的老技师，搬运五十公斤重的珠宝箱，沉甸甸地放上沥青路面。我扯开箱子拉链，就像扯开裙子背后的拉链。

箱子里装着一个姑娘。她穿着黑色紧身衣，双手双脚折叠并拢在胸前，拳头贴着脸颊，足跟贴着臀部，像子宫内的足月胎儿，等待羊水破裂前的黎明。

我打开她的最后一个房间，说："雪贝，你自由了。"

雪贝睁开眼睛，看见我的同时，也看见寥廓的青天上，大雁正返回北方。

第三十八章

你看到的大雁并不是大雁，而是一架战斗轰炸机，从一千米的高空俯冲，撒下一泡滚烫的鸟粪，砸在黑色柏油上，迅速冷却如一具谋杀案的尸体。这种空袭在高速公路上多如牛毛，今日却像一杯从天而降的赠别美酒。

我把手伸进三十二寸大旅行箱，犹如妇产科大夫把手伸进产道，抓住两条温柔的胳膊，取出胎位不正的小婴儿。雪贝像个软绵绵的娃娃一样爬出箱子。黑色紧身衣勒出胸和臀部线条。一双白得发亮的光脚，站在离开江城的高速公路上。

她在大口吸入春天。

交错的云影下，我褪下外套，带着 36 摄氏度体温，披在她身上。钱奎妈妈打开旅行包，翻出一对红袜子，一双女士软底鞋，塞到雪贝手里。她俩脚码一致，完美的婆媳。雪贝穿上鞋袜，靠在特斯拉后备厢上，像个大变活人的魔术师的美女助手。小女警给雪贝戴上一副医用口罩，如同戴上一条贞操带，确保我无法侵入她的嘴唇。

我只剩一件衬衫，如片单薄的树叶子。我拜托周泰留给我十分钟。

我想跟雪贝说几句话。从坐上这台特斯拉开始，我已酝酿了千言万语。

"对不起。"雪贝掀起遮住我双眼的刘海，手指头抚摸额头伤疤，"还疼吗？"

"你知道，我从三楼屋顶上摔下来，就像半夜起床撒尿掉到地板上。"

"我更爱看你撒尿的样子。"她揉了揉我的茂密长发，"理发店还没开门吗？"

"雪贝，我们在这里肆无忌惮地调情可不太好，你的未来婆婆，还有两位刑警都在看呢。"

"给你一个机会，就在这里审讯我，补偿你没当上刑警的遗憾。"

"问吧，过期作废。"周泰撞了一下我的肩膀。

在白昼的天空下询问黑夜的秘密，就像在星巴克的小圆桌上签署伊朗核问题条约，打翻三十元人民币一杯的拿铁，就会污染联合国秘书长的名讳。

"宋云凯的手机在哪里？"我说，"请你把秘密交给我。"

"我已经把自己从里到外都交给你了。"雪贝还是眯起双眼看我，"雷雨，我应该在监狱里配一副眼镜了。"

"雪贝，世上最烂的调查员就是我，比收钱不办事的骗子还要烂。"

"我喜欢的雷雨向来直奔主题，他不会绕那么多弯子。"

"麻军不是你亲手杀死的第一个人。"我遥望青天上的浓云，只能残忍地追杀下去，"十六年前的除夕夜，你给江志根打电话，祈求他来救你。江志根闯入海上邨，他和你爸爸殊死搏斗。江志根受伤了，刀子掉到地上。你爸爸眼看要杀了他。这时，你捡起带血的刀子，从背后刺破了你爸爸的心脏。"

"我杀了我爸爸？"

"十二岁的小女孩，不用承担刑事责任。但你还有一生的路要走。就算不上法庭，你也会被送去特殊机构，亲眷们敢收养一个弑父杀人犯吗？"

"不会。"雪贝缩在我的外套里，额头被春风吹得发红，"他们会把我当作瘟疫，或者谋取房子和遗产的工具，像一团卫生纸，用完就扔进抽水马桶。"

"我是杀人犯的儿子，顶多不能当警察，不能当公务员，不能从军。我还可以做个调查员，勉强在刀口上舔血混口饭吃。但你会比我惨一百倍。江志根把你的未来盘算清楚了。他决心代替你承担杀人的罪责。况且，他自己也被刺伤了，兴许警察会认为他是正当防卫。就算在监狱里养老送终，江志根也心甘情愿。"

高速公路的护栏边，是个草木葳蕤的春天。雪贝随手摘下一片夹竹桃花瓣。女警小雅一把从她手中夺去，以免她吞下含毒的汁液。

"我只觉得这花真美，像床单上的初潮。"雪贝笑着说，"那个叫李炼钢的男人，虽然是我生物学意义上的父亲，那又怎样？妈妈跟他离婚了，我们再也不用挨打了。我一生最开心的时候，是从七岁到十一岁，我跟妈妈还有江志根住在一起。我把江志根当作爸爸。等到我妈妈死了，李炼钢来要我的监护权。他诬告江志根强奸我。为了还三万块赌债，他把我送到不夜城大酒店。我恨他。小孩子就像小猫小狗，但凡对他们一点好，就会死心塌地跟着你。这件事跟血缘并无关系。"

我伸出手，观察血液在皮肤下流动，像一条秘密的江河。"江志根做完顶罪的决定后，他跟你和麻军统一口径，三个人反复演练对付警察和律师的说辞。江志根警告麻军，如果泄露秘密，从监狱出来就会宰了他。一切准备妥帖，江志根报警自首。没人会想到十二岁的小女孩杀了爸爸。你们骗过了所有人，包括刑警、检察官、法官，还有律师。"

"世界本身就是一个不可能逃脱的房间。我们只是用自己的地狱来交换别人的地狱罢了。十六年前，你爸爸没有杀人，他的两只手都是干净的。"雪贝摊开双手，"我的手掌心里全是血。"

周泰点上一支红梅烟，贴着我的耳朵说："时间到了。"

"再给我一分钟，我求你。"

"好。"周泰用熊掌般的手掌拍拍我的肩膀。

特斯拉车窗如同白雪公主后妈的魔镜，照出我和雪贝两个人影。两张被口罩遮住的脸，幻影般互相交叠。

"过去十六年，我活成了一个赝品。直到遇见你。"雪贝的拳头抵住我的心口，"下次再遇到喜欢的小姑娘，请告诉她，你有多好。"

"我会说，上一个小姑娘有多漂亮，唱歌有多好听，她会带我上长江大桥骑自行车，除夕夜给我做小龙虾和罗宋汤，春天爬上屋顶陪我看月亮。"

她的眼里滚出一大团泪水。这世上的悲伤无法伪装，就像太阳的颜色无法篡改，哪怕看一眼便双目失明。我捂住她的拳头说："如果一切重来，十六年前，你还会刺下那一刀吗？"

"我不后悔，我必须救我爸爸的命。对了，我爸爸叫江志根。"

"谢谢你救了他。"

"哥哥，我们第一次见面，你在我家门口说的那句话，还记得吗？"

"妹妹，我跟你分享一点微不足道的经验——你一生的命运，往往是被你自己或者别人瞬间的决定改变的。"我摇头说，"真后悔那时没把手伸进门缝，把你推倒在地板上，就能看到谋杀现场的血迹。"

"可惜，我们都戴着口罩，没法舌吻。"

"口罩被眼泪打湿了，必须要换新的。"我一把扯下雪贝的口罩。

"你的口罩上全是鼻涕，太恶心了。"雪贝以牙还牙，扯掉我的口罩。

仿佛赤身裸体的男女，摘下最后一片遮羞布。这年月，嘴唇已相当于性器官。当众接吻等于当众做爱。两条舌头在秘密的角落交缠。一条冰冷，一条滚烫。仿佛太平洋的寒流与暖流交汇。一千万条电鳗从舌根下列队游过，放射十万伏特高压。

我松开了嘴唇，好像从太平洋回到撒哈拉。有人给雪贝戴上一张新口罩。没人给她戴上手铐。周泰拉开警车后门。雪贝抬起胳膊，撑住车顶，回头对我说："很高兴认识你。"

雪贝坐上警车后排。车门轻轻关闭。车窗的贴膜太重。她变得面目不清。暗下去，再暗下去，倒退沉入子夜。

警车低调地带走她，像个稳重又贴心的男朋友，消失在高速公路的青天下。

"你有多爱她？"女警小雅问我。

"一生仅有一次。"

我重新戴上口罩。双腿仿佛跑完半程马拉松。舌头下味蕾泛滥，我想吃一支香草味冰激凌。等到下次再见到李雪贝，我担心自己变得丑陋不堪，体重增加二十公斤，手背长满黑色汗毛，说话干瘪无趣，只剩下特别宏大的叙事，关心霍尔木兹海峡胜过地铁上偶遇的姑娘。

如果她还愿意跟我亲嘴，那是真的爱我。

大旅行箱敞开在高速公路上，像个剖宫产的子宫。我把手伸到残留体温的箱子内。我没能摸到宋云凯的手机。但我摸出一个大信封，装着厚厚一沓人民币，目测大约三万块。当你成为逃亡的通缉犯，就不能再用银行卡和手机支付。小雅从我手里接过信封，暂时交由公安局保管。

洪姐走到我背后，撩拨被风吹乱的大波浪卷发问：“小雷，我犯法了吗？”

“窝藏、包庇罪，情节严重的，处三年以上十年以下有期徒刑。”

“我在城外有栋小产权别墅。”洪姐说，“上个礼拜，我发现李雪贝藏在那里。她说出了她的秘密。我是一个妈妈。我也是一个女人。我想起你的妹妹，被我亲手杀死的女儿。我决定帮助雪贝。今天早上，我接上雪贝，让她躲进后备厢去上海。半路上，我收到钱奎的微信。他说哮喘喷雾剂还剩四分之一。我回家拿上喷雾剂，正好碰到你在门口。”

“还好我说是来还车的，我要是说搭顺风车，你怕是不会理我了。”

“我最爱的男人的儿子是个机灵鬼。”

“洪姐，我向你打听一个男人。”

洪姐的嘴角上扬一公分：“我睡过的还是没睡过的？”

“你睡过的。钱奎的爸爸。他叫钱卫兵。”我问出这个名字，看到周泰像个巨大的靠背椅，从背后缓缓接近洪姐，遮住正午的太阳。

“我不想提这个名字。”洪姐的眼眸里扔出一把小刀。软壳中华空了，她用鸡爪般的手指捏扁烟盒，抛尸在高速公路上，“2002年，我就跟他离婚了。"

"你知道他现在在哪里？"

"小雷，我已经七八年没联系过他，我连他是不是在国内都不晓得。"

"你前夫还活着吗？"

"这就要问警察同志了。"洪姐一回头，不巧撞上周泰的下巴。女人的额头坚硬，撞得周泰七荤八素，洪姐揉搓他的脖子说："不好意思，小周，我没注意，还疼吗？"

周泰捂着口罩，一边退，一边吼："老子被你吃了豆腐。"

我走到洪姐眼面前说："我再问一个名字——王家卫。"

"我最喜欢《英雄本色》和小马哥。"洪姐拉起咖啡色驼绒披肩，对着高速公路上的太阳，犹如万箭穿心的风衣。

"错了，那是吴宇森导演。"

"难道是那个……那个……梁朝伟对庙里的树洞说悄悄话？我看过三遍，哭过三遍，每次都想起你爸爸。"

"洪姐，我问的是盗版'王家卫'。他比正版矮了二十公分。这人也是天天戴墨镜。他跟你有同样的口音。2002年到2012年，他是不夜城大酒店的真正老板。他是一条恶鬼。"

"不知道。"洪姐双目茫然，"我没听说过这个大酒店。在这里做生意的温州人有十几万，我不可能每一个都认识。"

"洪姐，你在说谎。"

我的目光仿佛被公安局没收的精钢锥子，扎向她丰艳的脸蛋。

"雷雨，到此为止。"周泰阻止了我的审讯，"我要带嫌疑人回去了。"

洪姐掏出特斯拉车钥匙，说："小雷，请帮我把这台车开回去，要是你喜欢，可以一直开下去。"

"遵命，再见。"

洪姐上警车前说："你能抱抱我吗？我再也抱不到你爸爸了，请你代替他。"

春风带来一片风沙。我的睫毛湿润得像一匹老马。我使劲拥抱洪姐。隔着两片 N95 口罩，她亲吻我的脸颊。既像情人，又像老娘。

青天上，又一行大雁飞过，不晓得去往北方哪个角落。

第三十九章

人生是一场荒凉的旅行，没人能掉头逆行，除了一台银灰色特斯拉 Model S。时速一百三十公里。我吃了不止一张罚单。回到市区的小路，堵车已如王者归来。

我去了一趟海上邮。珂赛特竟然生了一窝黑如木炭的小猫，挤在妈妈雪白的肚皮上寻找乳头。强大的父系基因。我留下两包拆开的猫粮。很遗憾，猫毛对我是致命的毒药。我不能领养这一家。

回到探照灯调查公司，我挤出洗手液，行云流水地摩擦十指。之后打开结着蜘蛛网的电磁炉，煎了六根鸡肉肠，成功煎煳三分之二。我从冰箱里取出一盒鸭脖子，喉咙已不堪一击，难以享受重辣口味，只能吃下半盒。

我坐上窗台看新闻，装作洞察世事的老手。非洲一头母犀牛生出个怪胎，一个身体长了七个牛头，十个犀牛角。诺基亚手机响起《大华尔兹》铃声。我接到秦良打来的电话。他像一条砧板上的河鲫鱼说："雷雨，我想见你。"

"我也想见你，秦良，你在哪里？"

"公安局门口。"

"等我。"

好久没通过这么言简意赅的电话了。我打开剃须刀，刮去一层刚长出的欲望。我强迫自己不往镜子上打一拳。

我坐上银灰色特斯拉 Model S。我打开车载音响，前奏荡气回肠。有个女中音贴着我的耳朵吟唱——

"大地不曾沉睡过去，仿似不夜城，这里灯火通明，是谁开始第一声招呼，打破了午夜的沉寂。空中弥漫着的海的气息，叫卖的呐喊，响着生活的回音，天地忙忙碌碌的脚印，写的是谁人一生的传奇……"

我的脑中飞过夜袭的战机，防空导弹一架架轰下来，一颗颗流星砸中顶楼舞厅。菲律宾乐队旁若无人地吹奏萨克斯风。四十岁的女人裹着晚礼服，露出象牙白的后背。她的乳房与红唇同样丰满，优雅地夹着一支中华烟。

我不会宽恕自己。女人的歌声充斥颅腔。街边的石楠花开了。精液味道浓郁得像洗浴中心的垃圾桶。这是一座荷尔蒙特别旺盛的城市。

特斯拉开到公安局门口。路边站着一个蒙面男子，后背笔直，额头光亮，如同一盏街灯。秦良已肉眼可见地衰败。稀稀拉拉的头发随风脱落。夹在腋下的黑皮小包还在。手腕上的檀香木串珠消失了。

"周泰正在审问洪姐。"秦良回头看一眼公安局，仿佛喉咙里插了呼吸机。

"你生病了？"

"体温三十六度五。"秦良按住黑色口罩的金属条，"雷雨，以后很长一段时间，我们不能见面了。"

"恭喜啊，又要升官发财了，这次是正处级？"

"从头说起吧。"秦良的双眼像骗人壮阳的药酒，"2012年底，我带队查封了不夜城大酒店。酒店的真正老板，绰号'王家卫'的首犯失踪。我只抓到总经理沙德宝。"

"这个人留下来就是做替罪羊的。"

"案子办得不圆满。我从刑侦被调去别的部门。不夜城大酒店从前是垃圾场，辉煌十年再变回垃圾场。但我对这桩案子念念不忘，想抓到潜逃的首犯。三年前，我找到一条线索——1995年，沙德宝在九省街摆摊卖录像带。对面摊位卖太阳眼镜的就是洪姐。没过多久，沙德宝跟钱卫兵和洪晓丽夫妇去了广州。"

"沙德宝做了他们的跟班？"

秦良终究要把这个秘密排泄出来，像大肠里憋了三天的宿便。"2002年，洪姐回江城做眼镜生意。钱卫兵跟她离婚了。沙德宝老家就在黑沙洲，介绍了一块江边处理垃圾的荒地。钱卫兵不知从哪里筹了一笔钱，造起不夜城大酒店。钱卫兵就是盗版'王家卫'。我去监狱问过沙德宝，这混蛋少了两颗卵蛋，却像被拔了舌头，什么都不说。"

"秦良，你这属于擅自行动。你应该通知刑警队重新立案侦查。"

"我不敢公开打自己耳光。我更不想让周泰抓住我的把柄。但我开始经常陪洪姐通宵打麻将，暗戳戳套她的话。有一天，洪姐到我家送了一个袋子。那天我不在家，我老婆收下了，竟是二十万现金。我骂了老婆一顿。我把这笔钱如数奉还给洪姐。"

"你还真是个两袖清风的好干部。"我不是故意讽刺他。

"洪姐对我说，这是给孩子治病的钱。"

"谁的孩子？"

"我儿子有尿毒症，三年多了，每隔两三天要做透析，还没匹配到肾移植。"

我拽了他的袖子管说："秦良，你怎么不告诉我？"

"风光的事，你恨不得让地球另一边都晓得。"秦良取出夹在腋下的小包，"惨兮兮的事，最好烂在肚子里。"

"人生不过是对你尿道猛踢一脚。"

"有道理，谁说的？"

"马男波杰克。"

秦良的声音低到了水泥路面以下："我和老婆的工资不够给孩子买药，我老婆求我收下这笔钱。我犹豫了三天三夜，投降了。二十万现金，我写了欠条，保证五年内连本带利归还。"

"洪姐要你做什么？"

"她告诉我，不夜城大酒店是她前夫开的，跟她毫无关系。酒店从开张到被查封，洪姐一次都没去过。但她不希望这件事传出去。她的眼镜生意做得很大，准备在创业板上市。如果前夫是个通缉犯，涉及组织卖淫，会影响公司声誉。连续三年，洪姐每年都给我二十万。下个月，她又要给我钱了。"

"我们两个胆子忒大，站在公安局门口高谈阔论这种事。"我从牙齿缝里挤出声音，又被 N95 口罩过滤大半。

秦良放开喉咙说："今年元旦过后，洪姐拜托我调查李雪贝的秘密。我拒绝了。我不想为这件事陷得更深。雷雨，我也劝过你不要再调查李雪贝。我担心你像宋云凯那样被人宰了，或者被周泰一枪爆了头。"

"作为读过四年公安大学的三流调查员，死在刑警枪口下并不丢面子。"

"沙德宝死在不夜城大酒店的顶楼废墟，周泰厚着脸皮求我打开档案柜，重新调查当年的卷宗。我犹豫了很久。我不恨周泰。虽然他实名举报我受贿。严格来说不算诬告。我犹豫的是，洪姐会不会骗了我？"

"秦良，不是洪姐骗了你，是你骗了你自己。你为了暂时安心，免得半夜做噩梦，一厢情愿认为洪姐没有参与过不夜城大酒店的犯罪。如果你不收洪姐的钱，早点挖出更多的秘密，她已经在监狱里了。"

"麻军、宋云凯和沙德宝接连进了停尸房，宋云凯的手机被凶手拿走。杀死麻军的头号嫌疑人是钱卫兵和洪姐的儿子钱奎。世上没那么多巧合。"秦良擦去额头的油汗说，"我把档案交给周泰，只留下一张光盘。我看了小姑娘在舞厅唱歌的那段视频，然后调出海上邮杀人案的卷宗，看到十二岁的李雪贝的照片，才发觉是同一个女孩。我的心脏很疼。我也有孩子。我去不夜城大酒店的谋杀现场看一眼。我们三个鬼使神差地碰头了。"

天黑了。我侧身说话："秦良，从前在公安大学，我跟周泰每次翻墙，逃课，出去打群架，你从不参与。我想知道，我和周泰吃过一次处分，是不是你向辅导员告密的？"

"对不起。"

"我操。"我差点冒着袭警的罪名一拳打破秦良的鼻子，"你知道洪姐在说谎。但如果她被抓，每年给你的二十万将不复存在。如果她供出对你的行贿，你这一身警服会被扒掉。但这一次，如果你帮助洪姐，隐匿和销毁证据，二十万就会变成二百万，你儿子有更大的机会做肾移植手术。"

"我只有一个儿子。他有一双漂亮的手，四岁学钢琴，六岁上台表演。他是弹琴的天才。我不想让他勉勉强强地活着，拖泥带水地死去。清明节前一天，我回了一趟家。我抱着儿子一晚上。第二天，我带你去找老法官。他的脑袋是个百宝箱，比任何档案都管用。"秦良的口罩被鼻涕浸湿，晕开一团黏液，"没想到，老爷子说出了那个秘密。"

"杀死李炼钢的不是江志根，而是十二岁的李雪贝。"我的舌头像子弹撞击牙齿。

"没有一个法官敢推翻自己签字的判决。老爷子宁愿拼上一辈子名声，推翻十六年前的杀人案。我算什么玩意儿？只有我自己知道，我是一坨狗屎。"

"那我是一坨猫屎。"

我们的对话充满动物粪便的熏人气味，徒劳地抵挡石楠花的精液气味。

"清明节，从老法官家里出来，我决心结束这件事。我去找周泰。他刚从墓地安葬他老爹回来。我和他在公安局天台上坐到天黑。局长甚至担心有人要跳楼。当晚，专案组开会，我说出了这个秘密。洪姐被锁定了。她儿子刚到上海浦东机场。她很可能逃往上海。周泰会在高速公路上拦截，等她自投罗网。"

"好在今天早上，我搭了洪姐的顺风车，否则会错过这一出好戏。"

一台警车开到公安局门口。秦良拉开车门，坐上后排，隔着车窗说："我去纪委自首。雷雨，再见。"

车窗升起来。秦良的面孔被逐渐压缩。车窗像一把锋利的剪刀。

口罩咔嚓。眼睛咔嚓。直到头顶心咔嚓。我认识的秦良已被碎尸万段。车窗彻底封闭。半透明的密室。我向他挥手作别。

这年月，每次道别都像永别。

第四十章

我用周泰的旧手机给周泰的新手机打了电话。石楠花飘香的春夜，仿佛大型强奸犯罪现场。周泰的黑色警服随时会被肚子撑爆，像一头戴口罩的狗熊走钢丝表演，冲到银灰色特斯拉 Model S 跟前，几乎把我撞飞。

"审讯刚结束。"公安局门口，周泰扯下口罩，捏着鼻子，点上一支红梅烟，"洪姐是个爽快人，绝不拖泥带水。2002 年，洪姐和钱卫兵离婚了。眼镜生意统统归了洪姐。钱卫兵拿到一笔钱开了不夜城大酒店，人称'盗版王家卫'。哪怕不再是夫妻关系，他们还是利益共同体。"

"专业的刑警还是比业余的调查员厉害那么一点点。"我是真心赞美周泰，"不夜城大酒店的名字，也是洪姐起的。她最爱的一首歌叫《不夜城传奇》。"

周泰露出烤瓷门牙，喷出一团烟雾说："洪姐把不夜城大酒店当作结交富豪的敲门砖，也是做生意的护身符。这个女人胆大包天。她在总统套房里偷偷装了摄像头。"

"最好打上马赛克。"我闻着石楠花的气味，"洪姐知道顶楼舞厅唱歌的女孩是李雪贝吗？"

"女孩们都是沙德宝物色来的。洪姐从没见过十二岁的李雪贝，更想不到还有那么小的女孩。海上邮杀人案的第二天，洪姐带着儿子飞去意大利。她并不晓得那桩案子，更不晓得江志根进了监狱。"周泰神速地抽完烟，戴上口罩，仿佛执行完一场刺杀任务，紧急撤离现场，"十六年后，钱奎带着未婚妻来见妈妈，这是洪姐第一次见到李雪贝。"

"洪姐只知道江志根是李雪贝的继父，所以雇用我出一份李雪贝的调查报告，她并不知道十六年前的杀人案与不夜城大酒店的关系，否则她就是自掘坟墓。"

"雷雨，除夕那天，你从宋云凯的别墅出来，顺便砸了他的车。当晚，宋云凯找到了洪姐。他说自己掌握着不夜城大酒店的秘密，包括'贵宾'们的名单，甚至总统套房的偷拍录像。洪姐终究是怕了。这些秘密要是暴露在青天下，会让她全家死无葬身之地。"

"所以，洪姐紧急打我电话，命令我停止调查。可当你脱了裤子，怎么停得下来？"满世界的精液气味中，我已词穷到没有其他比喻了，"但我不是在为别人调查，我是为了十六年前自己丢掉的玩意儿。"

"很多人都丢干净了，只剩下腰身上的肉。"周泰扯着极不合身的警服下摆。

"洪姐这辈子从没被人威胁过。她是一只捕猎的豹子，不是可怜兮兮的猎物。我猜她去找了沙德宝。"

"对，洪姐跟你打完电话就去了新街口，爬上五层楼，敲开沙德宝的房门。自从沙德宝进了监狱，他们没再见过面。洪姐晓得沙德宝在保外就医，过完年就要回监狱了。洪姐说出李雪贝的名字，掐住沙德宝的脖子，强迫他说出十六年前的秘密——李炼钢把女儿带到不夜城大酒店的顶楼舞厅与总统套房。海上邨杀人案以后，宋云凯律师半夜来访酒店，带来一条沾血的女孩内裤。钱卫兵给了宋云凯一百万，换回这件最要命的证据。钱卫兵和沙德宝不敢让洪姐知道这些事。他们害怕洪姐会把不夜城大酒店关门大吉。"

"往后的七年十个月，钱卫兵每个月送给李雪贝一万块，更不会让洪姐知道。"

"不夜城大酒店被公安局查封以后，宋云凯做了沙德宝的辩护律师。这个婊子养的转移了重要证据，包括客房里偷拍的录像带。盗版王家卫消失了，没人知道不夜城大酒店背后的主人是谁。秦良被他们耍了。"

"单单这一件事，足够宋云凯洗干净屁股坐牢了。"

"洪姐又问沙德宝，六年前，到底是谁把他打成了重伤，沙德宝说出了江志根的名字。"

我看一眼天上的满月说："这一切都不是巧合，洪姐终于明白了，她已经跳进了自己亲手烧开的火锅里。"

"沙德宝向洪姐要封口费。为了保住不夜城大酒店的秘密，他被判了九年徒刑，差点被人打死。沙德宝甚至脱下裤子，证明自己没有说谎。"

"鉴定男人的这一方面，洪姐是个专家。"我说，"我猜她是这么回答的——封口费可以给，但是银行资金监管很严，只有现金最安全，需要几天时间筹钱。"

"一个字都不差。"周泰说，"这个女人不可能再睡着了。她想到了你，调查员雷雨，你的能力得到了客户的认可——既然你能找到宋云凯，早晚也会找到保外就医的沙德宝。你真是一个大麻烦。洪姐没有别的选择，要么主动投案自首，要么趁着这段混乱时期，把沙德宝和宋云凯都给宰了。"

我背靠在特斯拉的车门上说："洪姐想一劳永逸地守住秘密。但她自己没有能力动手，她想到了我爸爸——十六年前犯下过杀人案，在监狱中打爆沙德宝的两颗卵蛋，纵使年届花甲，依旧体壮如牛，最佳行刑人选。我给我老爸想好广告文案了，他必须分我 20% 佣金。"

"大年初一早上，洪姐去了你家的老房子。她在门口站了两个钟头。等到中午，洪姐决定离开。门却开了。"周泰说，"有一首歌是怎么唱的？"

"我说情人却是老的好。"我唱得严重跑调，"他们两个上床了吗？"

"上了。"周泰的医用口罩在呼吸中一收一缩，像一条被捕获上岸的鱼鼓动两鳃，"严格来说，洪姐上了你老爸。她在审讯室绘声绘色地说了全过程。做笔录的小雅都脸红了。你老爸真厉害。"

"除了十月怀胎，没有我爸爸做不到的事。"

"洪姐抽了一支事后烟，躺在你爸爸的胸口，承认了不夜城大酒店的秘密，说出了宋云凯和沙德宝的龌龊事。"周泰打开手机备忘录，念出一句审问笔录，"她说：在自己最喜欢的男人面前，我没有秘密可言。"

"我爸爸什么反应？"

"江志根连续抽了两包烟，打了沙袋一百多拳，手指关节上全是血。"周泰又念了一段笔录，"江志根说：我看过江冰那孩子的眼睛，他不会停手的，他会把所有秘密挖出来。你给沙德宝打个电话吧。至于宋云凯，我也会解决掉。从此以后，我们不要再有联系。"

"我爸爸原谅了洪姐？愿意为她去杀人？"我像个电风扇一样摇头，"不，我爸爸是为了雪贝而杀人。沙德宝虽然出了监狱，但他住的小区环境复杂，到处是监控摄像头，还有泼妇骂街的邻居。我爸爸必须把沙德宝骗到没有监控、没有人烟的地方动手。自从丢了一对卵蛋，沙德宝成了惊弓之鸟，不会相信任何人。只有一个人能把沙德宝骗出来。她就是洪姐。"

　　周泰的拳头轻轻碰一下我的心口说："正月初二，洪姐用黑市买来的手机卡给沙德宝打电话。她说准备好了五十万现金，约在不夜城大酒店顶楼舞厅见面。"

　　"沙德宝担心自己随时会被送回监狱。即使冒着天大的风险，他也愿意赌一把。沙德宝叫上一辆网约车，跑去荒郊野外的废墟，爬上十层楼。他没有等来洪姐，却等来了死神。"

　　"江志根袭击了沙德宝，剥掉他的厚外套，瞄准后背心，一刀刺下去。"周泰摸着我的后背心说，"当你杀完第一个人，就像在跑步机上一样，停不下来。江志根划船渡过长江，骑自行车到博雅湖的别墅。凌晨三点，江志根杀了宋云凯。他还偷听到宋云凯和你的对话，拿走了那台装满秘密的手机。"

　　"我爸爸把尸体摆成胎儿的姿势，万一他被公安局抓住，就能顶下杀死麻军的罪名，代替雪贝去坐牢，或者，代替她去死。"

　　"今天下午，我去过看守所。我告诉你爸爸，李雪贝和洪姐都落网了。你爸爸交代了，杀掉宋云凯和沙德宝的第二天，他悄悄去过一趟海上邮，把那台手机放在李雪贝的家门口。"

　　"我爸爸代替雪贝完成了她没完成的任务。那时我正在公安局接受你的审问。"

周泰摊开双手说："雷雨，你打我一拳吧。"

"呵呵，你还想骗我在公安局门口袭警，明天享受看守所食堂的鸡腿饭。"

"正月初五，李雪贝给洪姐打电话，邀请她来家里喝酒。洪姐的胆量比榴莲还大。她先去你的办公室，再去海上邨。她们喝了啤酒和清酒。雪贝拿出宋云凯的手机。如果这台手机里的秘密曝光，天下不知有多少人要弄死洪姐全家。借着日本清酒的后劲，洪姐竟然下跪道歉了。"

"洪姐是把雪贝当作忏悔神父，把海上邨的房子当作告解室。"

"雷雨，你善于用古里古怪的字眼归纳总结。"周泰说，"你不会相信的，李雪贝把宋云凯的手机交给了洪姐。"

我的脑子里好像灌满了伏特加，我把手指插进稻草似的长头发里说："雪贝为什么这么做？如果她知道全部秘密，就知道洪姐是不夜城大酒店的真正老板，这个女人毁了雪贝的一生。"

"李雪贝说，如果洪姐被抓，江志根也会被抓。保护了洪姐，等于保护了江志根。她不想再有人被杀。"

"这个理由成立，但我并不完全相信。"

"别钻牛角尖。"周泰说，"洪姐的酒量是女中豪杰，多少男人被她喝得屁滚尿流，送去医院洗胃的都有一打。但她在李雪贝家里喝醉了。"

"亲眼所见，烂醉如泥，还差点吐了我一身。"我拍去衣服上的灰尘和花粉，"我把洪姐背回了家。"

"那天夜里，宋云凯的手机就在洪姐的鳄鱼皮包里。"

我把额头搁在特斯拉的车窗上："我们掘地三尺寻觅的东西，其实就在你的眼前。我在洪姐的包里掏过车钥匙，摸到过两个手机。她把宋云凯的手机藏到哪里去了？"

"就在这台车上。"周泰拍拍车门说。

"洪姐把这台车交给我，就是把天大的秘密交给我。"

特斯拉 Model S 成了谋杀现场。我们要寻找一把凶器，我们打开所有车门、后备厢、引擎盖，检查每一道缝隙。周泰搜查前排。我负责后排。我趴在座位上，手指插入每一道缝隙。很快，我摸到一个秘密夹层。我摸到了深渊。

深渊里藏着一个香奈儿公文包。包里藏着一台手机。我按下开机键。屏幕像黎明的被窝亮起。手机最近刚充过电。开机密码挡住了我。锁屏壁纸是一家三口的合影。我认得这个幸福家庭，宋云凯和他的妻女，老法官的女儿和外孙女。

"芝麻开门。"周泰送给我一个熊抱。

我打了周泰胸口一拳，这混蛋坚如磐石，纹丝不动。

"对于宋云凯来说，这是阿里巴巴的藏宝洞。但其实是一颗原子弹。核辐射超标一万倍。谁触碰谁就要死的秘密。"

"也许还有一百个富婆的电话号码，一百个小明星的光屁股照片。"

"谢谢，我对此没兴趣。洪姐打开过这台手机吗？"

"洪姐在没信号的地方开过机，但解不开密码。她计划逃出江城以后，再雇一个高手破解。"

"这女人并不全是毒蛇。你说今天早上，洪姐为什么带上雪贝一起逃亡？不止是她说的同情，还有赎罪。如果没有不夜城大酒店，雪贝现在是个刑事律师。而我是个刑警。"我闭上眼睛，"如果三十年前，钱奎出生那天，洪姐没在九省街遇到我爸爸呢？"

我掐了自己一把。人不能太贪心。我想要的太多了。我把宋云凯的手机装回香奈儿文件包，好像装入宋云凯和沙德宝的骨灰。

"这桩案子里还有一个人，洪姐的前夫，盗版王家卫——钱卫兵。"周泰抡起一巴掌，拍到特斯拉的触摸屏上，竟然打出几道裂缝。

"混蛋，我怕我赔不起。"我忍住没揍他一拳，"我跟洪姐第一次见面，她就说老公死了九年。我猜这就是真相。洪姐杀了钱卫兵。也许塞进绞肉机，或者做成标本，陪伴钱奎的冷血动物们。李雪贝恨的所有人都死了。"

"钱卫兵还活着。"周泰看一眼天窗，"钱卫兵没有进绞肉机，也没有被碎尸万段丢进长江。七年前，他用假护照逃去了意大利。"

"他在米兰？"

我摸着 N95 口罩上的绿色橄榄叶标志，脑袋几乎撞上天窗。头顶疼得像被松油点了天灯。我咬着牙不哼出声。谁让我自以为是条硬汉。

"雷雨，我们破坏了太多规矩。"

"你不用告诉我。"

"最后一件事。"周泰帮我揉揉脑袋，"今天下午，我在看守所问了你爸爸，十六年前，海上邨杀人案。"

"给我真相。"我的眼珠子瞪得比发条橙还大。

"江志根坚持自己就是海上邨杀人案的凶手。当时两个男人生死搏斗，麻军吓得差点尿裤子。李炼钢的刀子掉到地上。李雪贝捡起刀子。李炼钢让女儿把刀子递给他。小姑娘却把刀递给江志根。李炼钢回转身打了女儿一记耳光。江志根一刀刺进了他的后背心。"

"我爸爸还在编故事。"

"江志根说，他杀了李炼钢，浑身是血，手上拿着刀，不知所措。李雪贝说不要害怕，等到警察来了，她就说是自己杀了李炼钢。两个男人搏斗，她捡起刀来救爸爸，意外误杀了亲生父亲。她说自己是个小孩，不会被判刑的，最多送去工读学校。"

"这倒是雪贝会说的话。"我摇头，"但我还是不信。"

"江志根不想让李雪贝为他顶罪。虽然小女孩不用负刑事责任。江志根拿起电话报警，承认自己杀人，准备去坐牢。李雪贝和麻军上法庭的证词都是真的，唯独隐瞒了一件事——李雪贝把刀子递给了江志根。"

"周泰，你觉得到底谁杀了李炼钢？"我像被绿巨人浩克撕成两半，"我爸爸？还是雪贝？你是最厉害的刑警，我只是个狗屁不通的调查员，我相信你的判断。"

"江志根。"

"如果，江志根和李雪贝都坚持自己杀了李炼钢，恐怕永远等不到真相了。"

"我跟你打赌，一定等得到。"

"周泰，我不会拿我爸爸和自己喜欢的女人来打赌。"我看着车窗外的石楠花，恨不得提把斧头，一夜之间把每棵树都砍了，"如果这就是真相，老刘法官一辈子的名声已经保住了。他可以安心地进棺材，一套《悲惨世界》枕在脖子底下。"

"世上最难的就是真相。"

周泰终归留下一句话，超过我这一生留下的几万句。

"记得我们打过的赌吗？我欠你一瓶啤酒。"我摸出一瓶啤酒，"刚才路过超市买的，可惜已经不冰了。"

"可以用停尸房的冰柜，顺便请本案的三位被害人喝一杯。"

"恐怕不够他们三个分的。"

"雷雨，我们两个分吧。"

周泰避开烤瓷门牙，坚硬的犬齿咬开瓶盖，对着嘴巴喝掉半瓶。我喝掉剩下半瓶啤酒。我的嘴角如同螃蟹吐满泡沫。

"时间到了。"周泰看一眼手表。他的屁股坐不住了。

"接下来靠你答卷子。"我把香奈儿公文包交到周泰手里。

"你有托我带给李雪贝的话吗？"

"没有了。"

"再见。"

周泰抱起公文包，前脚刚打开车门，我拉住他的胳膊说："一定要活下来。"

"我尽量。"

周泰下了车，臀部发力，关上特斯拉车门。力道大得能撞碎一颗小行星。

晚风吹得孟浪。月亮圆得像颗饱满的乳房。我踩下油门。倏忽间，我的胸口抑郁，像打进一颗热水瓶塞子。怪东西来了，一根根刺入我的气管。恺撒在元老院被刺死。斐迪南大公在萨拉热窝街头被刺死。花粉撕开鼻黏膜侵入气管。我连打七个气壮山河的喷嚏。七个变态杀手同时想念我。我已无法呼吸。

我后悔摘掉口罩喝啤酒。我摸出哮喘喷雾剂，拔出盖子，粗暴地塞进嘴巴，像吞入男人的器官。我一点点按下去。没有药物释放。喷雾剂竟然刚好用完。我倒在驾驶座上。匕首、剃刀、子弹、氰化钾，齐刷刷刺入呼吸道，渗入双侧肺叶，开始核聚变。我的眼中充满为自己送葬的泪水。

最后一天，我死了。GAME OVER。

声势浩大的泪水吞没我以前，我打开车上的手套箱，摸到一瓶哮喘喷雾剂。洪姐带给儿子的喷雾剂，外观跟我的那一瓶如同孪生兄弟。我的手指发抖。拆开包装，拔出盖子，呼气，塞入嘴里。吸入一个温柔的猫王。药物浸润两侧肺叶。我起来喘气，还阳，复活。重新爬出娘胎。我的肺经不起折腾了。

我注视耗尽的布地奈德气雾剂。二百揿，每天用两次，可用一百天。案发前一天新买的喷雾剂，至今用过七十七天。理论上还能用二十三天。为何突然用光了？

肺部安静下来。心脏骑上一匹烈马。脑中飞过闪电……

第四十一章

艾略特说"四月是残忍的"。其实，五月也是残忍的。南京大屠杀在十二月寒冬。广岛原子弹爆炸于八月酷暑。奥斯维辛在五十四个月里通宵达旦焚烧犹太人。耶路撒冷在过去的七十年里马不停蹄地仇杀。纽约双子塔被飞机撞毁于艳阳高照的九月。

躲过石楠花粉的刺杀，我开着屏幕碎裂的特斯拉 Model S，回到探照灯调查公司。钥匙钻进锁孔。铜锁舌"咔哒"一声。一只银灰色大蛾子，停在明灭不定的灯上。我摘了口罩，洗手，喷洒酒精，动作一气呵成。

茶几上的半盒鸭脖子，已被蹂躏为骨头碎片。辣油与花椒如同毕加索的油画涂满玻璃，夹杂几根细长的灰色鼠毛。这一夜，咄咄怪事密集得像麻军脸上的粉刺。我收拾干净房间，遵守垃圾分类。我必须重新考虑购买捕鼠夹，或者粘鼠板，最凶残的那一种。

我掏出两瓶哮喘喷雾剂，并排放上玻璃茶几。这两瓶长得像同卵双胞胎。一瓶是今天用光的，精尽人亡的欢场高手；一瓶是洪姐车里的，刚开封的处女新娘。

搬空书架的最高一层，我从斯蒂芬·金的《绿里奇迹》背后，翻出一瓶沾满尘垢的哮喘喷雾剂。我用湿毛巾擦拭，仿佛给尸体洗澡，慢慢暴露其本来面目。布地奈德气雾剂，二百揿。我拔出蓝色盖子，缓慢揿下去，药物喷到空气中。这一瓶的药量足够。

两个月前，我去汽车坟场给黑色大众甲壳虫认尸送终。我没能找到行车记录仪内存卡，却发现了这瓶哮喘喷雾剂。我把它带回办公室，塞在书架的最高一层。当时我的心思全在消失的行车记录仪内存卡，根本无暇思考这瓶喷雾剂怎会出现在我的车里。

今宵，我的茶几上并排站立三瓶布地奈德气雾剂。每瓶二百揿，含布地奈德20毫克，每揿0.1毫克。三个白色塑料瓶，蓝色小盖子，底下露出铝罐。

第一瓶喷雾剂，表面充满光泽，长期陪伴我的右手和裤子口袋，留下油脂包浆。

第二瓶喷雾剂，今天来自洪姐的特斯拉车里。第一瓶和第二瓶的铝罐底部，印着两行相同的浅绿色使用说明。

第三瓶喷雾剂，我在汽车坟场的大众甲壳虫里捡到的，铝罐底部印着三行深绿色使用说明。

我给三个瓶子都拍了照片，传给我的小学同学药罐头。

药罐头的电话打过来："喂，江冰，我俩上次玩猜谜游戏，还是二十六年前，戴着红领巾，坐在动物园熊猫馆门口。"

"过年前，我问你买了一瓶哮喘喷雾剂。"

"布地奈德气雾剂，二百揿。保证不是假药，否则你已经死了。"

"我发觉铝罐底下的说明文字有区别。"

"江冰，最后一瓶是我卖给你的，去年十二月上市的最新款气雾剂，铝罐上有三行使用说明，颜色比前两瓶老款的更深。如果你正常使用，每天揿两次，下个月才能用完。"

"你确定？"

药罐头嘿嘿笑起来："江冰，你是不是吃错药了？"

"我很好，药罐头，我从十三岁起就叫雷雨了。"

"抱歉，我改不过来了，就像你总是叫我药罐头。"

我跟他一样无法改变习惯："药罐头，你还好吗？"

"又换了一个女朋友，这回是个男性科的女医生。江冰，如果你有阳痿早泄的问题，可以找我女朋友，包你药到病除。"

挂了电话，我给诺基亚手机充电。我陷落在人造革沙发里，凝视茶几上的三瓶哮喘喷雾剂。巧笑倩兮的三姐妹，前两个双胞胎，最后一个小妹妹。

案发第一夜，我百分之百带上了哮喘喷雾剂——药罐头卖给我的，当天才新鲜拆封，我只用过一次。我的口袋里揣着这瓶喷雾剂，出门先找到李雪贝。我们之后去了巫师酒吧，再去鹦鹉桥。钱奎冲出来。我开车追逐阿尔法·罗密欧，遇到十字路口的黑猫。大众甲壳虫撞上一棵大树。

事实大概是这样的——我的前列腺差点被撞出来，也撞出了裤子口袋里的哮喘喷雾剂，嵌在座位缝隙中。洪姐救了我和雪贝。当我们被救护车送到医院，大众甲壳虫的残骸内，既留下了行车记录仪，也有我的哮喘喷雾剂。它们一同被拖车送入汽车坟场，仿佛碎尸后冒名顶替的被害人。

七个半小时后，我的脑子乱成了毕加索的调色盘。当我返回谋杀现场，发现麻军的尸体——死者毛衣里的猫毛诱发了我的哮喘。但我的口袋是空的。我摸不到自己的哮喘喷雾剂。当我快被哮喘杀死时，我在地板上摸到一瓶喷雾剂。它像天使一样救了我——我误以为是从自己口袋里掉出来的。事实上，这瓶布地奈德气雾剂原本就躺在地板上。也许已经躺了一整夜。

来自谋杀现场的哮喘喷雾剂，从此忠诚地陪伴在我身边，绝无出轨可能。要么站在茶几上，要么躺在裤子口袋，紧贴大腿根部。每次当我勃起，它能感受我的性欲。它至少两次救过我的命。

这瓶喷雾剂我用了大约七十七天。每天两揿，一百五十四揿。原装二百揿的布地奈德气雾剂，今晚刚好用尽。当我拿到这瓶喷雾剂时，它已用过四十多揿——这不是我在案发第一夜带出门的哮喘喷雾剂。

这瓶哮喘喷雾剂的原主人是钱奎。

案发当晚，钱奎先后两次进入过麻军家里。这件事并无争议。我想得脑壳疼了。我倒了一杯温水，吞下一片泼尼松龙。窗外暗下来。探照灯一点点熄灭。

我接到一通陌生来电。就算非洲山地大猩猩来电，我也得选择接听。

"雷雨，你好。"手机里响起一个蜜糖罐头般的声音，"我是杰克。"

"请问你是 1888 年的开膛手，还是 1912 年的泰坦尼克号上的乘客？"正在充电的诺基亚烫着我的耳朵。我打开免提。

"我是巫师酒吧的杰克，有空来喝一杯威士忌。"

玻璃酒杯的碰撞声仿佛交响乐的三角铁，稳稳穿透电波，刺入我的颅脑。

"你好，杰克。"我想起双眼干净的酒保小伙子，"最近你跟钱奎联系过吗？"

"我给他发过微信，佢他没有理我。"

"请回答一个问题，钱奎最后一次来到巫师酒吧，到底是几点钟？"

"九点，好像是九点零五分。警察问过我，酒吧有监控录像。"

"录像还在吗？"

"我早就转录到手机上了。"杰克说，"你要看吗？"

"杰克，如果我是个姑娘，一定会爱上你的。"

"我不喜欢姑娘。"

"可以理解。我们刚好相反。明晚九点，请给我保留一个座位。不要日威。我只要纯苏格兰。晚安。"

挂了电话。杰克加上我的微信，传来一段视频文件。巫师酒吧的监控录像，右上角跳着时间：21：05。钱奎走进酒吧，戴眼镜，白色N95口罩。每一步都是飘的，双手撑着吧台才能走路，爬上高脚凳都吃力。杰克给他倒一杯威士忌加冰。钱奎郁郁寡欢，自斟自酌，仿佛明天要坐上电椅。

画面暂停放大。钱奎波着咖啡色外套，黑运动裤，白运动鞋。吧台顶上光线直射，裤子和鞋子沾满灰色泥点子。这不奇怪，当晚下雨。进度条拉到十点，再到十一点。除了上过一次厕所，钱奎被禁锢在高脚凳上喝酒。子夜十二点，钱奎摸了裤子口袋，脱下外套，全身口袋摸遍，翻出手机和车钥匙，弯腰瞅着脚下，一无所获。

钱奎在找哮喘喷雾剂。但这不能说明什么。傍晚六点到七点，钱奎在麻军家里吃过晚餐。钱奎在半夜回到鹦鹉桥，爬上顶楼麻军的家里，是回去寻找哮喘喷雾剂的？

我想吃一支香草味冰激凌。但没时间了。我在茶几上摊开便笺纸，画出一条时间轴——傍晚六点，钱奎与麻军共进晚餐。六点半，钱奎关了手机。大约七点，钱奎下楼回到自己车里。八点半，钱奎开车去巫师酒吧。道路监控拍到了阿尔法·罗密欧。九点起，钱奎有了强有力的不在现场证明——巫师酒吧的监控，还有酒保杰克。但从六点钟到八点半，钱奎有两个半小时空当。手机关闭，无法确定位置。这段时间内，钱奎只见过麻军一个人。死无对证。

我给麻军也画了一条时间轴——傍晚六点到七点，麻军与钱奎一起吃晚饭。其间麻军给雪贝打过电话。七点多，钱奎先走了。七点半，麻军驾车出门。八点，麻军进入海上邨。九点，海上邨有人目击到麻军在车里看手机。十点，洪姐与江志根先后看到麻军。十点半，伦敦德比打平，麻军上楼去找雪贝。十一点整，雪贝杀了麻军。

两条时间轴对照——七点半，麻军的本田 CR-V 离开鹦鹉桥。八点半，钱奎的阿尔法·罗密欧也离开鹦鹉桥。从鹦鹉桥到海上邨，单程二十分钟，来回最慢一个小时，相当于麻军与钱奎先后离开同一地点的时间差。

这是一个巧合。但世界上没有巧合。江志根可以冒充麻军开车从海上邨返回鹦鹉桥。钱奎为什么就不能冒充麻军开车从鹦鹉桥到达海上邨？

我来到五百本推理小说跟前。我的书架是六层高的居民楼。五百本书是五百个住户单元。每一户发生过至少一起谋杀案，入住过千人憎恶万人唾弃的被害人，闯入过每一刀都令你同情的凶手，神机妙算醉生梦死或者种马似的大侦探。我不属于以上任何一种。因为我是房东。一套《悲惨世界》口袋本夹在《Y 的悲剧》与《W 的悲剧》之间，犹如黑袍传教士住进中产阶级公寓楼。

一道闪电劈开我的脑子。七天前，愚人节，钱奎说过一句话——

"雪贝绝对不会被判死刑的，我保证。"

很抱歉，我笑话钱奎没脑子，但没脑子的人是我。钱奎凭什么保证雪贝不会被判死刑？因为杀死麻军的就是钱奎。

第四十二章

　　我的心跟我的房间一样荒凉。某些东西寿终正寝，又有某些分娩出产道。当你从宿醉中复活，你会发现横跨长江的大堵车、雾霾红色警报、夜总会的漂亮妞、噪音超标的建筑工地、街角堆积的猫屎、汽车轮毂上的狗尿，统统变戏法一样回来了。全城的酒鬼纷至沓来。巫师酒吧沸反盈天，仿佛同时举办一场婚礼与一场葬礼。姑娘们在胳膊上刺青柏拉图与切·格瓦拉，头发染成藏红花色，痛饮威士忌加冰与马天尼。醉生梦死的破晓，各自奔赴温暖的被窝。全城一千万人，泰半皆有一份体面或卑微的工作。清晨与日暮的每一列地铁，像秋高气爽的活羊挤入车门，杀气腾腾地穿梭于河床两岸。不会有人谈论我刚刚度过的七十七个昼夜。

　　夜尚未深。我躺倒在木头窗台，斜睨静谧的兰陵街。我拨通了周泰的电话：“李雪贝的审问结束了吗？”

　　“她承认了——她亲手杀了麻军，策划了江志根搬运尸体的诡计。”周泰好像刚从蹲坑上回来，嗓子里充满痔疮折磨的痛苦。

　　“周泰，你能不能再审问一遍？”

"你是一条硬汉。但你还是心软了。我没精神陪你发疯。我连续二十四小时没睡过觉，现在站着都能打呼噜。"周泰喉咙里酝酿一口浓痰，"你说我惨吗，刚叫了一碗面，上趟厕所回来，已经被刑警队的王八蛋吃了。下午三点，我才吃过一碗面。现在我的胃就像叙利亚战场。"

我的胃也不比周泰更充实，活像关门三个月的电影院。语无伦次之前，我重新理顺舌头："刚才我回到办公室，发觉新买的鸭脖子被老鼠吃了。"

"活该！"周泰幸灾乐祸地狂笑，"你要跟我说什么？"

"假设你现在被人谋杀，法医在明天解剖尸体，根据食物消化程度，怎么判断死亡时间？"

"废话，晚上九点到十点，我的胃和十二指肠都是空的。雷雨，你每天都诅咒我早点挂掉？"

"如果人人都觉得你是吃过晚饭以后被杀的呢？"我说，"别忘了，你现在的小肠里也有面条的成分。"

"死亡时间还得再往后推六七个钟头。"

我捏着一支铅笔，在两条时间轴上重新标记。"周泰，我先问你，麻军被杀当晚，从六点到七点半，他的通话记录是什么。"

"雷雨，你绝对是我的仇家，你在要我的命，我的脑子转不动了。"

周泰身边响起女警小雅的声音："我记在备忘录上了。"

"小雅，你是一个天使。"我毫不吝啬地赞美，死皮赖脸地追问，"六点半以后，拨出过电话吧？"

对面开了免提，小雅念出审问笔录："傍晚六点三十五分，麻军拨打李雪贝的电话，通话时长六分钟。七点整和七点十五分，麻军又给李雪贝打过两通电话，通话时长各有两分钟。当晚六点半，李雪贝接到麻军的借钱电话。七点整，麻军打来第二通电话，他想要借更多的钱。没过多久，麻军的第三通电话来了。李雪贝说筹到了钱，让他十点半准时上门。"

"李雪贝的供述符合每一通电话记录。"周泰在电话里暴跳如雷，"雷雨，你想救她的命，但你动错了脑筋。"

"麻军的手机有没有开机密码？"·

"没有。"

"下一个问题。七点半，麻军开车出门。八点，他进入海上邨，坐在车里看英超直播。九点钟，有个邻居看到麻军坐在车里。十点以后，洪姐和我爸爸先后看到一个男人坐在本田 CR-V 里。但是，洪姐的特斯拉，钱奎的阿尔法·罗密欧，都没安装过行车记录仪。"

"三个人都看到了麻军，你要质疑什么？"

"他们都没说谎。但没人看清过麻军的脸，除非麻军放下车窗，摘掉口罩，面对面打过招呼。我问你，江志根是怎么冒充麻军开车离开海上邨的？"

世界按下静音键。电话彼端，周泰闷掉，小雅也不响。

"第三件事。"我接着问，"案发当天下午，钱奎在一家书店，五点多出发去鹦鹉桥。"

"我看过书店监控，钱奎安静得像一只兔子。"

"哪怕他是六十公斤重的南美水豚，也请你再看一遍他穿的衣服裤子。"

周泰的嗓子像接收不到信号的收音机："可以，我保存了录像。"

"第四件事，案发当晚七点半，雪贝去步行街的银行自动取款机，提出了三万块现金，对吗？"

"李雪贝把这笔钱给了麻军。然后宰了他。牛皮纸信封装了三万块，塞进尸体的裤子口袋，一起被江志根搬运回麻军家里。钞票上全是麻军的指纹，现在公安局保管着。雷雨，你够了吧。"

"钞票上有李雪贝的指纹吗？"

"没有。但在牛皮纸信封上有她的指纹。我看过自动取款机的监控，李雪贝戴了手套。有些人怕钞票会传染病毒。你觉得有问题吗？"

"没问题。今天上午，我从大旅行箱里找出来的，李雪贝随身携带的那笔钱，是不是三万块整？旧钞还是新钞？"

"你他娘的是个杠精吗？"周泰要被我逼得砸手机了。

小雅代替周泰回答："我点过，三万块，钞票八成新，收得很整齐。"

"谢谢你，天使。打听一个问题，现在的银行自动取款机，能记录钞票编号吗？"

"有的，为了防止取出假钞以后的纠纷。"

"拜托你查一下，雪贝从自动取款机提出的三万块，是否符合麻军身上的三万块钞票的编号？"我从钱包里抽出唯一的五块钱，左下角一串字母与阿拉伯数字，"或者，符合今天从雪贝身上搜到的三万块？"

周泰沉闷了半分钟说："雷雨，我觉得你已经疯了，但我会去做的。"

"第五件事，我求你再查一遍道路监控，时间提前到当晚七点到九点，从海上邨到鹦鹉桥之间所有可能经过的路线。"

"雷雨，就凭你两片嘴唇，公安局得安排多少人力？"

"算我欠你的，圈重点——谋杀现场方圆两公里范围内，每一个道路监控、治安监控、商业监控，就像我们查到江志根冒充麻军开车那样。"

"哪一个谋杀现场？麻军被杀有两个现场——第一现场在海上邨，李雪贝的家里；第二现场才是鹦鹉桥，麻军的家里。"

"鹦鹉桥的现场。"

"雷雨，上辈子我是不是杀了你全家？我得请刑警队的每个人喝酒的。"

"谢谢你，上辈子我们是唐僧和女儿国国主。"

"我宁愿是牛魔王和铁扇公主。"周泰不忘羞辱我一句，"雷雨警官，你等我消息。"

我倒在冰冷的地板上，仿佛纵欲过度的一夜。马赛克浴缸放满热水。我把自己剥光，打上肥皂，浸泡，拔毛，加盐，腌渍防腐。我的一生吹过无数牛逼。我从未在印度尼西亚蹲过监狱。我也没去过伊拉克。如果有机会，我想去看看巴比伦。我更不认识任何一位公主，无论在迪拜还是摩纳哥。肩上的牙印是个中年妇女送给我的。我在公安局审讯室里编故事，只为在小女警面前满足一文不值的虚荣心。上个除夕夜，我被隔离在横店的古装剧组，八十块一晚的旅店，陪伴慈禧太后的梳头宫女共赴巫山。我的伤疤大半是打架斗殴、车祸以及醉酒所赐。在野球场就骨折过两回。我开过三次调查公司，三次关门大吉。认识洪姐以前，我接过最大一单生意，不过是帮一个保健品商人收回五十万人民币货款。我的胃里空空如也。真相回到嘴里反刍。血液里没有一滴酒。我却像一夜宿醉。但我不想在浴缸里淹死，实在有失体面。

手机又响了。这回是周泰来电。我开了免提。周泰的嗓门如同午夜雷鸣："雷雨，你交给我几件事，现在一件件说。"

"就算你告诉我，麻军不是海绵宝宝而是派大星，我也信你。"

"滚蛋。案发第一夜，在海上邨看到麻军的证人，我问了第二遍。当晚九点，他看到本田 CR-V 的驾驶座上，有个男人穿着黑色连帽羽绒服，蒙着医用口罩，戴棒球帽，低头看手机。隔着车窗能听到英超直播。麻军经常回小龙虾店吃饭，每次都戴黑色棒球帽，开藏青色本田 CR-V，停在海上邨的院子里。十点钟，洪姐进来停车。她不认识麻军，只记得是个男人，戴着口罩和帽子在看手机。江志根比洪姐晚来两分钟，他也看到了这样的麻军。"

"黑色连帽羽绒服，蒙着口罩，戴棒球帽，坐在本田 CR-V 里看英超直播。晚上九点，院子里没有灯，极度昏暗，车窗上全是雨水，就凭手机屏幕这点光，你能看清人脸？为什么第一反应就是麻军？因为人人都有惯性思维，心理盲区。当你像一只北极熊坐在警车里，不用看你的脸，就知道刑警周泰来了。"

"求求你，别再拿我举例子。就算坐在麻军车里的男人不是麻军，也不可能是钱奎。晚上九点，钱奎已经到了巫师酒吧。"

"我告诉你答案——晚上十点，洪姐来到海上邨找儿子，按响雪贝的门铃。没人开门。洪姐打了雪贝的电话。门里有手机铃声。她以为雪贝故意不开门。"

"雷雨，你是说……洪姐到了李雪贝的家门口。但李雪贝不在房间里，而在楼下的小院子，坐在本田 CR-V 车上冒充麻军？"

"李雪贝。"我说出这个名字同时咬破了舌头，"棒球帽藏起头发，帽檐遮住眼睛，口罩藏起脸，换上男人的连帽羽绒服，盖住耳朵和鬓角，低头看手机，隔着车门与车窗，在那样昏暗的环境下，李雪贝伪装成麻军不成问题。她的手机留在家里。洪姐在门外打电话，才会听到房间里的铃声。抓紧时间，下一件事。"

周泰好像刚跑完男子百米说："好……我重看了书店的监控录像。案发当天下午，钱奎穿着红色加拿大鹅羽绒服，蓝色休闲裤，黑色椰子鞋，很干净。"

我的舌尖吐出一摊鲜血说："我也看过巫师酒吧监控，当晚九点到十二点，钱奎穿咖啡色外套，黑色运动裤，白色运动鞋，全身沾满泥点子。钱奎中间没有回过家，为什么下午和晚上穿着完全不同？连鞋都换了。"

"钱奎的车里备着好几套衣服。有钱人的孩子讲究。"

"不，另有原因。"我的大脑也快生锈了，"现在说三万块钞票。"

"案发当天，李雪贝从自动取款机拿出的三万块钞票，已经从银行查到了编号，他们的叫法是冠字号。麻军死后找到的三万块现金，我们刚才打开柜子，每一张钞票的冠字号都手抄下来——我的脸要被打肿了。银行自动取款机记录的钞票冠字号，跟麻军身上的三万块钞票，没有一张是符合的。"周泰像一头被结扎的公牛说，"但是，今天从李雪贝身上搜到的三万块钞票，完全符合自动取款机记录的钞票冠字号。"

"答案很清楚了，雪贝没有把三万块现金交给麻军，而是一直放在自己身边。"

我抹了一把脸上水汽，仿佛她还坐在浴缸里，像一条去了鳞片的大鱼。我的下半身开始坚硬。我厌恶自己此刻还有性欲。

"你好像灌了我一瓶烧酒。麻军身上的三万块钱，是他自己带去海上邮的？"

"周泰，你很快就知道答案了。最后一件事，有结果了吗？"

"局长批准我们全员出动，先从鹦鹉桥案发现场附近查看监控，时间在当晚七点到九点。剩下没被覆盖掉的监控不多了。但我的手气好得可以去买彩票。你猜我看到了什么？"

"葫芦兄弟大战神探夏洛克。"

"雷雨，我能把你的舌头剪下来吗？当晚八点半，有辆出租车开到鹦鹉桥，没有经过你出车祸的十字路口，而是走了旁边一条路，距离麻军住的楼八百米。"

我挥拳砸上卫生间的瓷砖，瞬间长出一道裂缝。鲜血顺着手指关节坠落到浴缸。血丝在热水中温柔得像一根根蚕丝。最后一天，我又受伤了。

"拍到出租车牌号了吗？"

"我找到了司机。他记得很清楚，当晚八点，靠近步行街有客人上车，戴着 N95 口罩的年轻男人。开到鹦鹉桥，乘客要求走一条小路去江边。司机担心年轻人跳江自杀，好心劝他两句。对方扔下一百块钱就下车了。"

"乘客还有什么特征？"

"司机说，年轻人的声音很温柔。"

"他的眼神也很温柔。"我揉着受伤的拳头，"周泰，现在的出租车都有车内摄录功能。"

"不用你提醒。我正在去出租车公司的路上。"

"亲爱的周泰同学，虽然你的脑袋里常年灌满泡面，但今晚，你就是浪子神探，这几件事你都干得巨棒。我还有一件事问你。"

"只给你一分钟。"

"案发当天中午，你确认麻军是在雪贝小龙虾吃午饭的吗？"

周泰的声音骤然洪亮："至少有三个人亲眼见证。"

"有没有可能——麻军被杀的当天中午，他在雪贝小龙虾店，吃的也是清蒸小龙虾和炒花蛤，毕竟是招牌菜。麻军的午餐和晚餐，吃了同样的两道菜。"

"他是厨师，最擅长做这两道菜。就像我最擅长做泡面，所以天天吃泡面。"

"不对。"我的舌头和拳头同时流血，源源不断被自己吞咽下去，"案发当天，麻军根本没吃晚餐。"

"中午十二点，麻军吃的清蒸小龙虾和炒花蛤，就是他生命中的最后一餐？"

"你答对了——我们的肠胃不会说谎，最后的晚餐却会说谎。"

"凶手篡改了麻军的死亡时间？"

我想象着自己拍着周泰的脸颊说："真相太难了。"

"雷雨，我要给法医打电话，进行第二次尸检，哪怕麻军变成一支冰激凌。"周泰的口水穿过移动信号，喷溅入我的浴缸，"还要通知上海公安控制住钱奎。"

"他逃不了，等我两个小时，你再去通知。"

"最多两个小时。"

周泰挂了电话。浴缸里的水凉了。我擦干身体。拳头粘上创可贴。有可能骨裂。明早得去医院。我的双眼火辣辣疼，做了一节眼保健操。我特别想念一个人。不是女医生。我抓起诺基亚手机，发出视频通话请求。

我等待了二十秒。就算二十年也值得等待。

第四十三章

当 Wi-Fi 变得香甜，屏幕亮起暧昧的光，我看见了钱奎。他的床头柜上有一瓶哮喘喷雾剂，还有一本加缪的《鼠疫》。窗帘敞开。上海的春夜。湿气扑面而来，猝不及防。

"雷雨，你好。"钱奎的眼圈像他老娘的黑色眼影，尚未倒完时差。

"长远不见。"

"我在上海的隔离酒店。"钱奎把手机伸出窗外，"我能看到苏州河。"

黑色水面上飞过白色幽灵似的水鸟。对面蹲伏一座古老堡垒。大概是四行仓库。探照灯似的光。夜空不免流于俗气。上海像个巨大的试衣间，春夏秋冬眼花缭乱地挂在衣架上。从前每个失眠的凌晨，我穿过恒丰路斜拉桥，沿着苏州河漫步到外白渡桥。肩头浸满露水。薄暮与白鹭。外滩海关大钟稳稳地敲响。我想温柔地发一场疯。

"今天早上，我妈妈打我电话。"钱奎关上窗，"她开车来上海找我。现在还没消息，电话关机。我有点担心。"

我不知如何告诉钱奎，他老娘和李雪贝都被我送进了公安局。我的拳头沁出血丝，如同丁烷打火机灼烧。到了说再见的时候。

"钱奎，世上有千万种技术活，从钻木取火到马斯克的大火箭，唯独有一种还没发明出来，那就是犯罪以后不被抓住的本领。"

钱奎的面孔被投中一支飞镖。眉眼非但没荡漾开，反而紧缩成一圈靶心。

"你听我说。"我倒一杯温水，坐上木头窗台，"钱奎，案发前一晚，你去了巫师酒吧，你把自己灌醉，直到第二天中午。下午，你开着阿尔法·罗密欧去了书店。你在谋杀自己的时间。因为你正要谋杀一个人。我去过你家，健身房里有个木人桩，后背心密密麻麻的印子。为了从背后杀死麻军，你悄悄练过无数遍。傍晚，你到了鹦鹉桥，爬上你说的孤楼绝顶。麻军正在做清蒸小龙虾和炒花蛤。你一滴酒都没喝，清醒得像苏格拉底。但你不想吃好晚餐再动手。吃饱喝足会失去杀人胆量。房间开着空调，麻军只穿一件薄毛衣。他把两道菜端上餐桌，拍照发朋友圈。还没动筷子，你拿出牛皮纸信封，装着三万块现金。"

"麻军前一天向我借过钱。我从我妈妈的保险箱里偷的。我没有留下指纹。"

"建议你先不要说话。等我说完，要么赞同我，要么反驳我。"我装作胸有成竹，心脏却跳得像彩票开奖滚动的小球，"三百张一百元人民币，你要麻军当面点清。他背对你数钱。至少两分钟，后背心暴露，毫不设防。你拔出凶器，十厘米刃口的尖刀，穿过一层薄毛衣，刺入麻军的心脏。"

"刺下这一刀前，我妈妈在打我电话。"钱奎发抖说，"吓死我了。我关了手机。"

"麻军真实的死亡时间，就是你的关机时间——傍晚六点半。你身上全是他的血。但你没忘记戴上手套，拿起麻军的手机打了雪贝的电话。麻军没有开机密码。你告诉雪贝，你宰了麻军。雪贝认为你喝多了。你不能传照片证明，因为会留下证据。你反复说了三遍。鉴于你不会说谎，雪贝相信了你。因为就算你不动手，雪贝也会杀了麻军。她的计划是当晚十点半，诱骗麻军到她家。她会亲手从后背心刺死麻军。你代替她完成了这桩任务。五分钟内，雪贝想出了 B 计划，也是A 计划的升级版。"

"其实呢……"

"你只管听我说。雪贝关照你的第一件事：吃光餐桌上两道菜。但你刚杀完一个人，哪有胃口吃饭？你想把菜从窗户扔出去。雪贝说不行，会在楼下发现的。清蒸小龙虾和炒花蛤都有壳。把肉吃掉，把壳留下，才能让警察相信这是死者的最后一餐。雪贝提醒你，搬运尸体需要体力，不能饿肚子。你已六神无主，硬着头皮坐上餐桌，代替麻军吃下最后的晚餐。面对尸体吃饭的滋味不好受。你强迫自己剥虾壳，剔出花蛤肉。你一个人吃了两人份的量。你一边吃一边掉眼泪。你的胃已不再是胃，而是一个焚尸炉。但为了雪贝，你遭的所有罪都值得。你忍着呕吐的欲望，把餐桌收拾干净。吃剩下的碗筷碟子、虾壳花蛤壳收入厨房。如果摊在桌上，反而让人怀疑。雪贝还让你做一件恶心的事——用棉签伸入尸体嘴巴。你要提取出麻军的唾液，涂抹到吃好的碗筷、碟子，还有小龙虾壳、花蛤壳、可乐罐头上。"

我注视屏幕里钱奎苍白的面孔说："可怜的文学博士，你并不明白雪贝为什么逼你这么做。法医会通过死者最后一餐的消化程度，推算死亡时间。麻军一生的最后一餐——中午十二点，他吃的也是清蒸小龙虾和炒花蛤。傍晚六点半，当你杀死麻军，他的胃里空空荡荡，午餐吃下的食物正在小肠。死亡打断了消化过程。这时候，你必须一个人吃光餐桌上的两道菜。厨房吃剩下的餐具、小龙虾与花蛤壳，还有可乐罐头，第二天都检出了你和麻军两个人的DNA。因为你涂抹了死者的唾液。法医、刑警，还有我，全世界都以为麻军吃完了最后的晚餐，时间在晚上六点到七点。其实，这是麻军的死亡时间。他为你做了两道菜，自己连一口都没尝，饿着肚子被你从后背心刺死了。这混蛋并不值得可怜。法医尸检解剖，发现死者小肠的食物残余，符合厨房里的晚餐痕迹，依据晚上六点到七点的最后一餐，加上六个小时的消化过程，判断死亡时间在子夜十二点到凌晨一点，前后各有一小时误差。你伪造了麻军的最后一餐，等于伪造了他的死亡时间。仅仅这一点，你的杀人嫌疑排除了。"

"雪贝的脑子里有一局棋。"钱奎吞咽尖锐的喉结，好像吞下法医的手术刀，"卡斯帕罗夫赢不了她，深蓝也未必能赢。"

"法医判断被害人的死亡时间，除了尸体内消化物分析，还有尸温、尸僵、尸斑、皮肤颜色、眼睛虚实等等……稍后给你答案。"

"一个姑娘怎么会懂得这些门道？"

"雪贝在大学选修过法医学。我在公安大学也选修过这门课。我想做最好的刑警，她想做最好的刑事律师，法医学是基本功。雪贝学得不比我差。"我的胃已经空得唱起死亡金属，"她是我这辈子最好的对手，没有之一。"

"雪贝是我的百宝箱。每次打开她，都会有惊喜。"

"她不是百宝箱，她是武器库。"我的眼皮沉得像一座胡夫金字塔，

"七点整，当你吃光麻军的晚餐，你用麻军的手机给雪贝打了第二通电话。麻军家里有个三十二寸的大旅行箱。雪贝让你把麻军塞进去。尸骨未寒，关节尚未僵硬，你足以折叠他的四肢，把他的后背弯得像你胃里的小龙虾。牛皮纸信封里的三万块现金，还要塞进他的裤子口袋，记得不要留下你的指纹。雪贝让你找一大块塑料布，包住旅行箱，免得血漏到车上。你必须消除杀人痕迹，蹲在地上擦洗鲜血。你的哮喘喷雾剂掉出了口袋，像颗定时炸弹滚进墙角。但你浑然不觉。你团起沾血的衣服裤子，你的加拿大鹅抵得上我的整个衣橱，被你从窗户扔下楼。七点十五分，你给雪贝打了第三通电话。她让你穿上麻军的外套——连帽黑色羽绒服。当天中午，麻军就穿这身衣服去过海上邮。你披上麻军的羽绒服，戴上他的棒球帽。麻军的气味让你作呕。你关掉空调，敞开房门。没有电梯，你要拎着大旅行箱徒步爬下六楼。钱奎，你娘的小宝宝，你心里有多绝望。好在你年轻力壮。"

"每下一个楼层，我还要停下一分钟喘气。我用了十分钟，提着大旅行箱到地面。雪贝让我吃饱饭的决定太对了。明明天寒地冻，我却汗流浃背。我用麻军的车钥匙打开本田 CR-V，把尸体放进后备厢。我捡起扔到楼下的衣服，脱掉鞋子，统统抛入长江。我戴上一副口罩，警告自己不能留下一滴血、指纹和毛发。"

我口干舌燥得像头喷火恐龙说："七点半，你开着麻军的本田 CR-V 出发。雪贝让你路上小心，千万别超速，不要违章变道。万一被拍下高清照片，被警察拦下来，打开后备厢检查，故事在第一章就结束了。八点以前，你开到海上邮。院子里没有监控。你打开后备厢，抬出大旅行箱，搬上三层楼。雪贝正在等你。她打开旅行箱，看到麻军的尸体。"

"她哭了。"屏幕那一头，钱奎的眼泪扑簌而落。

"雪贝的眼泪不是为麻军，而是为自己。雪贝向你保证，没人会被警察抓住。她让你快回鹦鹉桥。麻军的车和手机，羽绒服与棒球帽，必须留下来。雪贝不会蠢到让你坐出租车回去的。我想她给了你一把自行车钥匙，平时送小龙虾外卖用的，让你从海上邨后门出去。可惜啊，你竟然不会骑自行车。"

"雷雨，你怎么知道？"

"你老娘跟我说的。你有一辆意大利梅花牌自行车，真是暴殄天物。当晚八点，你走出海上邨后门，心中叫苦连天。你沿着步行街走到最近的大道。但你幸运地等来一辆出租车。钱奎，你是不是很多年没坐过出租车了？"

钱奎捂住脸说："读了研究生以后没再坐过。"

"你不会想到现在的出租车，都有车内摄像头。出租车快到鹦鹉桥时，你想起最近的十字路口有监控。那栋楼没有其他居民，谁会坐出租车来呢？要么是凶手，要么是被害人。你的脑子开窍了，要求司机走另一条路，并不通往谋杀现场。车子开到长江边。司机以为你要自杀，苦口婆心劝你。你扔下一百块钱，打开车门溜了。你一路飞奔，好像上了跑步机。天黑，下雨。你不敢开手机照明，鞋子和裤子沾满泥水，没掉到长江里淹死算你走运。十分钟内，你跑回麻军楼下，开上阿尔法·罗密欧逃离现场。九点出头，你到了巫师酒吧。你已筋疲力尽，扶着吧台才能走路。你听着《忧郁的星期天》，喝了六杯威士忌加冰。酒保杰克是你的不在犯罪现场证明。根据雪贝的原定计划，你会在酒吧买醉到天亮，因为你有意大利绿卡，你可以通过转机飞回欧洲，躲避警察的审问。因为你不会说谎。"

"我的回答要么漏洞百出，要么缴械投降。无论我逃到泰国还是意大利，听说对方是警察，我立刻挂断电话。周泰警官一定想揍我。雷雨，我在米兰跟你通过视频以后，雪贝严厉警告我，禁止我再跟你通话。奇怪的是，我妈妈也这么警告我。"

"世界上对你最重要的两个女人，同时意识到了我是一个极度危险的男人。而你偏偏着迷于跟我聊天。你被送上阿尔卑斯山，因为你妈妈要避免我跟你联络。钱奎，但你并非不会说谎。"

"有两个前提，第一不能面对面，第二对方不能是警察。"钱奎说，"如果只是通电话，我还能装一装，毕竟我是文学博士，虚构是一项基本功。但我们第一次通电话，我几乎已经穿帮了。你问麻军是不是我杀的，我说应该不是我。"

"我又一次遭到了职业羞辱，调查员对你的威慑力微不足道。如果我是个警察，听到'应该'这两个字，就得把你按在审讯室二十四小时。可我相信你是个胡言乱语的酒鬼，你不但'应该'没有杀了麻军，'应该'没有刺杀了肯尼迪，也'应该'没有宰了钢铁侠。"

"抱歉。"

"雪贝跟你恰恰相反。"我把话题拉回第二章，"有一条屡试不爽的铁律——越完美的犯罪过程，越会遇到突如其来的意外。除非不犯罪。子夜零点，你在巫师酒吧摸了摸口袋，翻遍全身，发觉哮喘喷雾剂不见了。你像丢了红领巾的小学生，拼命回想当晚的一切。喷雾剂丢在了杀人现场。你不想让警察看到它。你还不敢给雪贝打电话。她关照过你，天亮之前，不要通话，免得警察怀疑。你决定自己赶回鹦鹉桥。但你喝醉了，脑子里只剩两斤浆糊。你完全没想明白——就算在谋杀现场发现了你的哮喘喷雾剂，也不能证明你杀了麻军。"

"恐惧让我的智商归零了。我叫了代驾员。我不该坐自己的车回鹦鹉桥。我急匆匆爬上楼，瀑布般的水沿着楼梯流下来。我到了六楼。我看到麻军缩在地板上，胎儿般的姿势。五个钟头前，我刚把这具尸体搬下六层楼，开车运到雪贝家里。我怀疑自己精神错乱。我的胃和大脑里灌满了威士忌。我愚蠢地触摸麻军，想知道他到底死了没有。"

"你沾上了他的血。你也没找到哮喘喷雾剂。它就滚落在墙角柜子下。你慌不择路地逃下楼。你遇到了煞星。我出现了。然后是追车。你绕过了那只黑猫。我和雪贝出了车祸。你清醒了。你不敢酒后驾车。阿尔法·罗密欧车上有你的中国护照和意大利绿卡。你打开手机，叫上一辆网约车去机场。你在机场碰到你老娘。她知道你闯下了大祸，她就给你买了从泰国转机去意大利的机票，还给了你一瓶新的哮喘喷雾剂。天亮以后，雪贝打通了你的电话。"

钱奎的音量越来越低："雪贝关照我一年内不要回国，绝对不要跟警察通话，直到这案子结束。"

"当你登上飞机，我从医院醒来，回到谋杀现场。麻军尸体上的猫毛让我犯了哮喘病。我没能摸到口袋里的哮喘喷雾剂。但我在地板上摸到了你的哮喘喷雾剂。谢谢你，钱奎，它救了我的命。往后又救过我一次。"

"当天晚上，我在曼谷的酒店接到你的电话。我本想早点挂断。除了雪贝跟我妈妈，我与任何人通电话从不超过一分钟。但我遇到了奇迹。我们一说话就停不下来。我喜欢你的俏皮话。你读过的书不比我少。你给我做了一次灵魂的泰式按摩。"

我按着自己的太阳穴说："好吧，我是一个通灵技师。"

"我与雪贝重逢以前，每天听到的一百句话里有九十九句是假的。而你的每一句都是真话。雷雨，你会揭穿我，批评我，甚至辱骂我。我一直盼着有人这样跟我说话。这不是自虐倾向。雪贝也跟你一样。我很幸运，我认识了雪贝，也认识了你。"

"如今这世上说真话的成年人比大熊猫还稀奇。"

"我们像失散多年的兄弟。"

"只差一点。"二十六年前，他妈妈几乎当上我的后妈。

"雷雨，那天晚上，雪贝怎么处理麻军的尸体？这具尸体又是怎么回到谋杀现场的？我一无所知。"

我的舌尖碎了。今天说了太多话。我坐上沙发，双脚搁上玻璃茶几，对准三瓶哮喘喷雾剂。

"晚上七点半，雪贝跟你通完电话，她去了步行街的银行自动取款机，取出三万块现金——为了证明麻军口袋里的钱是雪贝借给他的。事实上这笔钞票，当晚根本没动过，一直收在雪贝家里。这年头没人有机会用掉三万块现金，除非当作清明节的冥币烧了。雪贝不会这么作践自己辛苦挣来的钱，她决定随身携带这笔现金潜逃。可惜她不晓得，银行自动取款机会记录每张钞票的编号。"

"我也太久没去 ATM 取过钱了。"钱奎说，"八点钟，我把麻军的尸体送到雪贝家里。"

"等你前脚离开，雪贝就给江志根打电话。手机卡用别人名字登记的。雪贝拜托江志根，十一点钟来找她，注意避开监控。江志根会为雪贝做任何事。挂了电话，雪贝把手伸到麻军尸体的裤子口袋里，触摸装钱的牛皮纸信封，留下自己指纹。雪贝蒙起口罩，套上麻军的黑色羽绒服，戴上棒球帽，下楼坐上本田 CR-V。她缩起头发，藏在棒球帽和大羽绒服里，连衣帽掩盖耳朵和鬓角。她打开麻军的手机，登录直播 APP，看了切尔西与阿森纳的伦敦德比。九点钟，海上邨的邻居看到本田 CR-V 里坐着一个脸蒙口罩、戴黑色棒球帽的男人，第一反应就是麻军本人。雪贝还把手机音量调大，让人以为麻军还活在人世。而这时，你已经到了巫师酒吧，这是你的第二条不在犯罪现场证明。在这两小时内，真正的麻军躺在雪贝家里。但她有个小失误，没有拉紧旅行箱的拉链。那只猫钻了进去。珂赛特不怕死人。死者的毛衣中留下大量猫毛。"

"可怜的珂赛特。每次我去雪贝家里，她会把这只猫关进卫生间，免得猫毛诱发我的哮喘。"钱奎抓起床头柜的哮喘喷雾剂。

"晚上十点，你老娘急得抓狂，开车到海上邨来找雪贝。她看到了藏青色本田 CR-V 里的男人。你老娘爬上三楼，按响门铃。她又给雪贝打电话。铃声在房间里响起。其实房间里并没有活人。只有一只猫和一个死人。雪贝正在楼下冒充麻军。你老娘驾车离开海上邨，赶到九百米外的兰陵街，按响了我的门铃。"

"原来是我妈妈破坏了这一场完美的犯罪，其次才是你，雷雨。"

"我上辈子欠了你们母子一家巨债。江志根提前一个小时来到海上邨。这是他每晚的习惯。他偷偷跟踪监视了你两个多月。江志根对你的印象不错。你已通过他的考核。我老爸真是瞎了眼。"

钱奎不敢在屏幕中露脸了："我只是一尊贴着金箔的布玩偶。"

"江志根进入海上邨的院子，他也亲眼目睹所谓'麻军'坐在车上看英超直播。十点半，切尔西与阿森纳打平。雪贝伪装成麻军上楼回家。当时下着雨，光线昏暗，我爸爸被惯性思维欺骗了。后来他自称在院子里杀了麻军，现在想来挺荒诞的。他连人都认错了，谈何认准心脏？"

"雪贝常说一句话：真相屈指可数。"

"十点半，雪贝回到家里。她看到地板、墙纸和镜子上的血迹。珂赛特的杰作。她也看到你老娘的未接来电。她已想好一切后果。雪贝在等待一个男人到来。我猜她放了音乐，唱着猫王《温柔地爱我》，喝一杯啤酒，独自陪伴麻军的尸体。这个畜生终于走了，暴突眼无法阖上。就像十六年前，同一个房间，雪贝亲眼看着她爸爸被杀死。杀死她爸爸的那个男人，不久按响了她的门铃。"

"原来这世上还有比我更爱雪贝的人。"

"江志根没想到麻军已经死了，蜷缩在三十二寸旅行箱里，套着防水塑料袋。雪贝说，她杀了麻军。在此之前，雪贝故意蘸了麻军的血弄脏自己衣服。面对一屋子血迹，江志根深信不疑。他决定拯救雪贝。他披上麻军的黑色羽绒服。这件外套是最大的尺码，江志根勉强也能穿进去。他戴上黑色棒球帽，大塑料袋套着旅行箱，提着尸体下楼。麻军口袋里装着三万块现金，沾满数钱的指纹，证明他活着离开此地。江志根把箱子放进本田车的后备厢。他慢慢开出海上邨。我跟他擦肩而过。十二点，江志根到了鹦鹉桥。他把大旅行箱搬上六楼。我爸爸是一条硬汉。他把麻军送回了家。房间被你清理干净了，没有肉眼可见的血迹。江志根不知道这里才是第一谋杀现场。他戴着手套，打开旅行箱，把尸体抱出来。麻军仍然保持胎儿姿势。江志根把麻军的手机放回原处，放水冲洗地板。"

"我这个捣蛋鬼出现了。"

"雪贝知道你会犯错，但没想到你在这里犯错。你回到谋杀现场，江志根只能躲进卫生间。你喝醉了。你连手套都没戴。你逃跑了。没过多久，你老娘又上来了。你们母子都是捣蛋鬼。江志根连续躲进卫生间。但你老娘至少没把自己灌醉，也没留下指纹。等你老娘走了，江志根才把房间收拾完。江志根看到了地板上的哮喘喷雾剂。但他不会乱动谋杀现场的东西。他继续放水，开窗通风，抹去一切印记，直到水塔放得干干净净。但他留下了你的手印子。恭喜你，钱奎，你成了头号杀人嫌疑犯。既然你自己送上门来，江志根就要把你包装成替罪羊。你自己搞砸了。怨不得别人。"

"只怨我自己。"

"江志根带走了旅行箱和塑料防水袋。麻军的大羽绒服和棒球帽，都被扔进长江，免得被警察找到毛发。江志根做过轮渡驾驶员。他知道旅行箱可能漂浮在江面上，会被环卫船打捞上来，所以把箱子藏在大桥下的乱草丛中。至于放水冲洗地板，敞开窗户，那是雪贝的主意，不仅为了消除脚印，还有更重要的功能——人死以后，体温大约每小时下降一度。麻军在水里泡了整个后半夜，温度急剧下降，好像被塞进一个大冰箱。第二天，法医来到谋杀现场，看到双眼暴突的海绵宝宝，无法通过尸温判断死亡时间。这种事复杂得像薛定谔的猫。"

"生死叠加的不确定性。"

我不想跟文学博士讨论量子力学。我已饿得手脚发抖。"法医判断死亡时间还有许多依据。比如尸僵，误差范围很大，也受到环境温度干扰。还有尸斑，人死后血液会集中到尸体最底部，可以判断死者是否被搬运过。麻军刚被杀就进入了旅行箱。这一夜奇妙的尸体之旅，保持一个姿态，没有颠倒和翻面。上下楼梯竖起来时间也不长。尸体回到谋杀现场，保持到第二天上午，尸斑几乎都贴着地板。以上路径统统堵死，只剩下尸体解剖，最精确的手段，分析食物消化程度。但并不适用于每个人。比如我的肠胃就有毛病。就算鸭脖子没被老鼠偷吃，到了我的胃里未必能准时消化干净。如果麻军有肠胃系统疾病，雪贝的计谋也会被识破。可你想一想，雪贝认识了麻军多少年？雪贝知道麻军的肠胃比任何人都健康，他最擅长的那两道菜，简直是法医消化物分析的教科书。可怜的法医落入了雪贝的陷阱，误判了麻军的死亡时间。警方再分析道路监控与手机信号，刚好符合麻军半夜回家的轨迹。完美得像断臂维纳斯和胜利女神。"

　　"雷雨，你是一个好调查员，也是一个天生的刑警。"

　　"我只是个三流的垃圾货色。"我没有过度谦逊的恶习，"钱奎，这桩案子就是一个巨大而复杂的俄罗斯套娃。案发当晚，人们亲眼目睹的表象是第一个娃娃。喝过六瓶威士忌加冰，醉驾逃逸，飞到国外的文学博士，你成了第一个嫌疑犯。第二个娃娃是江志根，我发现我爸爸在海上邮杀人，搬运尸体回到麻军家里。第三个娃娃是李雪贝，她在自己家里杀了麻军，委托江志根搬运尸体。第四个娃娃，又回到了你身上，真正的凶手。而你又是第一个娃娃。"

　　"四层俄罗斯套娃。最外面和最里面的娃娃是同一个。世上还没人能造出这种复杂的套娃。算上背后的故事，简直是复杂的平方。"

"构建包装起这四层套娃的天才，就是李雪贝。"我的额头开始发烫，这有点糟糕，"很遗憾，钱博士，就算证明你在八点半坐出租车回到鹦鹉桥，我也拿不出决定性证据，证明你亲手杀了麻军。"

钱奎的声音坚硬起来，像一把小刀割着我的耳膜："我有证据——杀死麻军的凶器，是一把云南小刀，刀刃十厘米。一个云南诗人送给我的。皮鞘的雕工很赞，刀刃开了锋，可以切肉，也足以杀人。我妈妈禁止我接触任何刀具。我不敢玩刀，但我收藏艺术品。"

"什么时候想要宰了麻军？"

"我跟雪贝买了去南极的机票和船票，办完智利和阿根廷的签证以后，雪贝告诉我——麻军提出了条件，要价五十万人民币，否则就把雪贝的所有秘密告诉我妈妈。"

"她请求你动手杀了麻军？"

"不，雪贝只让我做一件事——解除婚约，此生不再见面，永无瓜葛。"

钱奎刺死麻军的那一刀，同时送入我的心脏。我以为自己剥开了所有的俄罗斯套娃，原来雪贝还藏着一个娃娃，或者更多。

我捋了捋混乱的脑汁说："钱奎，只要你和雪贝决定结婚，你就成为麻军手里的人质。即便你们领了结婚证，麻军随时可能再来敲竹杠。五十万只是前菜，主菜还没下油锅呢。谁都填不满他的胃口。那是个无底洞。当你面对凶险的绑架犯，还有一种办法是打死人质。雪贝永远不会杀了你，只能让你失去作为人质的资格。"

"雷雨，你猜对了。雪贝告诉麻军，一分钱都不会再给了。如果有谁要把她的秘密说出去，那就说吧，她无所谓。"

我捏着受伤的右手拳头，闭上眼说："这是李雪贝活到二十八岁以来，唯一正确的决定。她只要放弃保护自己的秘密，便能获得自由。"

"雪贝就是这么说的。她并不爱我。她不想嫁给我。"

"所以，雪贝根本没想过杀人。"我想拔光自己的手指甲，"因为麻军手里已经没有人质了，海绵宝宝再也不能威胁她了。"

"可我不想离开雪贝。我等了她十六年。我心甘情愿做麻军的人质。我告诉雪贝，我会帮她解决所有问题。面对绑架犯的最佳方案，不是打死人质，而是打死罪犯。雪贝以为我在构思一部犯罪小说。"

"你妈妈说你连一只苍蝇都打不死。她低估了自己的儿子。麻军低估了你。雪贝也低估了你。"

"我准备了一个星期。每天早晚，我躲在健身房训练自己，握着云南小刀刺入木人桩的后背心。我故意接近麻军，几次到他家里吃饭。麻军是个厨师，他很乐意为我做菜，清蒸小龙虾与炒花蛤。麻军总是说雪贝的过去很复杂。"

"这混蛋在吊你胃口，想从贵公子身上诈到一笔钱。"

钱奎的喉咙里挤出酒杯破碎般的笑声："这反而打消了我的犹豫。我必须杀了他。傍晚六点，我带着三万块现金，到了麻军家里。六点半，我从背后杀了麻军。我给雪贝打电话。她不相信。我说自己没有喝多，麻军已经变成尸体。雪贝在电话里哭了。她根本没有 A 计划。她从没想过杀人。但不到一分钟，雪贝冷静下来，关照了我所有要做的事。"

"不对，雪贝在心里演练过无数遍——怎样干净地杀死麻军，设置精妙的诡计，侥幸逃脱刑警的调查。但当你杀了人，一切都会改变，就像我爸爸那样。所以雪贝从未动手。她真的不会杀人。"

"雷雨，你是对的。我误解了雪贝。我以为她做梦都想宰了麻军。我代替雪贝做了这件事。绑架犯被解决了，再也不用担心人质。雪贝可以走出那个房间。"

"去你老娘的！你帮雪贝解决了一个噩梦，又为她添了无数个噩梦。雪贝原本可以走出她的房间，但你刺入麻军后背心的那一刀，把她永远锁在了房间里。"如果钱奎就在我面前，我有可能打死他，然后打电话向周泰自首，"钱奎，你是一个自私的小孩，跟你妈妈一样自私。错了，你还不如你老娘。"

"我还是为雪贝做了一件事。那天夜里，当我把麻军装进大旅行箱搬下楼，我在一棵歪脖子树下挖了个坑，埋入凶器，像埋葬一具小小的尸体。云南小刀上有我的指纹，还有麻军的血。我想保留一个证据，证明自己杀了麻军的证据。"

"谢谢你，钱奎，你清醒时还是有脑子的。"

"雷雨，我给你们添麻烦了。但我不明白，雪贝为什么要我搬运尸体？绕了一大圈，麻军还是躺在原地。如果把尸体留在现场，我开着麻军的车回海上邨，伪造他还活着的假象，等我回到鹦鹉桥，开自己的车去巫师酒吧，江志根只要冒充麻军开车回来就行了。你不晓得把尸体从六楼搬下来有多苦。江志根也不用把箱子搬上六楼。雪贝家里也不会留下麻军的血。"

"我告诉你答案——如果不搬运尸体，就是江志根在给你顶罪。雪贝没有接触过麻军的尸体，杀人可能性为零。尸体必须在雪贝家里存在过，留下麻军的血，她才能骗过所有人。我爸爸只是个帮手，他连参与杀人都算不上。可惜，我爸爸又杀了沙德宝和宋云凯——远远超出了雪贝的计划。否则，雪贝早就为你做了替罪羊。"

钱奎回到屏幕上，双眼通红说："雷雨，我回国不是逃避欧洲的疫情，我就是来向警察自首的。"

"别哭，你到底是个男人。"我想帮他擦眼泪，"我劝你现在就打电话，免得等一会儿上海警察来敲你的门。"

"我答应你。"

"钱奎，你有没有想过，雪贝为什么给你顶罪？"

"我躲在阿尔卑斯山上跟雪贝通过电话。我想要回国自首。雪贝制止了我。她说如果我自首了，她的所有努力都一笔勾销，另一个人的付出也将毫无意义。"

"那个人是我爸爸。"

"从十五岁开始，我丧心病狂地爱着雪贝。但她从没爱过我。她只想跟我两不相欠。"

"李雪贝是一杯滚烫的黑咖啡，不加糖，不加奶，极度苦涩，极度清醒。十六年前，我爸爸也为她杀了一个人，在监狱里关了十五年六个月，顺便葬送了我的一生。雪贝最后悔的一件事，就是没能代替我爸爸顶下杀人罪名。"

我的大脑乱得像解体中的苏联。我在探照灯调查公司来回走动。邻居们以为楼上来了一群笨手笨脚的盗贼。

"还在吗？"钱奎在八百多公里外的上海提醒我。

"在。"我的魂灵回来了，"因为我爸爸，雪贝不想再亏欠任何人。

只要这世上还有一个人因为她而走上刑场，或者因为保护她而在监狱里，她永远不会原谅自己。她的余生将在无尽悔恨中熬过。你想想，有个老头为她宰了三个人，还有个小伙子为她杀了一个人。"

"我心甘情愿。"

"傻瓜，这才是雪贝更大的罪过。你不懂，千万条舌头赛过一剂毒针。"我捏着自己布满抽血针孔的手臂，找到那根适合的静脉，"雪贝制造了精巧的四层俄罗斯套娃。她安静地等候在第三层，等候我破门而入把她剥得精光。雪贝永远不想亏欠躲在第四层的你。钱奎，哪怕你是个混账东西。"

"这件事与爱情毫无关系。"钱奎把脑袋埋入隔离酒店的枕头，"我只是一个小丑，自作多情的变态。"

"兴许有点关系。"我触摸嘴唇上的唾液，"亲手把她送进监狱的人，是个会说冷笑话的三流调查员，自以为聪明的蠢货。"

"雪贝没有杀人，几年后她就能出来。你和她还有机会。"

"滚开！"我推开手机，就像推开钱奎的脸，"世上所有人都能安慰我，唯独你没有这个资格。"

"雪贝在电话里跟我说，调查员雷雨有许多坏毛病。"

"我有一万种坏毛病，雪贝只发现了百分之一。"

"但她说，雷雨是个有脑子的人。这世上有脑子的人不多。"钱奎用热毛巾擦了一把脸，皮肤白得几乎透明，"雷雨，如果我能从监狱中生还，我想见你一面，陪你喝一杯威士忌加冰。"

"再加两支冰激凌，顺便聊聊柏拉图和伊拉斯谟。除非我进了坟墓。"

"拉钩。"

我伸出小手指隔空拉钩说："钱奎，你现在打 110，自首情节就满足了。全中国排名前十的刑事律师，要么跟我有交情，要么欠着我的人情。律师会从北京或上海飞过来，如果被你的故事感动，可能免费给你打官司。当然你老娘也不缺钱。文学博士，建议你在法庭上背诵几段陀思妥耶夫斯基和列夫·托尔斯泰。现在的法官都读过俄罗斯文学。你杀了一个敲诈勒索的惯犯。你活下来的概率超过 95%。最差是死缓，中间是无期徒刑，加入鸿运当头，有期徒刑十五年。你要在里面遵纪守法，碰到一个好狱警，并有重大立功表现，比如发明一种隐喻的修辞手段，最高减刑数额为原判刑期一半——你有机会坐满七年六个月就出来。"

"七年六个月后，我只有三十八岁。"

"跟我现在一样年纪，你尚有大把时光以供挥霍，诺贝尔文学奖还在等你。"

钱奎挪到窗前，他的侧脸被台灯烤得像一枚红宝石。"陀思妥耶夫斯基有癫痫，我和你都有哮喘。我们与天才只有一步之遥。"

"对，天才的隔壁是疯子。"我恬不知耻地对号入座。

"雷雨，你现在想什么？"

"与斯嘉丽·约翰逊共浴。"

钱奎终究被我逗笑了："恐怕有点难。"

"感谢提醒。"我露出胸口的疤痕，"既然，我这辈子注定当不了刑警，那就当个流氓好了。"

Wi-Fi 与宽带另一端，苏州河上春风吹拂。钱奎的双眼像钢笔墨水，在手机屏幕上晕染开来。

"钱奎，留给我们的时间不多了。九年前，你爸爸失踪了。实际上，他偷渡去了意大利。他在米兰开了一家妓院，绿色橄榄叶标志，英文名字也叫 LOS ANGELES。还有两位镇店之宝：断臂维纳斯，胜利女神。"

我凝视着屏幕上钱奎的目光变化。他可真不会说谎。

"我承认，在米兰开妓院的不是舅舅，而是我爸爸。"钱奎火速缴械投降，堪比"二战"中的意大利。

"而你所谓的舅妈，西西里黑手党女人，是你爸爸到意大利以后的姘头。好人上天堂，恶人下地狱。但我见过好人蹲了十五年半监狱，恶人每年去威尼斯坐贡多拉。"

文学博士倒在床上，摘了眼镜，仰望天花板，嘴角露出奇幻的笑意。

"雷雨，我还有一个秘密，你能为我永远保守吗？"

"我从不轻易给别人承诺，前提是你先要告诉我。"

钱奎跳下床，检查客房门后保险，关上窗，神秘兮兮地压低声音："离开意大利的前一夜，四月一日凌晨，我杀了一个人。"

"谁？"

"我爸爸。"

"文学博士的愚人节杀人故事？你以为读了《卡拉马佐夫兄弟》就有胆量弑父？"我回想三兄弟的名字，德米特里、伊万、阿列克塞，"钱奎，你毕生最勇敢的一次行动，就是从背后刺死一个满脸麻皮的海绵宝宝。"

"我没骗你。"钱奎的面色从苍白变得通红，"我们通话结束以后，我杀了我爸爸。他长期失眠，每天凌晨，必须喝一杯托斯卡纳红酒才睡觉。我在酒杯里加了一片氰化钾。"

"你从哪里弄来氰化钾的？那玩意儿在柏林的地堡里大显神通过，一般人不配用这种高级货。"

"阿尔卑斯山上的修道院。"钱奎的双眼红得像一只长毛兔，"我爸爸喝了红酒，三分钟就死了。我把他装进三十二寸的大旅行箱，再放进他的汽车后备厢。这是我第二回干这种事。我是个老手了。我开到米兰郊外的公墓，把箱子埋进了一个墓穴里。"

"隐藏尸体的最佳地点就是墓地。"

"我爸爸消失了。不会有人报警。他有一张塞浦路斯护照，妓院的伙计以为他逃跑了。用不了三个星期，没人再会记得他。我不止是为雪贝复仇。"钱奎的眼眶涌出大团泪水，苏州河潮水似的泛滥，"还有妓院里的科索沃小姑娘。我爸爸从不亲自动手，打开钱包，自然能找到亡命徒。意大利警察惩罚不了他。"

"天底下的恶棍并没有国界。"

"我是他的亲儿子。我身上流着他的血。只有我才有资格杀了他。"钱奎摸摸自己心脏，"愚人节一早，我从墓地回到妓院。我打开地下室，放出所有女孩，巴尔干来的，北非来的。她们可能得到自由，也可能被遣返。无论什么结局，我做了我应该做的。"

"我会为你永远保密的。"

"你确定没人偷听吗？"

我的手机对准探照灯调查公司。"天花板上一窝老鼠，地板上一队蟑螂，墙角吐丝的蜘蛛，一百年前在房梁上吊自杀的俄国茶叶商人，他们全都偷听得起劲。"

"雷雨，我喜欢你。我好像长大了一点点。"

"全世界都老了，唯独你年轻了。"我打开窗，春风浸润喉咙，想起一个叫爱因斯坦的老天才，"当你被送上光速星际旅行的飞船，倘若侥幸生还地球，你会发现你的孩子先于你进了坟墓，你的孙子白发苍苍，而你还能再谈三次恋爱各生三个孩子。"

"宁愿变老的是我。"钱奎的手机对准上海的春夜，天上一轮满月，"雷雨，我们能看到同一轮月亮，雪贝也看得到。"

"希望如此。"我不敢告诉他，今晚，雪贝看不到月亮。

我打开卧室天窗。灰尘掉我一脸。我光脚站上小床，脑袋探出屋顶。我举起古老的诺基亚。相机像素太原始了，拍出的月亮模糊不清。像宇宙间的一滴泪。

"雷雨，我看到江城的月亮了。"钱奎的微笑让黑夜土崩瓦解。

"同一个月亮。"我仰望屏幕里的上海月亮，"晚安。"

"晚安，今夜月色真美。"

第四十四章

　　我又丢失了一个夜晚。诺基亚手机沉如黑铁。体温 36.9 摄氏度，尚未逾越警戒线。打开冰箱，取出两支冰激凌。我坐上木头窗台，吃一支香草味冰激凌。另一支抹茶味冰激凌，在茶几上慢慢融化。

　　需要一个树洞。双腿刚好麻木。血管仿佛流遍一根根金针。我横穿过探照灯调查公司。我想去长江边上走走。我拿起白天穿过的外套。口袋里掉出个东西。一枚黑色钥匙，无声坠落在地板上，像只死去的小鸟。

　　我的食指与拇指夹着这枚钥匙。黑色金属外壳。轻得若有若无。转开顶部的盖子，露出 USB 接口。这是一个 U 盘。也是一枚钥匙。我从没见过这东西。

　　回忆如蒙太奇辗转腾挪。高速公路的青天下。致命的夹竹桃。我们最后一次接吻。两条舌头缠绵，交换彼此的唾液、病毒和魂灵。雪贝的手心里暗藏一枚钥匙，塞入我的外套口袋，也塞入一枚致命的秘密。没有人注意到这个细节。

　　凌晨一点，探照灯调查公司。这枚钥匙攥在我的手心里。

周泰借给我的诺基亚手机响了。这通电话来得恰到好处。

"雷雨，你还在喘气吗？"周泰的嗓子哑得像人行地道里的二胡，"我有一个好消息，还有一个坏消息。"

"经历了那么多坏消息，我想先听一个好消息。"

"钱奎在上海打电话自首了。他杀了麻军。上海警方会二十四小时看守他，直到十四天隔离期满。我会出差一趟上海，亲手把他押解回来。"

"并不意外。"我坐上人造革沙发，向荒凉的房间吐一口长气，"我想听坏消息。"

"宋云凯的那台手机，技术人员破解了密码，没有任何内容。"周泰几乎油尽灯枯，"是一个高手删除的，恢复概率为零。"

"果然是坏消息。"

"你说是谁删除的？不会是洪姐，她没这个能力。难道是李雪贝？"

我把双脚搁上玻璃茶几说："周泰，我太累了。我想上床睡觉。"

"雷雨，你不是从不睡觉吗？别跟我说流感治好了你的失眠。"

"明天早上，我再打你电话。"我提醒他，"记住，我不是刑警，我只是个调查员。"

"你会梦到我的，王八蛋。"

"好梦，周泰同学。"

我关了诺基亚手机，卸掉该进博物馆的电池板。今夜不会再有人打扰我。我摊开手心，黑色 U 盘已经滚烫，我把它插入笔记本电脑的 USB 接口。

U 盘内只有一个 TXT 文件，容量是 75 字节——只够放一句情话，必须字字千金，最顶级的那一种。我没这本事。钱奎也差点火候。

打开 TXT 文件。没有一个汉字。仅有三行数码——

第一行是个很长的网址。

第二行是汉语拼音：JIANGZHIGEN

第三行是一串字符：LoveMeTender

我认出了江志根的姓名全拼；猫王《温柔地爱我》。复制粘贴第一行的网址，网页跳转到一个云端登录地址。我像敲打自己心脏一样敲打键盘，输入用户名：JIANGZHIGEN，再输密码：LoveMeTender。

按下登录键。屏幕一点一滴变化。老房子的 Wi-Fi 慢得像百岁老人。

黑洞打开了。我只扫了一眼。我以为泪水会像七月的洪峰漫出眼眶。但我终究是个无耻混蛋，铁石心肠，冷酷坚硬得像切尔诺贝利的石棺。

我是一门心思要吃到糖的小孩，哪管糖纸头里裹着毒药。雪贝说得没错，我缺少一种叫"人性"的东西。

世上最难的就是真相。正月初三凌晨，我爸爸杀了宋云凯，拿走装满秘密的手机。第二天，他将这台手机转交给雪贝。她已经猜到，时隔十六年，我爸爸又一次为她杀了人。雪贝不是无所不能的神。她不能帮助我爸爸脱罪。她哭了一整夜。有个计算机系的男同学帮她写过破解软件。雪贝通过远程求助进入了这台手机。宋云凯也没蠢到把秘密直接存入手机。他把秘密藏在天上。但手机里有云端账户的链接。雪贝在高手帮助下破解了密码。她从天上窃取了宋云凯的秘密，复制转移到了自己的云端账号。

两天后，雪贝邀请洪姐来家里喝酒。她拿出宋云凯的手机，换取了洪姐的秘密和忏悔。洪姐哪里晓得，这台手机已被删得干干净净，只保留一道开机密码。这一夜，雪贝本有机会复仇。杀人不难。杀人后不被抓住，却比人类说真话更难。雪贝从没杀过人。她连一只猫都没伤害过。雪贝打电话召唤我而来，送走醉生梦死的洪姐和空壳手机。

这份秘密不能永远封存。如果你一直凝视深渊，早晚会成为深渊的一部分。你必须找到第二个人，负责在太阳下掀起窨井盖子，看看深渊里蠕动的是王八还是黄鳝，炖成甲鱼汤还是鳝筒煲。

调查员雷雨，这小子是你的不二人选。

春夜浓稠。右拳的伤口不再疼痛。茶几上的冰激凌融为糖水。蚂蚁排队来领夜宵。吞入一口哮喘喷雾剂，仿佛吞入一条温柔的舌头。我关上天窗，扫去床上尘土。对面屋脊上走过一只黑猫。我认得这位老兄。它的孤独堪与我媲美。

我想，今晚可以睡着了。

蔡骏

2020 年 8 月 23 日星期日初稿

2020 年 9 月 28 日星期一二稿

2020 年 11 月 23 日星期一三稿

2021 年 2 月 5 日星期五四稿

2021 年 3 月 1 日星期一五稿

2021 年 10 月 20 日星期三六稿

后　记

　　顾名思义,《一千万人的密室》缘起于这场疫情。

　　2020 年早春，当时我仍不能出门，每日困于电脑前写作。某个凌晨，我做了一个古怪的梦。我在梦中有了新的身份，我出差前往一座英雄的城市，认识了一个叫李雪贝的姑娘，为什么叫这个名字？因为她的职业是贩卖某种贝壳类的海鲜——产自北方寒冷的海域，必须冰镇才能保鲜。天亮后，梦境渐渐在我心里萌芽，酝酿，细细地编织缝合……哪怕等全国各地解封以后，我的内心仍然困在密室之中。

　　我用了几乎整个 2020 年创作这部长篇小说，其间每次改动都不亚于一场浩大工程。2021 年初，我实地考察了小说里写到的几处地点，比如兰陵街与海上邨。我又用了半个 2021 年打磨作品。原计划 2022 年上半年出版，因为疫情等种种原因而不断推迟，我自己也足不出户地度过了上海的春天。孕育和等待了三个春夏秋冬的轮回之后，《一千万人的密室》却在无意中迎来了这一段历史的终结。

　　撰写这篇后记之时，卡塔尔世界杯进入后半程，新冠疫情已陪伴我们度过第三年。我们亲眼目睹了密室的营造、填充、拥挤以及最终的拆除。谁都未曾想象过自己的有生之年会经历这些。当我们戴上口罩，控制自己的呼吸，等于将肉体封闭在一座密室。古往今来，大多数人的肉体是自由的，处于密室之中的是灵魂。但我更羡慕肉体被封闭而灵魂自由之人，比如普鲁斯特，比如霍金。如果肉体和灵魂共同被封闭于密室，剩下的可能只有文学了。

近十年来，我的作品有了许多变化，直到《一千万人的密室》。我很难用某种类型来定义，这里有社会派，也有一点本格，更有硬汉式的人物（抑或是假装的硬汉）。但对我来说，最有意义的是语言和腔调，雷蒙德·钱德勒给我打开了一扇语言的窗户，一道腔调的大门，帮助我逃出令人窒息的文学密室。

我猜，雷雨和探照灯调查公司的故事还会继续。我是多么喜欢这个人物啊，喜欢他再一次喋喋不休，再一次被揍得狼狈不堪，再一次出具一份秘密报告，或者在黑暗中为你点亮一根火柴。但我更爱李雪贝，因为她是藏在密室里的一道光。

谨以此书，献给刚刚过去的三年。

蔡骏

2022 年 12 月 7 日星期三于上海

图书在版编目（CIP）数据

一千万人的密室 / 蔡骏著. －－ 北京：作家出版社，2024.6

（悬疑世界文库）

ISBN 978-7-5212-2524-2

Ⅰ. ①—… Ⅱ. ①蔡… Ⅲ. ①推理小说 – 中国 – 当代
Ⅳ. ①I247.5

中国国家版本馆CIP数据核字（2023）第184595号

一千万人的密室

作　　者：蔡　骏
出版统筹策划：汉　睿
特约编辑：李　翠
装帧设计：天行云翼·宋晓亮
责任编辑：李　娜
出版发行：作家出版社有限公司
社　　址：北京农展馆南里10号　　　**邮　　编：**100125
电话传真：86-10-65067186（发行中心及邮购部）
　　　　　　86-10-65004079（总编室）
E-mail:zuojia@zuojia.net.cn
http://www.zuojiachubanshe.com
印　　刷：河北京平诚乾印刷有限公司
成品尺寸：142×210
字　　数：236千
印　　张：11.375
版　　次：2024年6月第1版
印　　次：2024年6月第1次印刷
ISBN　978-7-5212-2524-2
定　　价：68.00元（精）

悬疑世界文库

悬疑世界文库

蔡骏策划

悬疑世界打造

蔡骏《一千万人的密室》
每个人都可能是罪恶的帮凶

悬疑世界文库

中国类型小说殿堂卷帙

[悬疑世界文库] 魅惑解锁

时间从此分叉

万象森罗　蛰伏如谜

爱与恨正在演绎无数可能

悬疑无界　故事无常

敬请期待